—2012年辑—
河南社会科学文库

河南社会科学文库编委会

主　任　李恩东　杨　杰
委　员　(以姓氏笔画为序)
　　　　王喜成　王朝纪
　　　　关玉梅　张钢杰
　　　　李自强　李恩东
　　　　杨　杰　孟繁华
　　　　唐玉宏

文学的若干理论与当代问题

—※—

吴胜刚　著

河南人民出版社

图书在版编目(CIP)数据

文学的若干理论与当代问题/吴胜刚著. — 郑州：河南人民出版社，2013.5
(河南社会科学文库.2012年辑)
ISBN 978 – 7 – 215 – 08196 – 3

Ⅰ.①文… Ⅱ.①吴… Ⅲ.①文学理论 – 研究 Ⅳ.①I0

中国版本图书馆 CIP 数据核字(2013)第 022772 号

河南人民出版社出版发行
(地址:郑州市经五路66号　邮政编码:450002　电话:65788050)
新华书店经销　　河南省瑞光印务股份有限公司印刷
开本　710毫米×1000毫米　1/16　印张　15.5
字数　230千字
2013年5月第1版　　　2013年5月第1次印刷

定价：52.00元

总 序

哲学社会科学研究具有社会公益性,是繁荣发展哲学社会科学、推动社会进步的重要根基。为支持和鼓励河南哲学社会科学研究成果走上交流平台,进入公众视野,发挥应有的影响力和辐射力,河南省社会科学界联合会在总结原有资助出版经验的基础上,于2010年设立了《河南社会科学文库》资助出版项目,对入选的研究成果,按照"统一标识、统一版式、统一封面设计"的方式,提供全额资助,由河南人民出版社统一编辑出版。迄今,已出版《城市发展战略》《中国城镇化研究》《强县扩权与城乡一体化发展研究》等著作,在社会上产生了良好的影响,深受广大社会科学工作者的欢迎。

2012年是中华民族发展史上具有重要意义的一年,也是中原经济区建设的关键历史时期。为学习、研究、宣传和贯彻党的十八大精神,进一步繁荣发展河南哲学社会科学事业,大力促进中原经济区建设,保持河南经济社会持续健康发展,我们在总结以往经验的基础上,策划出版了2012年度《河南社会科学文库》。它主要包括《中国农村金融排斥与包容——金融地理学视觉的分析》《中国创业型经济政策研究》《中原城市群空间联系研究》《食品安全:跟踪、预警与追溯》《论道德自我的价值实现》《中国共产党新时期的社会整合机制》《当代中国人幸福婚姻结构探微》《中华民族分裂时期统一策略研究》《汉代女性研究》和《文学的若干理论与当代问题》等10部著作,从不同层面反映了河南哲学社会科学的研究水平,充分展示河南哲学社会科学的学术创造力。

《河南社会科学文库》是一个开放的工程。今后,我们将随着形势和任务的需要，在省委和省政府的正确领导下，坚持以党的十八大精神为指导，紧密联系河南经济社会发展实际和人民群众的理论需求，科学地遴选有较高理论价值和实践意义的选题，不断推出新的有长期思想积淀的著作，并使之尽快转化为社会生产力，为加快推进河南振兴、中原崛起、富民强省提供有效的学理支撑。

河南省社会科学界联合会
2012 年 12 月

目 录

前 言 *1*

第一编　文学若干理论研究

第一章　大众文艺的特征和审美规律 *3*
　一、大众文艺的基本特征 *4*
　二、大众文艺的叙事特点 *10*
　三、大众文艺的审美规律 *14*
　四、大众文艺的审美价值 *17*

第二章　文学是一种审美生活方式 *21*
　一、感性理解的文学 *22*
　二、理性理解的文学 *25*
　三、实践价值意义上的文学 *29*

第三章　文学的民族性 *33*
　一、全球化：世界的重构和同构 *34*
　二、文化全球化：世界"同一首歌" *35*
　三、全球化语境中的文学身份 *38*

四、民族性:文学多样化存在的方式 …………………………… 40
　　五、文学民族性的形态 ………………………………………… 43
　　六、民族性与世界性:共存共生 ………………………………… 47

第四章　文学的自由性 ………………………………………… 49
　　一、自由及其文学自由 ………………………………………… 50
　　二、文学自由性的存在方式 …………………………………… 53
　　三、文学自由与文学自律 ……………………………………… 57
　　四、文学自由与外部规范 ……………………………………… 60

第五章　英雄叙事与文学 ……………………………………… 64
　　一、生活困惑与文学问题 ……………………………………… 64
　　二、英雄存在与文学话语 ……………………………………… 66
　　三、英雄叙事与文学价值 ……………………………………… 68
　　四、英雄的回归与文学的崛起 ………………………………… 70

第六章　时间与文学 …………………………………………… 73
　　一、时间在文学中的存在 ……………………………………… 73
　　二、文学在时间中的存在 ……………………………………… 78
　　三、现代时间空间和语境中的文学 …………………………… 82
　　四、文学中永恒的时间 ………………………………………… 88

第七章　空间与文学 …………………………………………… 92
　　一、空间概念及其在文学中的存在 …………………………… 92
　　二、文学的空间表达和叙事 …………………………………… 97
　　三、文学空间及其对文学文本和文学时空的构成 …………… 100
　　四、现代时空中的文学生态 …………………………………… 105

第八章　读图时代文学理论的变革 …………………………… 110
　　一、文学的范畴和疆界 ………………………………………… 111

二、文学的写作(创作)与生产 ………………………………… 113
　　三、文学的传播 ………………………………………………… 116
　　四、文学的价值判断 …………………………………………… 118
　　五、文学批评与鉴赏 …………………………………………… 120

第二编　文学的当代问题

第一章　20世纪80年代以来文学观念的嬗变 ………… 125
　　一、历史和现实的反思:文学创作的理性思维 ……………… 126
　　二、先锋探索:非理性的文学触角 …………………………… 128
　　三、身体感官:文学的感觉主义时代 ………………………… 130
　　四、新的嬗变与文学的价值重构 ……………………………… 132

第二章　20世纪80年代的文学批评 ………………………… 135
　　一、文学的使命与批评的责任感 ……………………………… 135
　　二、批评的敏感与社会及权力层面的苛求 …………………… 139
　　三、历史的建构与若干基本理论的形成 ……………………… 144
　　四、多样化的追求及其延续、演化 …………………………… 149

第三章　当代文学的历史视野和哲学视野 ……………… 153
　　一、文学的深度和高度是怎样确立的 ………………………… 153
　　二、当下文学的历史视野 ……………………………………… 155
　　三、文学的哲学思考 …………………………………………… 158

第四章　文学的本真问题 ………………………………………… 162
　　一、关于文学的本真 …………………………………………… 162
　　二、关于当代文学的失真问题 ………………………………… 164
　　三、关于当代文学本真的回归 ………………………………… 168

第五章　生态文学的价值 ········· 171
一、文学的视野 ········· 171
二、文学的生态表达 ········· 173
三、生态文学的标本:《云间雪崩》 ········· 177
四、生态文学的价值 ········· 182

第六章　当下文学"语不惊人"的原因 ········· 186
一、文学对民族文化的疏离 ········· 187
二、文学对中国问题的忽略和忘却 ········· 190
三、文学思想的贫乏与精神的萎靡 ········· 193

第七章　当代文学阐释的有效性 ········· 196
一、无距离感与审美性疏淡 ········· 196
二、非经典化与文学的失魅 ········· 197
三、话语资源的不足与言说的乏力 ········· 199
四、民主化与权威的崩塌 ········· 200
五、现实的不确定性与现有理论的冲击 ········· 201
六、"今不如昔"论对文学的毁誉 ········· 202

第八章　当代文学的效率问题 ········· 204
一、文学生产量与效率 ········· 205
二、资源投入、消耗与文学效率 ········· 208
三、文学质量、品质、作用与效率 ········· 210

第九章　传媒、学院、文学界的张力与文学生存状态 ········· 214
一、现代传媒环境中的文学 ········· 214
二、学院批评的力量 ········· 216
三、文学界的批评与呵护 ········· 218
四、传媒、学院、文学界的三角张力 ········· 219

第十章　经典的非正当性与文学史的虚伪性 ·················· 222

　一、问题的起点:经典的非正当性·························· 222

　二、逻辑的结果:文学史中的虚伪性························ 226

　三、历时性与共时性的结合:文学史写作的选择················ 230

后　记 ·· 232

前　言

文学是人类的一种精神创造。文学产生于何时,现在谁也难以考证清楚。可以明确的是,文学是一种客观的真实的存在,伴随人类走到今天,成为人类不可或缺的精神食粮,对人一直发挥着作用,并且还要支撑着人类走向未来。因此,人类珍视文学,把文学推崇到很高的地位。曹丕在《典论·论文》中就指出:"盖文章,经国之大业,不朽之盛事。"把文章提升到治国理政的高度。中国古代的文章,就是语言的艺术,基本等同于现在的文学。文章的本意就是有华彩的东西,引申到语言文本,即有文采、有韵味、有意义的文字篇章。当然,文章的范围更宽泛,包括大量的策论、奏章、典籍等精湛的语言性文本。

文学之所以被人们大肆推崇,根本的原因是她与人类的生活密切相连。中国自古就强调"文以载道"并形成了一贯的传统,从荀子、曹丕、韩愈到宋时周敦颐明确提出"文所以载道也。轮辕饰而人弗庸,徒饰也,况虚车乎"。载道成为为文的基本要求和规则。至于这里的"道"所指为何,可以辨析,也许包含自然之道,但更主要的应该是社会、人伦之道。到了现代,准确地说即五四运动之后,中国文学与西方文学实现了交融,或者说接受了西方文学的概念、体系,从而也接受了西方文学的学说、理论、价值取向。其中也包括苏俄文学,而且对苏俄文学的全面接受影响了中国文学几十年。在外国文学中,文学也不是独立于社会之外的象牙塔,仍然是在社会历史的演变、建构中发展、嬗变,从欧洲的文艺复兴、英国和法国的资产阶级革命,一直到俄国的十月革命,文学始终靠近并参与到、渗透到社会的变革之中,一刻也没有游离于历史之外。所以,很长时间我们的理论判断是：文学是社会生活的反映。这样一个判断绝非武断的结论，她完全是基于人类的文学实践、文学经验，特别是近现代世界文学的实践、经验。文学是人类的文学，是人类生活的文学，是人类社会生活的文学，她与人类的整个生存活动紧密地联系在一起，文学已经渗透到人类生活的各个方面，在不同的阶段、不同的历史时期，文学的确在鼓舞人的斗志，激发人们的生存动力，平抑人的心理情绪，昭示人的希望，甚至推动社会变革等方面发挥过巨大的作用。而且，我们也看到了文学的激情澎湃、昂扬恣肆。20世纪三四十年代到新中国成立之后直至70年代，整个文学的主题格调非常高昂，介入社会生活的能力以及文学话语与社会中心话语的结合都达到了相当的高度，在关于文学的阐释和理论的发挥上，文学的社会功能就成为人们经常关注和强调的话题。

70年代末，拨乱反正和改革开放的启动，文学领域也经历了一次全面而深刻的重大调整，文学的社会功能逐渐弱化，文学的审美性功能更多地被文学界业内人士强调，文学发展的形势不可逆转。于是，什么是文学，文学的本质、属性、功能是什么等与文学产生、俱生的概念都成了问题。其实，这一系列的提问，其核心的问题乃是文学与人的关系问题，文学与社会的关系问题，或者说，文学应该保持一种什么样的状态，是走进人的社会生活之中，还是静候在生活之外？是挺进社会生活的中心，还是止步于生活的边缘？是融入日常生活，还是关注社会重大事件和重大问题？换句话说，文学是特立独行、净身独处，还是接受社会生活的纷扰、与社会生活同步？所有这一切都是文学及文学理论需要而且亟须回答的问题。

文学与社会生活的关系，实际上是一种很难说清楚的关系。文学是人的精神的产物，更是人类生活的产物。这一判断并不仅仅是因为文学表达、反映的是人的社会生活，人的思想、情感、精神活动，更重要的是，文学是在人的生活、思想、情感的触动下产生的，没有对生活的感受、感悟、思想生发、情感萌动，人类不可能创造文学。可以肯定的是，文学绝对离不开人类的社会生活，否则，文学只有死亡。但是，人们往往为文学设定了一个仿真的问题，文学与社会生活应该保持多大的距离和空间？对这样一个十分难以回答甚至无解的问题，包括文学界的专业人士诘问了多少年,至今似乎也没有人拿出令人信服的答案,但问题仍然还在延续。文学与社会生活的关系真是应了文学中常用的一句话,实则恨之愈深,爱之愈深。有些时候,文学虽然对社会生活充满恨意,但对于文学精神的需求而言"又让我如何不想她?"文学对社会生活的爱恨情仇源于多种情状。一些时候,权力阶层、社会生活干预了文学,文学失去了某种自主性,处于被动状态,文学的创造性被简化,成为社会生活的传声筒;另一些时候,文学也可能热恋于社会生活甚至权力,以求得声名、地位、利益。所以,一定要条分缕析地分解出文学与社会生活是一种什么样的关系,可能永远是徒劳的。人的生存、发展需要文学,文学更需要人类的社会生活。社会生活是多元的,既有主流,也有支流;既有重大事件,也有日常生活。总体而言,所有的人的生活都是能够进入文学的;具体而言,文学对生活是有选择的,作家可以选择重大事件表达对社会、生活、人生的感受,也可以选择日常生活表达对生存的体验。重大事件与日常生活未必是分离的,正如矛盾的特殊性与矛盾的普遍性一样,历史的重大事件可能就酝酿于日常生活之中,日常生活可能蕴涵着重大的历史事件。正如南帆所言:"所谓的重大事件必将融入日常生活,分解至众多个体,甚至交付每一个人承担,继而派生出无数的恩怨情仇。这即是文学分享历史主题的方式。某些时候,文学显示的是日常生活如何承接历史主题的重量;另一些时候,文学显示的是日常生活如何成为历史主题的策源地。"[①]如果文学是自主自由的,就不能强迫文学一定表达什么,也不能要求文学绝对不能表达什么。重大事件和日常生活都是社会生活的有机组成部分,都是生活的常态,文学的表达是多样的,多元的,文学表达什么都是合情合理合法的。

关键是文学理论如何阐释和解说文学的这种真实状态和实际需求。20世纪80年代以来,中国的文学理论基本摆脱了苏联时期的价值体系和理论体系,一步步向欧美文学理论体系靠拢。但是,欧美的文学理论有其产生的文化语境和社会历史语境,当然符合其自身的文学实际,与中国的文学实际以及文化语境和社会历史语境在多大程度上具有一致性,这是一个很值得商榷的问题。在勒内·韦勒克和奥斯汀·沃伦的《文学理

---

① 南帆:《文学性、文化先锋与日常生活》,载《当代作家评论》2010年第2期。

论》中讨论文学的本质问题时,作者指出:"文学的本质最清楚地显现于文学所涉猎的范畴之中,文学艺术的中心显然是在抒情诗、史诗和戏剧等传统的文学类型上。它们处理的都是一个虚构的世界、想象的世界。"① 这与中国文学的重心和传统存在着明显的区别。基于这种基础产生的文学理论在走向中国文学的实践时,我们就不得不斟酌它为我们的文学提供了什么。20世纪末以至新世纪,关于构建中国文学理论体系的呼求愈来愈强烈,但同时,随着全球化、一体化蔓延,特别是计算机及其网络的普及,文学生产、存在、发展的环境发生了巨大的变化,关于文学的理论也面临着巨大的挑战,文学是什么和什么是文学,以及文学与人的社会生活的关系似乎又成了问题。近年来,理论界提出反本质主义和去本质化的观点,这对于解除和摆脱套在文学头上的某些条条框框,消解一些无休止的争论是有意义的。但是,有文学的存在就必须有文学的理论,有文学理论就必须能够解释文学实践和基本问题。我们不一定非要形而上地界定清楚文学的本质是什么,只要我们能够讲清楚什么是文学,什么不是文学,文学要为人们提供什么就能说明问题。

实际上,文学首先是为了让人们感知的、体味的,而不是仅仅让人们解说的,只可意会不可言传是文学及许多艺术的奥妙所在。所以,对于文学而言,经验、知识、理论固然重要,但对文学的新鲜感受似乎更为重要。什么是最好的关于文学的理论? 我们认为,最能说明文学的现实状态,最能体现文学的发展脉络和内在逻辑,最能揭示文学艺术奥妙的论断论述,就是最好的文学理论。基于这种理解,我们认为,所有的文学研究和所有关于文学理论的阐述必须回到文学的现场,即文学的真实实践,从诸如文学创作、文学生产、文学接受、文学消费、文学作用和影响等现实环节着手,研究文学现实的真正的问题。不妨确立开放的视野和开放的框架、体系,不力求回答诸如文学是什么等形而上的诘问,而旨在告诉人们什么是文学和什么不是文学,文学是什么形态,文学应该给人们什么样的感受,等等。

---

① [美]勒内·韦勒克和奥斯汀·沃伦,刘象愚译:《文学理论》江苏教育出版社2009年版,第3~15页。

文学是具有高度艺术蕴藉的语言艺术,文学的修辞、含蓄、丰富、多样、深邃、多义性等在某种程度上是难以用科学的、数理的方法解说清楚,并做出准确的定义的。事实上,对于整个人文学科而言,都存在着多义、丰富、多样的意蕴,关于各个学科的知识、理论、问题,我们主张从多角度、多方面进行探讨、解说,但答案并非唯一的,完全存在多解的可能,每一种理论都是对另一种理论的补充和修正,每一种理论也都需要别的理论的补充和修正,而每一种理论都不可能是一个学科的唯一。所以,关于文学的理论,我们不要做必须揭示其本质的妄想,不一定试图把文学完全、彻底地说清楚,而是力求在多大程度上说清楚,从而让文学自身多一些不确定性和丰富性,这也许是最好的文学研究,也许对文学的发展和文学理论建设是一种最值得珍视的建树。

当然,文学呈现给我们的问题是多重的、丰富的,值得我们深入研究和探讨。在长期的文学阅读和文学体验中,在对理论的教学和探究中,我们一直立足于文学现场,并在前人经验和理论的引导下思考问题,试图对文学及其当下的状态拿出自己的解说。这种解说不一定是独到的、深刻的、全面的,甚至是非常不完备的,但绝对不能成为一种卖弄,一定有自己的理解,符合文学的某种实际。本书就是这种尝试的结果。

全书主要有两部分内容。第一部分为文学的若干理论研究。谈起文学的理论,似乎已经体系化、规范化,比如我们有大量的文学理论的教科书,还有大批的译介的外国的文学理论的著作,文学教育的体系也已经比较完备,我们每个人所掌握和拥有的文学观念、知识等,都是从这些教科书和文学教育中获得的。这似乎意味着我们已经有了足以值得信赖的理论,或者说理论的阐释和探讨已经是无关痛痒的事了。实际上,文学理论的建设一直是紧迫和漫长的工作,特别是社会历史的发展,人的生活方式的变革,文学所处的语境会发生巨大的变化,文学叙事、表达、诉求也在发生变化,文学的观念、理论随之发生嬗变是无疑的。我们需要对嬗变中的文学进行理论的解说,我们需要对文学的原生态进行追溯,考察文学的原生状态,如何发展演变成为今天的形态,其中呈现出什么规律,对今天的文学有何影响;需要对文学某些属性进行探究,从某种程度上廓清文学的基本面目;需要对文学存在维度悄然循迹,思考文学在时空中是如何延展的、存在的,它为文学思维、文学意识、文学文本、文学内在结构、文学语言铺排及其张力的生成提供了怎样的场域;需要对文学在现实语境中的变化及时捕捉,针对网络普及后的读图时代,评估原有理论的有效性,以及适应文学环境的变化进行理论调整的可能性。第二部分是文学的当代问题研究,立足于当下文学的现实,特别是当下文学面临的困惑、困境,探讨文学真实的存在状态和真正问题。文学的当代问题是当下文学的显要症候,一直是我们进入文学现场的重要路标。文学进入红尘滚滚的消费时代、高科技时代、网络时代、信息时代、全球化时代,生存环境发生重大变迁,文学的生产方式、存在方式、呈现形态、甚至精神品质都发生了重大变化,如何对变化不定的文学有一个比较确切的把握,是文学研究始终追求的目标。当然,文学的本来面目是什么,坦率地说,我们也只能是有限度地把握,隐藏其中的问题是否被揭示出来,还需实践作证。

我们必须承认,文学应该是自主发展的,包括文学史的书写,但很多时候文学和文学史是被建构的,她被某种力量左右着,文学能不能回到自身,有时并不是文学本身能够支配的。所以,规律在文学中的体现有时也是不全面的。

第 一 编

文学若干理论研究

第一章 大众文艺的特征和审美规律

简单说,大众文艺就是能为老百姓广泛接受的文学艺术作品或艺术形式。大众文艺是中国文艺的另一种存在形态,一直伴随并哺育着民族文化的成长。但是,提出大众文艺概念并作为一种学问(学科)进行研究是五四新文化运动的产物。20世纪30年代,在"左联"及郑振铎等一批学者、作家的推动下,大众文艺研究迅速发展。毛泽东《在延安文艺座谈会上的讲话》发表以至新中国建立后,大众文艺研究与创作呈蓬勃态势。改革开放以来,大众文艺研究逐步深化,学科地位进一步确立。

在原本的意义上,大众文艺的范围分为文学和综合艺术两大方面。具体而言,大众文艺由这几部分组成:(1)乡村口头传播的生活性文学,即在社会和生产中随意讲述、用口语创作和口语讲演、转述的文学。这是中国文学最基础的部分,由此养成了中国老百姓的欣赏习惯、审美习惯、甚至思维习惯。包括神话、传说、笑话、寓言、民歌、谚语、谐语等。(2)文与艺结合的综合文艺。包括农村的庙会、集市、节日里所演出的各类地方戏曲、说唱的曲艺、评书、史诗演唱,文人创作或根据民间故事和历史故事改编的作品,各种故事新编和外传别传后传等。(3)与诗词文章相对应的街谈巷议的古代小说。(4)现当代有广大受众面、以传统叙事方式为主的小说。(5)戏曲和各类曲艺。

大众文艺不同于大众文化。大众文化是让大众消费的文化,是工业革命的产物,具有西方引进的性质,而且隐含着话语权力,它主要以现代技术为支撑手段,以批量生产、规模复制为策略满足大众的需求,具有商品化、市场化、消费性等特征。大众文艺是大众欣赏的文艺,是中国本土农业社会的产物,具有民间性、私人化的特征。大众文艺往往由大众创作且自己欣赏,创作主体与接受主体在很多情况下具有同一性;大众文化的生产主体和接受主体在绝对意义上是分离的。我们说,最具活力的艺术在民间,最具活力的艺术基因蕴藏于大众文艺的作品之中。

　　大众文艺是与我们民族的嬗变、发展密切联系在一起的。在严格的意义上,它是农业社会农耕文明的产物,与原野山水、民间乡村相伴而生,是相对于"庙堂"而存在的"江湖"文化,相当于现代称谓的"草根文学"。因此,它可能是粗糙的(甚至是粗鄙的)、质朴的、原生态的,缺少雕琢、玲珑、纤细,既有民主、自由、闲散的一面,也有正统、保守的因素,与"官方文学"有着明显的区别。当然"官方文学"也并非特指由为官者亲自创作的文学作品,而是指按照官方规范、反映主流社会主导下的正常社会秩序的文学。在讨论大众文艺的时候,往往与民间文学、民俗学、通俗文学等概念联系在一起。通俗文学反映了大众文艺的基本特性,二者基本属于同一概念的存在;我们所说的大众文艺的基本存在空间就在于农业社会的民间,因此,大众文艺就等同于民间文艺(文学);民俗学是对民间民风、民俗研究的学问,民间文艺充分地体现着民间大众的民风、民俗、审美习惯、价值判断,与民俗学有着非常紧密的联系。在现代社会,虽然大众文艺仍然以不同的形式存在着,但大众文艺存在的空间不断被压缩,尤其在大众文化的挤压下,大众文艺生存的境况惨淡。然而,大众文艺是中华民族文学艺术的源头,是民族文艺生长发展的不尽宝藏,许多艺术作品、艺术种类成为民族文化的活化石。在数以千年的交汇、演化中,大众文艺形成了自己稳定的发展模式和基本特征。

一、大众文艺的基本特征

(一)通俗

　　大众文艺的创作主体即属于大众的范畴,它的创作意图非常清楚,就是为大众而作,大众的精神需求是大众文艺的第一追求(这与大众文化的目标和追求不尽相同)。它不仅关注大众想什么,在意大众需要什么样的文艺作品,而且非常注重让大众听得懂,看得明白。在文学史上,专业文人创作的文学总是力求避免"俗",而在大众文艺中"俗"则成为其立身之宝,刻意用俗字、讲俗语、出趣味。① 第一,大众文艺的创作主体与接受主体的关系是平等的,大众文艺表达的立场与接受者没有距离,话语权不是独享的,而是与大众分享的,说什么话,讲什么故事,表演什么艺术,能够设身处地从大众的立场出发,以平视的眼光审视大众,与大众互动,而不是高高在上教训人。第二,在表达形式和方式方法上,大众文艺以受众的感受和接受程度为取舍标准,注重选取大众能够接受的形式,力求达到最佳效果。譬如民间故事、传说都比较简短,线索清晰,情节连贯,人物性格突出,爱憎分明,冲击力强,让人易受感染;传统小说的章节划分以人们的接受心理和能力为依据,且利于讲述,每一章节差不多说半个小时。而现代小说肯定没有这样的安排。第三,大众文艺的生成过程具有明确的社会目的,这种目的性与大众文艺作品的内容密切相关。大众文艺的创作都存在着介入消费、介入社会生活的动机。当然大众文艺对消费的介入与大众文化产生的消费存在着很大的差别。大众文艺的消费是一种自主自发的精神消费,大众文化的消费基本上是一种以市场为导向的消费,具有很大程度的商品消费属性。因此,大众文化消费内含着经济效益的动机,而大众文艺消费则明确体现着社会效益的动机。因此,民间艺术家都知道在什么情况下讲什么样的故事效果更好。同样的故事面对不同的对象可能会有不同的讲法,对晚辈主要讲"孝",对长辈可能讲"悌",不足而已。第四,综合性体现了大众文艺的世俗关怀。为了满足受众的多种需求,许多大众文艺作品都是以综合性的文艺形式出现的,以多种形式吸引受众,在有限的时间、空间让接受者对大众文艺产生多种体验和感受。譬如说书的又说又唱还有伴奏,讲故事的时常加入地方小调,相声中融入说、学、逗、唱,而实际上早期的曲艺——如唐代的"俗讲"和"变文"虽然是在庙会等群众聚会的场所宣讲佛事,宣传经文,已经采用了多种艺术手段,目的是与其他艺术活动争取听众。第五,语言的俚俗性。大众文艺走近大众的第一个条件是语言,最活泼、最有生命力的语言存在于民间

---

① 刘晔原:《大众文艺学》,北京广播学院出版社2002年版,第35页。

大众,老百姓能够接受的是鲜活、晓畅、不拘一格的语言,而不是文绉绉、一板一眼、程式化、冗长繁琐的语言。大众俚语是活跃在老百姓口头的语言,蕴涵着许多人的智慧,具有戏剧性和感染力,积极吸收大众俚语是大众文艺语言鲜活晓畅的捷径。俚俗性是大众文艺人文关怀的重要表现。周扬在论述元散曲与传统诗歌的区别时指出:散曲与传统诗歌的显著区别,就在于它大量地吸收民间的方言俚语。散曲作品具有浓厚的市民通俗文学的色彩,充满着诙谐和幽默。元代刘时中的《叨叨令·上高监司》直接借用了普通百姓语言上的表达方式,从而使小令直白易懂:

  有钱的贩米谷置田庄添生放,无钱的少过活骨肉无承望。有钱的纳宠妾买人口偏兴旺,无钱的受饥馁填沟壑遭灾障。小民好苦也么哥,小民好苦也么哥!便秋收鬻妻卖子家私丧。

需要指出的是,大众文艺的受众关怀不是媚俗和迎合低级趣味,而是为受众着想,让受众听懂看明白,一般来说,大众文艺作品内容非常健康。

(二)普适性(穿透性)

我们说的大众文艺是普通百姓消费得起、接受得了的文艺类型,换句话说,就是以大众为消费主体的文艺。大众文艺无论是语言还是形式、内容等所设定的门槛不高,人们接受它时不需要咬文嚼字、绞尽脑汁,消费它时不需要投入多少银资,人们只要愿意,都能够成为大众文艺的创作者、接受者。所谓"众",就是多,强调的是大众文艺的受众在整个社会中的比例。但是,这个比例不是一个绝对数,也不是一个纯粹的阶层,因为无论是大众文艺的创作者还是欣赏者,都不完全是纯粹的社会下层劳动人民,很难说大众文艺就是清一色的下层受众在消费。

就大众文艺形成的过程而言,大众文艺毫无疑问是社会下层劳动人民自娱自乐的产物,下层的艺人和诸如说书唱戏编小曲等有一定特长的人主要承担了这一任务。但在艺术史上也有一些文人对大众文艺产生钟情和热爱,他们既附庸风雅写正统的诗赋,以明确自己的身份和地位,同时也甘于献身世俗,无偿为下层人民创作普通的唱词戏文,寻求普通人的乐趣。即使是在封建社会的官僚阶层,也有一些人一方面吟诗论道,另一方面也欣赏戏曲小唱。现代社会更是如此,很多科学家、学者、文人也喜欢阅读武侠小说,欣赏曲艺杂弹,更不用说有越来越多的文学艺术研究者投入更多的精力和时间,专治大众文艺之学。在文学史上,"诗庄词媚"、言志以诗、言情以词,把诗和词划分成为不同的层次,说明"词"曾是属于民间、"俗"阶层的消费品,所以,很多词曲产生于酒楼瓦肆,诸如柳永、韦庄等著名词人浪迹于歌楼、名妓之间。但是,词到了宋代已经成为文学的重要种类,在中国文学史上享有很高的地位,很多诗人作家投入创作,词很快为文人士大夫阶层普遍接受。所以,大众文艺虽然在总体上具有劳动人民的专属性,但具体而言并非完全由劳动人民专享,它也具有强劲的、普遍的穿透力,在社会各层面具有通适性。这实际上即文化的互渐性,文人士大夫的主流文化影响着世俗文化,大众的世俗文化也浸染着主流文化。犹如山野时鲜是老百姓简陋生活的必需品,但吃腻了美味佳肴的达官贵人也常对此产生食欲;传统文化中的过年,百姓过,皇亲贵族也要过。劳动人民受时间、文字能力和物质条件的制约,大众文艺可能是他们精神消费的单一选择。而社会上层的人们却可以根据自己的兴趣和需要,既可以相互酬和,玩赏琴棋书画,咀嚼阳春白雪,又能够追趋下里巴人,品尝大众文艺。这说明大众文艺具有更大的社会通适性。正是由于这种通适性,使大众文艺有了更广阔的发展空间,许多大众文艺中的名篇在文学艺术史中具有重要地位,成为民族文化的标志性符号,对后来民族艺术的发展产生重要影响。如《梁山伯与祝英台》、《七仙女与董永》、《白娘子与许仙》、《孟姜女》以及《三国演义》、《西游记》、《水浒传》等作品,经过长期的锤炼,已经成为民族艺术的经典,几乎各个阶层都有着浓厚的兴趣,而且在民间还有更多的演义。

(三)载道

传承道德,教化人性,是大众文艺非常突出的一个特征,也充分反映了劳动人民美好善良的品性。大众文艺的主要消费者劳动人民纯朴善良,他们的生存条件简陋,生活环境艰苦,绝大多数的劳动群众没有接受教育的条件,他们的道德养成主要靠一代代人的道德践行予以传承。他们希望自己的子孙后代从良向善,希望把自己的道德经验和感受完整地传给后人,在没有条件接受教育的情况下,大众文艺难以推卸地承载了这样一个任务。大众文艺的道德承载性产生于劳动人民的道德期待,"文以载道"的文学传统增强了大众文艺传承道德的责任感,长期形成的道德观念和价值取向使大众文艺的道德教化有了依据的标准。一般来说,大众的道德观念与主流道德在很大程度上具有合一性,这主要是中国以儒家的道德学说长期教化的结果,也是两千年的封建典章制度规约的结果,很多道德思想已经深入到普通民众的内心深处,从而形成了共同的民族道德观念,精华部分成为中华民族的美德,如爱国、爱家、尊老、爱幼、忠诚、善良、勤劳、勇敢、节俭、礼仪等等。但同时,劳动人民也有反叛封建秩序和传统道德的思想意识,有宣扬自己正义情感体验和弘扬劳动人民道德理想的愿望,这是劳动人民特有的道德要求,而且,普通百姓期待大众文艺体现这一道德要求时必须更鲜明、更强烈。所以,绝大部分大众文艺都具有道德劝诫功能和特征,要么是赞颂、褒扬好人的善德懿行,要么是抨击、鞭挞坏人的丑行劣迹,既有忠臣、良将、贞妇贞女,亦有不为传统道德束缚、除暴安良、匡扶正义的侠客义士、追求美好情感的纯情男女。[①]凡此种种,既反映了传统道德的主要精神,也表达着劳动人民的道德要求。总之,大众文艺体现的爱憎非常分明,让人不用进行深度思考和辨别就能分出善恶忠奸。对于广大老百姓来说,大众文艺降低了道德承载的功能,就可能大大降低了其存在的价值。

(四)娱乐性

受众的心理与受教育的程度、生活范围、生活习惯是相关的。在教育不发达的社会存在一个相当广泛的亚文化层,这是大众文艺最基本的受众群。处在亚文化层的人们不具有接受和消费高雅文艺的物质条件、文化素质、包括心理需求、心理定势(就如刘姥姥进了大观园不知何为诗和何为作诗),但这并不能说明亚文化层的人群没有基本的文化需求。区别在于,作为亚文化层人群主体的劳动人民,代代、辈辈重复性的劳动生

---

① 江帆:《民间口承叙事论》,哈尔滨出版社2003年版,第12~13页。

活和机械性的工作,限制了一部分人的思考范围,他们思考的对象主要是,如何使劳动为自己更多地获取生活资源。亚文化层的人们阅读的目的是调节生活、消遣娱乐,同时也增长见识,积累经验,培养接受既定事实的明智和防患意识。而由专业作家创作的,反映社会历史深度和高度的高精深的作品,亚文化层人群是难以消费的。因为这些作品反映的内容、表达的话语超出了他们的生活经验和思考的范围。那些议论、思索使他们负担沉重,纯文学那种淡化情节,含蓄的象征,淡淡的哀愁,又使他们感到茫然无解,淡而无味,无法引起心理上的共鸣。大众文艺之所以在亚文化层扎根生长,受到普通民众的喜爱,主要是大众文艺的娱乐性本质在起作用。人们读大众文学作品,欣赏大众文学的各种综合艺术,目的既不是为了寻求深刻的道理,也不是为了实现精神上的超越。他们首先想到的是引起精神上的愉悦,并通过这种娱乐得到休息。这种要求既不俗也不低下,完全正常。对于普通的劳动阶层,在繁忙、紧张、疲惫的劳动之余,在大众文艺中轻松、娱乐一下,有利于恢复身心精力,平衡生活差误,调节自我节奏。著名文化人类学家马林诺夫斯基分析成年人的游戏时指出,在娱乐之余,对于社会组织,对于艺术、技巧、知识和发明的发展;对于礼仪的伦理规律,自尊心理,及幽默意识的培养,又都有很大的贡献。鲁迅在《中国小说的历史的变迁》中谈到诗歌和小说的起源时说:

> 我想,在文艺作品的发生次序中,恐怕是诗歌在先,小说在后的。诗歌起于劳动和宗教。其一,因劳动时,一面工作,一面唱歌,可以忘却劳苦,所以从单纯的呼叫发展开去,直到发挥自己的心意和感情,并借有自然的韵调;其二,是因为原始氏族对于神明,渐因畏惧而生敬仰,于是歌颂其威灵,赞叹其功烈,也就成了诗歌的起源。至于小说,我以为倒是起于休息。人在劳动时,即用歌吟以自娱,借它忘却劳苦了。则休息时,亦必要寻一些事情以消遣闲暇。这种事情,就是彼此谈论故事。①

---

① 鲁迅:《中国小说的历史的变迁》,《编年体鲁迅著作全集插图本》(二),福建教育出版社2006年版,第85页。

即便原始宗教活动中的歌颂祖先、天地、神灵,赞扬祖先功烈所唱的歌,所跳的舞,也无不具有娱乐生活、调节生活的作用。人类学大量的有关后进民族宗教节目的材料,已经证明这种宗教活动的巨大的全民的娱乐功能;传统的各种庙会活动、民俗活动,也无不充满娱乐气氛。实际上,大众文艺的生产压根就没有高远、宏大的目的,在我看来,它产生的原始动因和延续的历史就是,民间普通大众为求在人生或生活中寻找一种话语或话语权(诉说或诉求的方式),也许就相当于三五成群地闲话、唠嗑,也许就是为了在松散的农业社会搭建一个人们聚会娱乐的平台,类似于西方的狂欢节。所以,民间文艺的基本特性在于娱乐,这与正统文学(文艺)不同。正统文学的本质是说教,是自我欣赏、重点以文字表述的文学;大众文艺的本质是娱乐,是满足大众的娱乐需求,以大众欢迎为标准的文学艺术并重的结合体;正统文学是高于欣赏者之上的师长、哲人,大众文艺则是融入欣赏者之中的朋友、同事、乡亲。大众文艺的娱乐本质的恢复和重生,是对正统文学蔑视娱乐性的冲击,是对文学本质功能的重新认识和补充。

二、大众文艺的叙事特点

大众文艺是与中华民族的嬗变、发展密切联系在一起的。在严格的意义上,它是农业社会农耕文明的产物,与原野山水、民间乡村相伴而生,是相对于"庙堂"而存在的"江湖"文化,相当于现代称谓的"草根文学"。因此,它可能是粗糙的(甚至是粗鄙的)、质朴的、原生态的,缺少雕琢、玲珑、纤细,既有民主、自由、闲散的一面,也有正统、保守的因素,与"官方文学"有着明显的区别。大众文艺是乡间民众的精神生活方式,与劳动群众的生存状态紧密联系在一起,体现了人民群众的生存观、价值观,反映了劳动人民的思维方式、精神图像和审美追求。

大众文艺主要是以叙事性的作品为主,因此,叙事方式是大众文艺存在形式的重要表征。大众文艺许多作品虽然质朴、粗糙,但作为一种存在、演化了数千年的艺术形态,有其特有的内部展开方式。这种展开方式是与普通百姓的生活方式密切相连的,体现的是民间的生存智慧。

(一)神话传奇式的叙事

中外神话大多都是英雄的故事。大凡英雄都是人类历史中的杰出人物,具有非同凡响的影响力和震撼力。英雄的影响力和震撼力来源于人类对英雄的渴望和需求。就人类本身的生存而言,虽然平淡是经常的,但人类永远不满足于生活和历史的平平淡淡,总是渴望出现奇迹。因此,渴望英雄、崇拜英雄乃人类普遍的文化心理。我们且不说夸父逐日、大禹治水等英雄史诗性故事,即使是《愚公移山》这则寓言,愚公一家本是普通百姓(小人物),但由于搬山的壮举感动了上帝,也成了让人敬仰的英雄。这实际上反映了劳动人民的普遍的心理和渴望。大众文艺是这种文化心理的追求者和实践者,在叙事中力求人物的卓绝与超群,为人们营造大善大喜或大恶大悲等艺术情景。英雄的故事就是传奇。传奇不注重人物从何处来,到何处去,只在乎人物干了什么,造就了什么奇迹和壮举。这种高度凝练、重点突出的叙事方式成为后来叙事文学的重要表现手法,更成为民间各类艺术宗法的普遍原则。所以,考察大众文艺的各类作品,我们会发现,大多作品的叙事主要告诉听众发生了什么事,主人公有了何种作为和壮举,既不像现代叙事作品那样注意描述和交待环境,也不管主人公的出身背景,只要人物的作为和壮举完成,故事就可以结束。

(二)因果分明的叙事逻辑

中国文学艺术长期形成了"有情人终成眷属"、大团圆的传统,即因果分明的叙事模式。实际上,这种叙事模式是在大众文艺的叙事经验的影响下形成的。大众文艺叙事有一个重要特征,线索清楚,因果分明,叙述完整。中国文化在吸收了佛教文化的基础上,讲究善有善报,恶有恶报的因果对应关系。譬如《洛神的传说》中的后羿和洛神的故事就是典型的例子。伏羲的女儿宓妃因迷恋洛河两岸的美丽景色而落户有洛氏中间,她教百姓捕鱼、狩猎、养畜、放牧等,深受人们爱戴。但黄河里的河伯看到宓妃的美貌心生贪意,掳走了宓妃囚于水府。后羿知道此事后见义勇为，战胜了河伯，让宓妃回到了洛河，而最终后羿与宓妃也成为幸福的情侣，过上了美满的生活。这种叙事逻辑反映到文学艺术中，就是叙事必须有结果，而且是符合人们既定文化心理的结果。第一要首尾分明。一件事不能只有开头，没有结尾；一个人物不能活着而没有结局，或下落不明。这就要求叙事中涉及的人和事，哪怕是次要人物，甚至一些细节也不能没个交待。第二是情节设计的合情合理。故事情节可以跌宕曲折，离奇新颖，但必须符合人们生活的逻辑，合情合理合习惯是它的主要原则，这与现代文学理论中关于艺术真实和生活真实的基本原理大体是一致的。但是，与现代主流文学相比，大众文艺要求具有更强烈的真实感，即更忠实于常规。在大众文艺中，过多追求反常，抛弃常规的创意，并不一定符合大众的接受原则。

（三）全能的叙述人

大众文艺是让大众接受的艺术，是让人明白的艺术。这就要求叙述主体具有全能的叙述视角，事件的来龙去脉，好人的懿德，坏人的恶行，甚至最隐秘的阴谋和情景，都要求叙述人说出来。这里不需要设置太多的伏笔和悬念，即使为了故事情节的生动曲折而设置的某些悬念，也必须在适当时候给予揭开。人们都有一种探秘心理，这也是受众坐下来听故事的基本动机。纯朴善良的劳动人民一般喜欢直来直去，遇到问题和悬念喜欢打破砂锅问到底，不喜欢琢磨来琢磨去，以所谓的逻辑推理推了半天而不知所以。弄清什么原因，是受众的权利，大众文艺叙述人的根本任务就是不断地解决受众听讲过程中的一个又一个问题，所以，叙述人扮演的是"上帝"的角色，以全能的视角为受众叙事，所有事情都要无所不知，无所不晓。尤其是公案小说中，或在破案过程中或在破案结束后，都要揭开谜底，包括不可能被外人知晓的情景，都要如身临其境地讲述明白。[①]

（四）简约的结构方式

结构是具体作品的组织形式，且体现着作品的基本面貌。现代叙事

---

① 刘晔原：《大众文艺学》，北京广播学院出版社2002年版，第89页。

性作品的结构相对都比较复杂,目的似乎是为了展示作家构筑形式的技巧性和多蕴性。与现代作品相比,大众文艺作品的结构方式表现出自身的一贯性。大众文艺存在于民间,它所依赖的环境、生产机制、接受的对象等决定了其存在的形态。第一,作品结构力戒过于繁复。大众文艺的受众大多思维单纯,而且主要通过听觉接受作品传播的信息,接受能力有限,大众文艺必须充分考虑受众和接受实际,故事的人物要尽可能头尾贯穿,不宜同时穿插太多的人和事,混淆了主次,搞乱了情节。古代的话本小说常有"花开两头,各表一枝"的方式,同时叙述几个人的遭际,但一般选择在两头,不在中间加塞,以免虚实线索太多,搅乱受众的欣赏记忆,分散他们的注意力,让听众逐渐失去欣赏的兴趣而拒绝接受。第二,在叙事次序上要遵循着起因、事件、高潮、结局循序渐进地逐次叙述清楚,让受众比较容易跟着故事的节奏进入作品规定的情境。长篇叙事作品结构可能会较为复杂,但在结构的处理上要把握着简明的原则,可以采取阶段性地重复的叙事方式,把一件事交代清楚,告一段落后才能进入下一段的叙述,避免交错地使用倒叙和插叙的手法,破坏受众的视听连贯性,制造听觉混乱。

(五)线性推进的故事进程

　　线性流动是一种时间上的要求。时间的流动是呈线性的,而人们的生活、人的生命也是呈线性发展的。但是,由于人类是记忆性、能动性的动物,人们在表达思想、情感、生活时却可以以非线性的方式进行。人类的表达存在着多种可能性,但大众文艺却十分强调线性叙述。线性叙述要求,第一是时间、地点明确。在自然经济时代,人们日出而作,日入而息,基本上是跟随着时间流动节奏劳作、生活;同时,在广袤的原野,人们恐惧颠沛流离,期望有自己的定居之所。由此形成的人们的思维习惯和心理期待是,生活有明确的时间节奏和确切的场所。换句话说,人们接受和认定的是线性秩序,他们总是希望在这种线性秩序中找到自己的立足点,找到自己生活的轨迹。所以,中国人讲究守土重迁,故土难离,不是万不得已,人们轻易是不愿离开家乡故土的。因为故土有他们的乡邻故友,故土是他们的生活坐标和心理依托。同时,中华民族历史悠久,几千年的朝代更替线索明晰，地点区位清楚，就像正史一样，事出有因，人有出处，这已经形成了民族的基本历史思维。在这样的历史思维中，人们要求大众文艺叙事必须说清来龙去脉，有"根"有"据"，让人信服。因此，听书说艺希望知道是哪朝哪代什么年间发生的事情，具有仿真效果，这样才符合老百姓朴实厚道的接受心理和习惯。即使是纯粹的神话传说，简单的民间故事，也需要对时间、地点有一个大致概要的交待，这样才吻合大众宁可信其有而不信其无的接受期待。第二是在具体叙事上理顺时间顺序，按线性方式环环相扣。

三、大众文艺的审美规律

大众文艺是大众化的、具有综合性的艺术存在。它的基本特性是通俗性、普及性、即兴性、非固定性、灵活性、原生态。这显然与现代成熟的各种艺术形式有重要区别。因此，审视大众文艺的艺术性和审美规律不能完全用既成的艺术成规进行规矩，必须考察大众文艺的基本特性，寻求大众文艺审美规律。概而言之，大众文艺的审美规律有以下几点：

（一）趣味性是大众文艺审美的基本要素

任何艺术都应该有趣味性，这是对各类艺术的最起码的要求。但是，随着人类的精神发展，各类艺术发生了很大的变化，更多的艺术形式走向深邃、神圣、崇高，有些艺术品种甚至被附加上了与其自身不一定相匹配的功能，譬如政治宣传、道德教化、社会批判等等，趣味性相对较多地出现流失，这与许多艺术的最初原则是相悖的。大众文艺生长在广袤的乡间田野和芸芸众生的劳动群众之中，在某种意义上是没有实现深度进化的文化类型，具有非固定性和原生态性。大众文艺最大限度地与劳动群众的生活结合在一起，体现着广大民众的生活原态，反映着劳动大众的喜怒哀乐和生活乐趣，纯真质朴，既不矫揉造作，也不无病呻吟。劳动人民的生活真相是喜怒自然，爱憎分明，生活的哲学和逻辑是一种拙朴的智慧，虽然看似并非十分精深，但往往充满乐趣，且也常常连接着大道理。大众文艺表达劳动人民生活的原则就是反映他们的生活真相,让生活的趣味转化为艺术的趣味,这是大众文艺审美的第一标准。因为劳动人民的生活既没有难以测量的厚度,也没有某些文人想象得那么复杂,他们的真情实感不会隐藏得那么深,在正常状态下一般呈现为自然直白的流露;同时,劳动人民的生活大都充满着艰辛,在体力、生理等困顿的情况下,精神上的愉悦就成为让生活萌生乐趣的唯一添加剂。他们需要这种愉悦,他们需要让艰难的生活充满乐趣,大众文艺可能就是因劳动人民的这种需求而产生的,所以具有生活化的本性。譬如河南民间传说《牡丹故事——合欢娇》中,一对恩爱夫妻在艰辛的生活中以牡丹为喻体调剂着他们的感情,他们或打情或骂俏,并以培育"合欢娇"牡丹(双头牡丹)为追求和旨趣,蕴含着"哥哥"和"姐姐"夫妻二人连理比翼、白头偕老的愿望,而这一愿望是世上所有人共同期盼的。《合欢娇》让人看后感到非常有意思、有情趣。我们在研究大众文艺的时候就应该回到其自身发展的历程寻找规律,考察大众文艺形式能不能给人们带来乐趣,让大众喜欢和接受;能不能愉悦人们的身心和精神,能不能让人们在欢笑中得到感悟,消解生活和人生中的艰辛、困苦,在感悟中渐化、形成一种大众情怀,确立一种生活常态。这是大众文艺成功的首要标志。

(二)积极向上、喻人向善是大众文艺审美的基本属性

大众文艺是属于民间劳动大众群体的,它集中体现着劳动人民淳朴善良的道德情操和理想信念。劳动人民的生活相对简单。他们在几千年的农业社会中主要从事农业生产,占有的资源极其稀少,生活水准基本上维系在生存线上,对于大多数人而言,几乎不存在大起大落的可能性。在这相当低下的生活水准下,劳动人民期盼的是能够保证这种生活平平安安。但是,在生产技术条件十分落后和公共保障极其有限的农业社会,不仅天灾经常威胁着劳动人民的生活,人祸也时常成为威胁他们生活的主要根源。因此,在个人力量无法确保生活安全的情况下,人们盼望社会安定,人人向善;盼望着神仙皇帝、好官良将、英雄好汉为他们做主,替他们伸张正义,保证他们的安全。虽然这种愿望是不现实的,但仍然是人们的一种理想,即使在现实生活中不能实现,这种诉求仍然在执着地表达着,他们相信,正义总有战胜邪恶的机会,善最终能够救赎人生。所以,大众文艺是表达劳动人民这种诉求的主要形式,同时,也成为人们对大众文艺的基本要求。大众文艺虽然通俗,但并不意味着格调低俗;相反,大众对大众文艺的格调有更高的道德期待,他们要求通俗的大众文艺的内容是积极的,是好的,是善的,否则,就难以在大众中产生美和美的感受。

(三)通俗易懂是大众文艺审美的基本要求

弄懂、明白、理解是一切艺术产生美感的前提。但是,大众文艺基本上没有固定的文本,主要是一种听觉感受,在某些作品中与视觉感受结合进行,它不可能像有固定文本的文学作品那样可以供人们反复阅读,仔细琢磨,耐心品味,也不可能像经典的绘画、雕塑那样让人们慢慢地观赏。大众文艺呈现在人们面前的时候是动态和流动的,只能让人们在动态流动中用听觉间或视觉去感受,其中存在着作品呈现时流动的速度,听众的理解能力,还有就是作品的深度和平易度。这里,听众的理解能力是大众文艺及其传播人难以调控和改变的,因为劳动人民接受的教育和人文素养是定型的,只有作品的流动速度和平易度是比较容易调控的。例如,河南民间歌谣《初恋情》:"躲躲闪闪见一面,说话半吐又半咽。未曾开口红了脸,想好话儿心儿颤。下下决心提提胆,扭着脖子侧身看。挤出一句知心话,心儿跳了老半天。"歌谣唱的是一对初恋情人初见面的情形和感受。首先是歌谣使用的都是老百姓的土话,一听就明白;其次是歌谣在讲述情人见面的情形时非常细致,从"躲躲闪闪"到"挤出一句知心话",节奏和速度把握得比较舒缓,在听觉上流动时人们有回味的空间。赛珍珠就认为,"小说在中国是普通人的奇特产品。小说是他们独有的财富。真正的小说语言是他们自己的语言,而不是经典的'文理','文理'是文学和文人的语言"。所以,大众文艺必须在作品的流动速度和平易度上下功夫,力求让大众文艺在特定的人群和情境中容易理解,并为更多的人接受。

(四)简单明了是大众文艺审美的基本程序

在人类的思维方式中,复杂化和简单化是人们可供选择的两种基本路径,因此也是解决问题的两种最重要的方法。由于普通大众的生活经验、人文素质、理解能力是有限度的,这就要求大众文艺的内容、结构、线索、人物,包括形式不能太复杂,让他们难以理解。因此,简单化是大众文艺的基本程式,大众文艺作品必须在内容、结构、人物、线索,包括形式等方面化繁为简,采取简单化的处理方式,让受众理得清、看得透,进而从中获得美的感受。譬如《夸父逐日》的传说即紧紧围绕着夸父思想、行为而叙事,从夸父为大地的干裂而痛心疾首,到不顾个人安危而逐日,历尽千辛万苦,最终渴死在路上,一直到死后他的木杖化作一片桃林,为旅途上的行人遮阴解渴,成为其伟大壮举的一个有意义的结果。这则传说简化了许多细节,重点突出夸父逐日的义举,以免弱化夸父的形象。但是,简单化不是表现方式的单一化,更不是放弃大众文艺多元化、多样化、复杂性的追求,而是指在具体的大众文艺作品的结构中尽可能地简化头绪、线索等,力求叙事更加清晰、明白,更好地适应听觉艺术的特点,避免过分增加受众听觉上的负担,从而影响接受效果。实际上,在大众文艺中,人们在期求具体作品结构方式简单化的同时,也追求各类大众文艺作品叙事方式的多样性,以充分体现大众文艺多质、多元的特色。

四、大众文艺的审美价值

大众文艺的审美价值主要表现在以下几个方面:

(一)大众文艺蕴涵的思想元素、艺术旨趣和审美习惯具有原生态价值

大众文艺存在于农业社会的山野乡村,而且大多没有定型的文本,内容和文本的易变性,形式的非固定性,使得大众文艺一直处在不断被加工、被创作的过程中,而这种加工、创造并非封闭性、个人化的,往往是群体性、开放性的,能够最广泛地容纳和吸收人民群众的习俗、喜好和旨趣,特别是吸纳了老百姓大量实际生活中的真实元素,保证了大众文艺贴近实际、贴近生活和多样性的特质。我们从《信阳毛尖的传说》和《口唇茶

的传说》的演变中可以明显地看到大众文艺的这种特质。《信阳毛尖的传说》叙述的是一个叫春姑的姑娘为了救治乡亲们的一种"疲劳痧"的疾病,跋涉了千山万水,从神农氏那里寻到了茶树籽,返回后在信阳大地种上了茶树。这一传说与神农氏联系起来,大大延长了信阳茶的种植年代。《口唇茶的传说》讲的也是信阳茶的来历,但却指认是王母娘娘的九仙女从仙茶园里带来的茶籽,而且把信阳茶的起源锁定在唐代,说明两个传说文本是有时间差异的。其中,两个传说中都有茶治病、姑娘唇含茶叶以及画眉鸟等细节,这是两者的共项,而不同的是《口唇茶的传说》是在前者基础上的演绎。这种演绎就丰富和蕴涵了历史和现实、文化和风物的大量信息。大众文艺的各类艺术形式原态、质朴,少斧凿雕饰,保持着大众精神生态的原貌,保存着民族文化基本元素的原始密码,是人类各种艺术生长最丰富的营养和最具活力的要素。无论是文学史、艺术史上最早的文学、艺术现象、作品,还是现在的各种艺术,都与大众文艺有着密不可分的渊源关系。从生态的角度讲,原生态的东西最有价值。

(二)化繁为简的审美模式成为中国叙事文学吸取的宝贵资源

化繁为简是大众文艺长期形成的一种创作方式,也是大众文艺一个非常突出的特征。譬如,诸多大众文艺的作品突出传奇性、主要人物、主要线索、主要故事情节,一般不会多头穿插、旁枝杂鹜,随意转移人们的关注点。这种处理方式的最大特色是,能够集中笔墨、集中情感塑造主要人物、中心人物,编织故事线索,制造故事情节,调动受众情绪。这主要是与大众文艺的基本特点密切相关。大众文艺作为主要以听觉为主的艺术形式,无论是有无固定的文本,篇幅或者讲述的时间都不能过长,否则就超过了受众的承受限度,从而变成了一种无效接受。所以,大众文艺作品的线索、故事、情节、人物必须更集中、更凝练,甚至更概括,必须在受众有效接受的限度内做文章。另一方面,大众文艺的这一处理方式也为自己赢得了生存空间,老百姓从这种简短、集中、明晰的艺术形式中听到看到了精彩和神奇,从而更加喜爱这种艺术形式。这种审美模式的资源性价值被中国许多文艺形式开掘、继承、发扬、光大,无论是传统的还是现代的,也无论是文学作品还是今天的电影和电视剧,在创作中都大量地吸收了这种成功的表现方式。

(三)大众文艺的道德教化功能也是中国文学艺术的重要资源

道德教化是大众文艺审美的基本维度,更是大众文艺审美最重要的价值判断。中国文学的传统具有强烈的载道意识,这与中国的科举制度有关,也与文人文学、官方文学的主导有关。所以,道德评判、政治评判成为衡量文学艺术作品成败得失的重要因素。大众文艺虽然与正统文学是相对而存在的,在创作主体、生产方式、流通方式、接受主体等方面都存在很大的差异,但是,传统文学对大众文艺的发展应该有一定影响,至少在载道意识的选择上是有共同性的。但是,大众文艺所载之"道"与传统文学的道是不能完全等同的,传统文学的道与封建统治的政治制度紧密结合,而大众文艺的"道"则更多地体现着劳动人民淳朴的道德理想,包含着丰富的民主性因素。所以,"道"是大众文艺的有机组成部分,载道并不一定是问题,关键是载什么道,与艺术形式形成了一种什么样的关系。大众文艺只有是真的善的,才可能是美的,这是普通民众基本的接受模式。真→美,善→美,假→丑,恶→丑,好人→坏人,爱、恨、情、仇分明,大众基本的价值判断、是非标准绝对不能混淆,大众淳朴、清澈的感情不容玷污。道德情操美是大众文艺另一个重要特征。所以,大众文艺的属性首先是真的,是善的,然后才是美的。真、善是大众文艺的基本属性,也是大众文艺的基本价值。正因为如此,我们才能做出"大众文艺通俗,但不低俗,不下流"的结论。大众文艺这种道德情操美的追求在现代文学艺术的创作中也不能断然摒弃,因为历来优秀的艺术都是思想价值和艺术价值的完美结合,既不存在单纯道德说教的艺术精品,更不存在唯有形式的艺术经典。

(四)普世情怀的价值追求及其表达为中国文学艺术确立了一种维度和方向

从某种意义上说,大众文艺在本质上一个最显著的标志就是一个"情"字,这个"情"可以引申为情感、情怀、恩情等等。但是,大众文艺中的"情"是一种大感情,是广大劳动人民普遍共有的感情,是一种普世情怀，不是传统文人文学中才子佳人、鸳鸯蝴蝶离愁别绪、感伤落泪的小感情。譬如河南民谣《娘啊！往后我要孝敬你》："石榴树，圪针稀，娘疼儿来儿疼妻。娘有病，想吃梨，没有闲心去赶集。妻有病，想吃梨，一下跑到木楼集。木楼集，没有梨，回头跑到汜水集。"反映的是世间常有的"娘疼儿来儿疼妻"普遍问题，歌谣通过儿子与媳妇一起偷吃糖烧饼和酥甜梨的理亏不安、早起扫地时摔跤等，逐渐得到感悟、昭示，"慌忙扶椅快爬起，连连磕头泪水滴，心想自己也会老，到时后悔来不及。叫声老娘别生气，往后我要孝敬你"。表达的是孝敬老人是每个人应具有的品德。在劳动人民的生活逻辑中，天黑睡觉，天亮劳作，有肉吃肉，有酒喝酒，有福同享，有难共当，爱恨情仇表达得爽朗直率。大众文艺关注的就是老百姓这种生活逻辑中表现出的普世情感，这种追求和表达已经成为大众文艺的最大理想和恒定理念。这里，我们不能过分狭隘地强调个性、特殊，必须尊重劳动人民的普遍认同。作为大众文艺永久的精神价值，它最大限度、最大可能地蕴含、积淀了普通民众的精神情感，最有可能让普通民众从中找到终极的心灵的归宿、情感的归宿、精神的归宿，因此，大众的认同、接受就可能实现最大化。这样，大众文艺的普世情怀就具有了普遍的意义和价值。而这正是现在许多艺术产品"缺钙"的征兆之一。就此意义而言，这种追求和表达可能应该成为各种艺术形式充实和丰富的精神营养。

第二章 文学是一种审美生活方式

毫无疑问,文学与时俱进地呈现着一种变化的状态。虽然我们毫不动摇地坚持用"文学"这一概念概括着一种存在,但仍然无法避免人们产生疑问:文学是什么？何为文学？文学是什么和何为文学好像是一个问题在提问方式上的倒置,但实际上两种提问方式的差异可能隐含着本质含义上的差异。能够满足前者的答案是概括的、集合概念,后者则可能是单个的概念,这样二者就可能存在着类和属的关系。然而,在问题面前,真正给予符合实际、符合知识谱系、符合形式逻辑的回答确乎不是简单的事。因为被我们今天称之为"文学"的东西经过数千年的嬗变,只能把大浪淘沙中没有被掩埋的、涌现在我们面前的那些"沙子"纳入到文学的范畴;更因为人们从来就非常热衷于对关于被我们称为"文学"的东西的命名和定性,所谓"文学生命说","文学是语言的艺术","文学是人学","文学是审美意识形态"等等,绝不能说没有触及文学的基本属性问题。但是,通过正反两方面的审视(包括证伪),我们会发现它们的片面性、局限性。说到底,文学是人类生活的派生物,定性文学应该从人类生活的发生过程,从文学起源发展的历史,特别是注重从精神层面、行为指向和实践意义的结合上把握文学的本质特征。回归文学的原生态、还原文学的原本面目,有利于发现文学与人类生活的全方位的联系,有利于摆脱原有的概念和理念的束缚,建立基于我们自己感受经验的对文学的"中国式现代理解"。吴炫的"否定主义文艺学"试图否定的可能是关于文学的机械的"本质主义"理解,还原文学丰富的多质的具有活力的生存形态。我们未必完全沿着吴炫教授的"否定"之路前行,但我们会带着这种启示在文学与生活的全方位的联系中重新寻找对文学的理解。其中,文学的实践意义是我们试图确立的考察和研究文学的重要维度,从这一维度出发,我们认识到,文学的各种概念化的解释都难免简单化、机械化,真正富有阐释力的应该是从实践意义上对文学行为目的的一种表达,这就是:文学是人类的一种审美生活方式。

一、感性理解的文学

如果我们不再严格按照文学研究既定的套路和范式去研究问题,那么就可以解放思想,以另一种方式进入文学,幸临文学现场以真切的感官感受文学的原生状态。我们假定今天被称为"文学"的东西暂且尚未命名为文学,并且文学对于人类的作用、价值、意义也没有得到阐释,完全凭着自己天然的感觉感知文学,判断文学,定性自己的喜好,那么文学是什么呢? 文学可能是能够让人吼、让人叫、让人哭、让人笑、让人放歌、让人诵唱、让人呓语、让人遐想的东西。因为"吭育""吭育"并不是自觉喊出来的,劳动号子、船工号子、山歌、田歌等也并非生产活动的必需,但它们不是自然界制造的现象,而是人类生存活动创造的成果。重要的是,这些非人们生存必需的东西能够让人获得某种愉悦、释放、表达,甚至产生某种相关联想,朴实、单调、乏味的生活活泛出一些灵透、乐趣,这自然在人的生理机制和心理机制上得到认同,于是,人的生产活动增加了新的内容,非实用的需求"吭育"与实用的劳动同样被赋予了某种合理性,含有某种目的的重复制造、重复享用就成为可能。正如劳动创造了人,劳动也创造了实物之外的意义形态。

一般而言,自然在人的感知中呈现为实物世界。然而,实物世界的自然是变幻的,自然物象背后存在着玄机,有时候是实在的,有时候是虚幻的,譬如太阳的出入、阴阳的盈亏、生命的轮回、万物的荣枯等,人的感知方式由实感向虚感发生变化。在中国,夸父逐日、女娲补天、嫦娥奔月、愚公移山等实际上反映着华夏民族对自然的感知方式。夸父以逐日的方式求虚,意欲穷究日出日落其中的隐秘;女娲补天隐含着对上天暴雨倾盆而无法遏止的一种忧结;而嫦娥奔月则寄予着人们翱翔天宇的梦想;愚公移山寓意现实与人愿之间的矛盾所激发出的人的一种信念。这种想入非非的不可为之事肯定不是芸芸众生的选择,但绝对是许多人的向往。为什么人们会产生这样的梦想和向往？因为自然界(包括此后的社会生活)是由虚实两个方面组成的,这种实和虚即为事物的道和理。人类是循着对真实存在的实感进入世界的,但与真实存在同时存在的虚化世界也进入了人类的感知视野,而人类是有能动性的,虽然虚化世界是一种看不见摸不着的状态,但人是可以感知的,而且人们完全能够在感知的基础上通过自己的想象拟化出一个虚无的世界。所以,回归到夸父的思维,太阳的强力光照和漫漫长夜中的逃离都是一个巨大的悬疑,夸父的逐日行为既是求证悬疑,也是追求另一种生活的冲动。由此我们可以看到,不仅仅是人类的感知方式发生了变化,更重要的是人们的生活方式发生了实质性的变化,实在的生活为人类所需要,虚化的生活也是人类的一种需求。需要指出的是,人的这种虚化的生活需求不完全是一种理念,它包含着一种完整的可感的生活图式,人们可以把它描摹、勾画得栩栩如生、惟妙惟肖,甚至可以称得上人类的另一种"真实生活"。

之所以称之为另一种"真实生活",表明这种虚化的生活并非与人的实在生活毫无关联,它是自然造化和社会生活的衍生,甚至可以说是人的社会生活的翻版。所以,这是一种虚构的真实,是一种由"真实"的物象构成的虚化的世界,而且这种虚化的世界可以极大弥补和丰富人的实感世界的不足,让人类的生活发生了一种可能性的延伸。为什么人类自古至今愈来愈钟爱于这种虚化的世界,是因为实感世界总是存在着丑陋、不足和缺憾,人们总是希望以这种虚化的世界抚慰人生的缺憾。这里,营造一种虚构的真实已经成为自觉的作为。不管我们对这种虚构的真实是否称之为"文学",它都是一种客观存在,是人们有意精心培育着的一种东西。我们必须承认,这种虚构的真实不是货真价实的、地道的实物世界,它与现实是有距离的。但是,虚构的真实是由实物世界的基本要素构成的,在感知意义上具有了实物世界的替代属性。所以,文学中这种虚构的真实具有两个明显的特征,一是不一定可为,即不一定能够让人们完全按照真实世界和现实生活的逻辑去实践,并现实地转化为人们的实在生活。

二是物象是构成虚构真实的基本元素,正如物象是构成现实世界的基本元素。这意味着,这种虚构的真实也是一种可感的"世界",是一种能够与现实生活相比附的、能够在人的意识层面"还原"、解说生活的"真实"存在,而不完全是一种理念,一种抽象的臆想。

基于此,也基于中国传统人文知识的经验,我们说文学是一种物象的构成,或者借用后来成为惯例的一种说法,文学是形象的艺术。中国文学最基本的原则要求是"言之有物"。"物"是构成人类生活世界的基本要素,也是人们产生联想、解释世界的基本喻体和载体,具有最为丰富的阐释学意义。"在中国古典美学中,处于审美本体地位的是'象'、'境'以及由他们构成的'意象'、'意境'、'境界'等。"①《易传》提出:"观物以取象","立象以见意",强调了"象"的重要性。魏晋时王弼对意象做了充分的解释:"夫象者,出意者也;言者,明象者也。尽意莫若象,尽象莫若言。言生于象,故可寻言以观象;象生于意,故可寻象以观意。意以象尽,象以言著,故言者所以明象,得象而忘言;象者,所以存意,得意而忘象。"老子则推崇"道"。"道"并非完全指自然界,"而是指事物本真的存在方式,有任其自然的意思"。所以老子说:"人法地,地法天,天法道,道法自然。"与老子的"道"相联系,庄子断言"天地有大美",天地之间的万物是真正美的蕴藏。"天地有大美而不言,四时有明法而不议,万物有成理而不说。圣人者,原天地之美而达万物之理。是故圣人无为,大圣不作,观于天地之谓也。"庄子还强调"物化",这可能是庄子感知中实虚转化的一种方式。"昔者庄周梦为蝴蝶,栩栩然蝴蝶也,自喻适志与,不知周也。俄然觉,则蘧蘧然周也。不知周之梦为蝴蝶与?蝴蝶之梦为周与?周与蝴蝶,则必有分矣。此之谓物化。"物我在庄子的艺术体验中实现了互化。应该说,《易传》、老子、庄子等的美学感悟和体验成为中国文学长期追求的重要境界,并在长期的演化中形成了实和虚两种重要的艺术美的评判准则,譬如《淮南子》追求的"形"、"气"、"神",魏晋时提倡的"气韵"、"情采"、"风骨"、"神思",唐代的"兴寄"、"天然去雕饰"、"意象"、"兴象"、"意境",宋代的"清空"、"平淡"、"理趣"及苏轼的"寓意于物"、"留意于

---

① 陈望衡:《中国古典美学史》,湖南教育出版社1998年版,第2页。

物"等等,从不同的角度、不同的层面描摹了文学艺术的具象形态。不同的概念和不同的表达方式说明了一个问题,文学是一种可感的、可言传的物象世界。"蒹葭苍苍,白露为霜。所谓伊人,在水一方。""采菊东篱下,悠然见南山。""孤舟蓑笠翁,独钓寒江雪。""明月松间照,清泉石上流。""今宵酒醒何处,杨柳岸晓风残月。""枯藤老树昏鸦,小桥流水人家。古道西风瘦马。夕阳西下,断肠人在天涯。"如此等等,作家们追求的就是物象,一种虚造的"真实世界"。尽管这种"真实世界"对于人们的世俗生活是不可为的,但它是足以令人倾注和神往的。

二、理性理解的文学

理性地对待文学是后人的观念和意志。现代人(特别是西方人)在技术理性的支配下,将人类的知识范畴、认识范畴肢解为多种块垒似的学科,哲学、宗教、伦理、历史、政治、经济、文化、社会学等等,精细而极其繁琐。毫无疑问,文学也要以类似的方法给予分类,并不断地接受拷问。这当然不是文学独享的诘难,所有的知识、学科都要接受同样的质询,以确立自己的身份和本质,即非他乃此的属性。问题在于,当我们以科学的方法解析文学的时候,文学的面目及其所谓的本质却不一定十分清晰。所以,面对文学为何或者何为文学的问题,答案却非常难做。

科学的方法是以数理逻辑为依据的。这种方法的发明权当然被认为西方人所享有,所以,文学的学科分类以及以科学的方法研究文学的经验、理论毫无疑问来源于西方。中国历史上的学术传统是文史哲不分家,文学中有史,历史中有文学,哲学中也有关于文学、历史的解说。这种学术传统用科学方法判定是一种混沌不清的规则,无法做出诸如什么是文学的具体的学科判断,而且,对人们的学问的要求是文学、历史、哲学多方面素质兼备,似乎不具有专一性。不过,中国的学术传统是建立在感知、认识的基础上的,也就是说,它是通过调动人们的感觉、思维、心智、理智等多种能动因素的基础上做出的综合判断,虽然达不到毫发之精确,但却比较丰满。近代以来,西学东渐,西方关于文学的理论、学说与其他学科的理论一起传入中国,并逐渐取代中国以往的学术传统,取得了支配地位。于是,关于文学的各种学说就成为中国文学教育的基本内容,诸如"文学生命说"、"文学是人学"、"文学是社会生活的反映"、"文学意识形态说"(包括"审美意识形态")等等,当然也成为一直以来争论未休的话题。毋庸置疑,科学方法于自然科学的研究是有效的、正确的。但如果运用于文学之类的人文科学领域其有效性有多大,恐怕那些有科学方法成就的科学家们也难以给予具体的答案。犹如发现力学三大定律的最著名的科学家牛顿,试图证明上帝的存在,结果只能是无功而返。文学是通过感觉、体验、记忆、回忆、渴望等一系列复杂的心理、情感、思想的综合活动而产生的智性成果,它不是具体数字或数据的汇集或累加的结果,也不是条分缕析能够还原的过程,文学研究走不进实验室,也难以建立有效的数据库。所以,试图以科学的方法求证推理,给文学做出一个准确的、本质性的定义,可能永远是徒劳的。

问题仍然在于,我们明知自然科学的方法对于文学研究未必是可行的,却难以摆脱既定的学术和理论思维。因为我们现有的概念、话语体系、理论框架、学术成规等都是从西方拾来的,已经形成一种思维定势。所以,我们理论界一直试图证明或揭示文学的本质是什么,给文学一个非此即彼的准确定义。文学是否有一个体现着自身特定规定性的本质,回答是肯定的。因为文学作为一种精神存在形态,肯定有其存在的内在合理性,并与其期许的价值目标保持着直接的连接。否则,文学就失去了存在的根据。但是,文学并非先有本质而存在的,而是先有文学的存在然后才逐渐体现出所谓的"本质",然后才让人们争论不休的。就此意义而言,文学的本质并不重要,至少没有文学的现实存在更重要。然而,现代知识的建构、学科的建立是必须分门别类的,必须给所有的存在形态贴一个标签,文学难以例外。这是一种现代建构的规范,目标是确立一套解说文学的学理。让人困惑的是,所有的关于文学本质的研究、解说都是本着理性或科学的态度进行的,但得出的结论没有一个不存在质疑的。这说明,有关文学本质的研究如果不是目标设定错误,就是研究的方法有问题,如若沿着这一思维定势继续走下去,无异于缘木求鱼。从实际出发,如果文学的现实存在比文学本质的揭示更重要的话,我们是否还有必要趋之若鹜地在文学本质的争论上浪费精力。文学的本质客观存在。既然我们不能用自然科学的方法给予精确证明,也没有人能够给出一个权威的放之四海而皆准的定义,还不如压根不去揭开这层面纱,让它继续原样地蕴涵在文学之中。其实,关于文学的本质也许本身就是一个含混不清、难以精确的东西,是一个无解的命题,它存在于作家、读者心中,只可意会,不可言传。

所以,文学研究中的本质主义思维不能形成一种开放的、多元的视域,有可能是禁锢文学发展的窠臼。我们虽然承认文学有客观存在的本质,但并不意味着我们认可静止的、固化不变的文学本质。因为,数以千年以来,文学无论从内容、形式还是文本、载体等,本身是发展变化的,文学的本质毫无问题也是不断嬗变的,至少是在不断地充实着新的内涵。"相信文学有使自身成其为文学的稳定不变的质素或者本体"[①]的设定,是简单和幼稚的。中国文学从"诗言志"、"文以载道"、"缘情"、"美刺"等至"五四"发生根本变化,已经不是一种说法可以言尽的了。可以说,"五四"之后的中国文学与传统文学相比全面变脸,甚至可以称之为西方文学在中国的翻版。什么是中国文学的本质?而西方文学的发展又是沿着另一种路径滑行的,西方文学形态存在的本质显然与中国文学存在着区别,我们能够穿越古今、中外拿出一个通解文学现象的本质吗?这显然也是困难的。现在我们能够做到的是什么?是立足于中国的文学现实,还是立足于西方的文学实际?

理解中国文学,或者说建构中国的文学理解方式,当然要立足于中国文学。如果必须以学理的方法或学科思辨的逻辑对文学进行界定,我们仍然没有能力列出一个完全属于文学本质的表达方式(公式),我们能够做到的是,可以找到文学不是政治、经济、哲学、历史等等的理由、证据和特征,因为文学不需要像政治那样严酷、强制,也不需要像经济那样实用、势利,不需要像哲学那样宏观、解释一切,更不需要像历史那样准确、真实。文学就是跟随着人类的生存实践、生活感受,经酝酿而呈现于人们思维空间的"映像",它不是高度过滤之后的抽象之物,而是沾满人的生活

---

① 汤拥华:《文学何以本质》,载《文艺争鸣》2009年第3期。

气息、生存片段、智慧花瓣的形象之物。所以,当谈到"文学生命说"时,我们不否认文学中表达过人的不同的生命状态,甚至一个完整的生命经历,但文学不是研究生命起源、生命成长、生命发展、生命终结等现象的学问。考辨"文学是人学",它具有部分的正确性,因为文学的确表达的是人的生活、人的思想情感、人的悲欢离合、喜怒哀乐等等,但文学不会去探讨人的生理现象、生命规律等问题。关于"文学是意识形态"的命题,显然在其内涵和外延上都存在龃龉。意识形态是主要表现为思想观念、思想意识等特征的抽象的精神形态,而文学则是具有丰富形象性的精神存在,文学在某些时候、某些作品中表现过意识形态的内容,这是文学反映人的生活、思想时自然携带的成分和痕迹,它们肯定不能成为文学等同于意识形态的充要条件。至于给"意识形态"加一个"审美"的修饰词作为文学本质的一种解说,并没有修补好以上命题存在的漏洞。因为人们正确高尚的思想观念、思想意识可能就具有正义性,但它不等于文学;相反,某些错误的、庸俗的思想意识不具有正义性,但却可能成为文学作品的组成部分。无论是"审美意识形态"还是非审美的意识形态,都不能成为文学的本质。关于"诗言志"、"文以载道"等中国文论中的命题,也需要进行现时的理解和辨析。"诗言志"是说诗歌是用来抒发作者的情志的。这里的"诗"是专指"诗三百",推而广之概指所有文学类型时,"志"的内涵和外延无疑也需要扩展。如果将"诗言志"阐释为"文学是形象地反映人的生活和思想感情的",则基本上符合我们今天对文学的理解。所以,关键是我们对"志"如何理解。而"文以载道"与"文学是意识形态"的命题基本类似,文学中存在着载道的情况,但文学不是载道的工具,文学不完全是为载道而存在的。

所以,我们并不渴求一种对文学准确无误、放之四海而皆准的解说。因为文学是非理性的,其本身多姿多态,体裁和题材多样,内容和内涵多义,存在对文学的多种理解和阐释是符合文学实际的。可行的做法是,放弃文学的"本质主义"坚守和非此即彼的思维,允许对文学的多种理解和阐释的存在,让文学的生存领域更加多元、开放。

三、实践价值意义上的文学

既然在理性的意义上仍然难以给文学框定个子丑寅卯,那么,不如完全回复到文学生长的原态中去。其实,文学压根没有现代专家、学者尊奉的那么专业,那么高不可攀。文学始终是与人的生活相伴随的一种非物质存在,是人的生活的附属产物。文学最早是从民间产生的,也就是说,最早的"作家"是普通的劳动人民,是在他们劳动之余,根据自己的经验和感受萌生(或曰"创作")的调剂生活和情绪的乐子、段子,也许就是一些有点趣味、幽默感的语言形式或游戏。后来被那些识文断句、有文化的文人雅士发现,其中的趣味、魅力也被他们发掘,予以整理、记录甚至加工,成为规范性的所谓的"文学"。文学由"自发"转向"自觉"。"诗三百"大部分是纯粹的民间文学作品,而《诗经》后来则成为中国主要文学种类诗歌的源头,无论是四言诗、五言诗还是七言诗,甚至辞赋的产生和发展,都不能说与《诗经》没有直接的关系。乐府诗主要是民歌,其中精华也是民歌。乐府诗中的民歌对后来的歌行体诗歌产生重要影响。中国古代长期实行的采诗制度,说明民间文学异常活跃,成为文学的主体。而小说在成为文学的宠儿之前一直是民间的产物,从话本、传奇到"小说"的漫长的成长期中,得到了民间智慧的长期滋养。可见,文学在成为文人的擅长之物之前,一直是劳动人民的专利。

劳动人民为什么是文学的主体?说明文学一直是人们生活的重要组成部分,也就是说,文学是人们的生活之所需。而这种"生活之所需"是指对人的有用性而非实用性,即于人有价值而非实用价值。从根本上说,文学既非人生规划,亦非工作计划、建构设计,它不可能为人或社会提供生活模本和发展蓝图,人们不可能亦步亦趋地按照文学叙事的样子去生活,文学叙事不一定能够转化为人们的真实生活。但是,文学表达了人们的愿望、渴求、理想、旨趣,这些因素不一定是现实的,但却是人的一种真实需要,只要人类还生存着就须臾不可缺少。这就是为什么劳动人民不由自主地创造了"文学"的原因。人是一种能动性、丰富性、社会性的动物,存在着动物本能之外的其他需求。人不仅需要生理上的满足,还需要心理上、精神上的满足。也就是说,人在实现了生理上的存在之后,还要看到生存的乐趣、动力,以便找到持续生存的理由。富足容易产生虚无,贫困易于让人失望、悲观,无论是富足还是穷苦都需要发掘持续生存的动力和乐趣。特别是劳动人民,生活的艰辛已经让他们生理上非常疲惫、困厄,心理上、精神上的慰藉、补偿就成为继续生存下去的重要支柱。

当然,能够给予人们精神支撑的不仅仅只有文学,譬如政治、哲学、历史、宗教等等学说都能给予人们精神上某种支持。然而,对于未受专门教化、朴素的劳动人民来说,那些抽象的教条、艰深的理论难以通晓,难以接受,因而转化为精神支撑是困难的。文学叙事是对人的生活形态全方位虚构、描摹,甚至是生活图景的模拟,近似真实,枝叶丰满,情态丰富。它主要不以说理教导让人明白是非曲直,而是让人物的活动轨迹、行为方式、故事演变的结果等内化为人们的思维活动,引起人们的兴趣和欲望,让人们在感受和体验中自我辨别善恶对错。在文学中,人们的愿望、渴求、理想、旨趣隐涵、寄予在人物、故事、情节等展开的逻辑之中,生活的肌理、价值、意义和人们的基本诉求也蕴含于文学叙事之中。虽然文学虚构的生活图景并非人的真实生活,虽然文学展现的"生活图景"并不能让人们按图索骥地重复,但文学让人们在"虚构生活"中近乎真实地看到了对象化的自我,并可能从中回味出生活的乐趣和动力。文学叙事高于平凡人生的生活,甚至是理想化的乌托邦,但在文学的修辞手法、多种表现手段构筑下可能美轮美奂,楚楚动人,引起人们极大的冲动和向往。所以,对于文学而言,不在于人们是否能够完全按照文学的描绘生活,而在于能够激起人们多少冲动和向往。因为人类最早创造文学的时候根本就不是出于实用的目的,初衷可能是在疲劳、痛苦、无聊之时玩笑、娱乐、虚化一下自己,甚至是自我进行一次开涮。

从某种意义上说,文学叙事就是一种虚幻,就是让人的生活由实向虚的一种转化,而人们在许多情景中常常向往虚幻。当人们的实在生活出现矛盾、困境时,以虚化的图景予以调和、润滑、昭示,困厄也许就细而无声地度过。文学就是要构筑一种"逼真"的"非现实的生活",而且这种"非现实的生活"还是人们极力憧憬和向往的,是人类发自内心的一种需求。这也是人类的一种生活方式。所以,屈原明知道现实、世事不是香花、美人仍然心向往之,深知"路漫漫其修远兮",依然"吾将上下而求索",且九死不悔;陶渊明为人们描绘的桃花源毫无疑问是一个虚幻的乌托邦,但并不影响人们由衷地向往;李白的"白发三千丈,缘愁似个长"极尽夸张,却有非常之效果;宝黛的爱情不可能修成正果,但人们却都希望"有情人终成眷属"。文学就是为人们不可为之事,而且,越是具有文学性的叙事,越是难以转化为人们的生活现实。其他艺术形式也是如此。譬如中国画追求写意,与实际生活画面差距很大;中国书法也完全不是按照人们正常的书写习惯去书写;朗诵总是拿腔拿调,力求区别于人们平常的说话;舞蹈的每一个动作都十分夸张,完全不同于人们日常的行为动作;而戏剧更是从唱腔、道白到表演都有别于人们的实际生活。但这并不抹煞文学艺术对人们生活的作用和影响。文学虽然不能规划和设计社会生活,却能辅助、引领、指导人们的生活,让人们的生活充满空灵、清幽、诗意,有"窈窕淑女,君子好逑"的渴望,像"采菊东篱下,悠然见南山"那样惬意,展现"好雨知时节,当春乃发生;随风潜入夜,润物细无声"的闲静,产生"天生我材必有用,千金散去还复来"的豪放,甚至生发出对阿Q"哀其不幸,怒其不争"的慨叹。由此可见,文学的作用在于引导人们诗意地生活。

"文学的本质与文学的作用在任何顺理成章的论述中,都必定是相关联的。诗的功用是由其本身的性质而定,每一件物体,或每一类物体,都只有根据它是什么,或主要是什么,才能最有效和最合理地加以应用。……同样也可以这么说,物体的本质是由它的功用而定的,<u>它作什么用,他就是什么</u>"(横线为作者所加)①。文学作为人类创造的一种精神存在或者文化存在,是有价值的,这种价值实际上就是文学的作用或者有用性。我们前面的论述已经清楚,文学的有用性并非对人们物质生活的实用性,而主要是对于人的精神发展的有用性。人的精神发展呈现两个路径,一种是理性思维及其产生的成果,如政治、哲学、宗教等,抽象高深,远

---

① [美]韦勒克、沃伦著,刘象愚等译:《文学理论》,生活·读书·新知三联书店1984年版,第18页。

离人的生活;二是形象思维(感性思维)及其产生的成果,如文学艺术,直观、形象、生动,相似于生活而又高于生活。这种"高于生活"的本质特征是审美,也就是说,文学给我们提供的"生活"是审美的生活,当然不能落入生活的"俗套"。它过滤了生活中的某些尘埃,剪裁了人事之间的某些枝蔓,让文学中的"生活"更具有想象性,甚至理想化。人的物质生活是各种物质要素在时间、空间中的连接、组合,表现为实在、琐碎、无间断,生活之流不以人的意志为转移地向人们面前涌动,人们无权拒绝。有些时候,物质生活带给人的感受非常不美妙,而人们又不能丢弃这种感受方式。文学给我们提供了一种新的感受、体验、参悟生活的方式。它让人抛开冗繁,以文学的修辞、形象、故事、意境等对人的生活进行审美性创造,从中发现生活的意义和价值,并在这种"审美性生活"的熏染、启迪、昭示下,树立和坚定生活的信念,开创人的实践意义上的新的美好生活。就此意义而言,文学是人们的一种审美生活方式。

第三章　文学的民族性

早在18世纪,德国诗人歌德就提出过"世界文学"的概念。歌德提出这一概念主要是基于科学技术的进步,人类交往交流的频率加速,世界关系及人的关系发生了新的变化。两个世纪之后,"全球化"作为一种更具有胁迫力的概念早已替代"世界化"的各种概念。在全球化背景下,"世界文学"已经不是一个稀罕的概念,而文学的"民族性"则显得十分珍贵。文学的"世界性"与"民族性"虽然并非不可调和,但的确存在着紧张关系。20世纪后期以来世界民族主义的抬头,在实践意义上是对全球化的反抗,在理论(文化)意义上是对全球化浪潮的消解或兼容。国内对于文学民族性的探究可以追溯到20世纪80年代的"寻根文学",一批作家所致力的寻根,实际上就是发掘中国文学的民族性。90年代这种追寻的调门有所降低。新世纪伊始,中国正式加入WTO,全球化对中国的影响进一步加深,理论界严重认识到全球化对民族性的压迫和消解加强。2002年4月,北京师范大学文艺学中心等举办了"全球化语境中的文学民族性问题"研讨会。此后,有关"全球化与文学的民族性"问题仍有学者不间断讨论,总体而言,目前的研究主要集中在对全球化与民族性的理解上,而对"全球化与文学的民族性"命题所潜存的多蕴性、多重性和巨大张力还缺乏深入、全面的研究,而对于这一命题的历史性解答,又关乎中国文学(文化)未来发展的走向。

一、全球化:世界的重构和同构

20世纪后期,科学技术突飞猛进,知识和信息爆炸,技术力量全面进入和支配人们的生活,人类的联系空前地紧密、多样、丰富。特别是进入新世纪,共同的时代背景和共同的发展目标,把世界各国统筹到所谓的现代化轨道,由联合国等国际组织拟定的《二十一世纪议程》和《千年发展目标》,成为世界各民族21世纪甚至更遥远未来的发展规划蓝图和摹本,在利润、财富和"富裕生活"的强力吸引下,各民族国家积极参与到世界经济、政治、文化等公共活动中去,而由现代技术支持的交通、信息的便利为人类这种愿望的实现创造了条件,"地球村"不再是概念和口号,全球化成为事实。

不过,这种由各民族国家一起"构造"的"世界公共空间"并不是一个均衡的公共空间。因为各民族国家的发展水平和力量是不等同的,在构造"世界公共空间"中发挥的作用必然是有差别的。由于技术、经济实力的突出作用,全球化的本质实际上是西方化或资本主义化。西方国家利用技术、资金、经济实力甚至军事上的优势,大肆向其他发展中国家和后发展国家兜售物质产品、文化产品甚至是价值观和话语体系,资本主义和霸权的扩张在某种意义上非但没有收敛,反而进一步加强,只不过是由领土的入侵变为经济、政治、文化以及技术、信息、资金、产品的扩张。所谓"世界公共空间"在某种程度上只能算作发达资本主义国家的俱乐部,掌控权和话语权并非谁都可以操纵,其他民族国家的参与是有代价的,那就是必须按照他们的规则和要求行事。西方模式化东方体制、西方生活冲击其他民族生活似乎成为无法抗拒的趋势。就此意义而言,全球化可能是西方统一支配世界的意志逐步实现的一个过程。

不可否认,全球化更加紧密地把人类的命运拴在一起,各民族在理论上有可能分享一些共同利益。但是,主要由西方发达资本主义国家主宰的全球化从一开始就决定了权力和利益的不均衡,更多的时候向西方严重倾斜,发达资本主义国家总是显示出经济、政治、军事、文化上的强势和霸权,市场由他们建立,规则由他们制定,技术和资本由他们输出,商品由他们倾销,世界秩序由他们主宰,其他发展中国家和弱小民族则常常失语和无奈。然而,全球化依然强烈地席卷和侵蚀着他们的生活,他们的生活方式不得不追随着西方的潮流而改变。所以,全球化带给我们的并不全是正面的积极的利益,它也是一把双刃剑,携带着潜在的杀伤力。由于发达资本主义国家以自己的思维模式、发展模式、生活方式作为复制全球化的模板,再加上强大的技术和资金清除着可能存在的各种壁垒,资本主义把自己的整个存在方式与商品混合在一起泛滥全球。全球化的物质后果是世界被迫收编为统一的市场,各国相互依赖,尤其是发展中国家对发达国家的依赖进一步增强。一方面是发达资本主义国家凭借霸权全方位的输出,一方面是欠发达国家壁垒解除之后的全面接受,人类的生活、消费日益统一化、程序化、雷同化,个性化、民族化的生活渐次被消解,人的自主性严重丧失,与其说是一种全球化的现代生活,不如说是一种"准殖民化"生活。由此而产生的精神后果可能是,人类的精神维度日趋单一,思维趋向同化。人类多样化的生活图景将得到深刻改变。

二、文化全球化:世界"同一首歌"

全球化发展到今天,整个世界建立起了完整的生产、流通、消费链条,经济上的紧密联系、相互依存已经是不争的事实,所以,2008年美国发生的次贷危机能够迅速转化为全球性的经济危机。这只是问题的一个方面。全球化对人类的影响绝不是单方面的,它以经济为起点,全面、深刻地改变着人们的生活。按照马克思主义学说,经济是基础,物质生活具有原发作用。经济的全球化、一体化毫不留情地将人类其他方面的生活内容裹挟其中,并以物质的强大魔力予以催化、裂变。特别是人的精神世界,在强大的物流的荡涤下,人们的精神河床有可能沙化,也可能预留下漫长的空白,西方既有的意识形态和文化风暴就可能畅通无阻,这意味着一个彻底的改变,不再是潜移默化,而是替代和移植。所以,全球化已经不再仅仅表现为经济的一体化,更重要的是体现为文化的全球化、一体化,世界共唱"同一首歌"。

第一,全球化的逻辑要求世界各民族国家的政治、经济、文化等方面的交往遵从全球规则。在经济领域,世界贸易组织作为一个具有法人地位的"准政府"性质的国际组织,对全球的贸易活动发挥着支配和仲裁作用,其涉及的范围包括货物贸易、服务贸易和知识产权,推动发展和经济改革、促进公平竞争、撤除贸易壁垒、实现更加自由贸易;联合国贸发会议的主要宗旨是促进国际贸易,特别是加速发展中国家的经济和贸易发展,制订国际贸易和有关经济发展问题的原则和政策,推动发展中国家和发达国家在国际经济、贸易领域的重要问题谈判的进展。在政治领域,虽然世界呈现出多极化趋势,但强权政治仍然存在;联合国虽然能够为各国的政治诉求提供舞台,但并不能真正主宰世界政治权力的分配,发达国家借助经济实力不间断地向其他国家施加政治影响,甚至以民主为招牌,输出其政治制度模式,引爆一些国家的制度演变,催生出西方政治制度的赝品,原本应有的多元化政治衍生出同化的模式。在文化领域,世界知识产权公约的推行理论上为各民族国家文化知识成果的推广提供了均等的机会,但实际上使发达国家的文化输出、甚至政治意识形态的输出合法化,伴随着优势经济、优势政治,发达国家的文化似乎自然而然具有优势,在此情形下,不同国家的文化已经不是亨廷顿所谓的"不同文明的冲突",发展中国家的文化俨然被发达国家所谓的"优势文化"淹没。

第二,互联网以及各类新媒体让丰富的信息资源为世界各地最大限度地同步共享,文化的传播从根本上超越了地域的制约,文化的地域性正在消失。在传统意义上,媒体是信息的重要集散地和主要的传播渠道。科学技术的飞速发展,拉动了媒体的变革,媒体的传播能力和承载能力空前地增强,互联网的崛起已经成为现代社会的神经,延伸到世界的每一个角落和人类肌体的神经末梢,它的巨大的储存功能使之成为各类信息的策源地和储存库,并且所有的媒体都与互联网发生了紧密的联系,电视、广播、报纸、出版社以及手机皆能直接与网络实现链接,知识、信息、文化成果的传播很难存在严格的壁垒,畅通无阻是当今信息流动的真实状况。据中国互联网络信息中心(CNNIC)发布的统计报告显示,截至2010年12月底,中国网民规模达到4.57亿;另一项统计则显示,全球网民已超过20亿,这就意味着,世界上任何一个地方产生的信息和发生的事件,只要这20亿人想知道,都可以在第一时间共享。而在另一种意义上,世界上任何一种文化都时刻受到其他文化特别是流行文化的浸淫,并不断地被改变。

第三,好莱坞文化生产制作模式成为全球化文化生产的模板。在世界文化版图中,好莱坞形成了类似于经济帝国、政治帝国的文化帝国,它的生产制作、流通发行、营销管理模式向世界各地推广,诸如《泰坦尼克号》、《2012》、《阿凡达》等巨制席卷全球,在让各国共享其制作模式和作品情调、品格的同时,引发多方的联动效仿,譬如《哈利·波特》小说和影视作品的全球热销,不能说与好莱坞程序化的生产经营套路没有直接和间接的关系;而从《卧虎藏龙》、《英雄》、《无极》、《夜宴》、《满城尽带黄金甲》、《色戒》、《赤壁》等产品中,我们不难看出中国的文化产品也在积极走上好莱坞之路。这种走势当然可以让文化生产获得成功和效益,但同时它可能迅速地推动了文化产品的模式化、同质化。

第四,大众文化的风靡和泛滥动摇着民族文化的内核,改变着原生文化的面貌。高效率、程序化、模式化决定着以工业生产机制为支撑的大众文化的消费性特征。大众文化以文化的名义、商品的面目、娱乐的本性,并借道媒体和市场两种途径向全球扩张,对传统意义上的文化形成强大的压迫之势,所到之处形成的文化与商品混合冲击力,强烈地荡涤着各民族的原生文化,人们很容易混淆文化的本来面目,被迫认同和接受大众文化,大众文化轻易地替代了各民族的原生文化。民族文化在大众文化的场域中只有改头换面才有出场的机会,这种改变从根本上动摇着民族文化的内在精神,并使民族文化的存在形态发生变化。

第五,由强势(强权)文化推行的"普世价值"对民族文化的价值观形成愈来愈强的压迫,文化价值观呈现同化趋势。"普世价值"是伴随着全球化而热起来的一种西方的意识形态架构和价值期待,它期望在全球市场规则逐渐统一中,实现政治、文化的西方化、一体化。在这样的意识形态期待中,似乎能够适用于全球的一种"普世价值观"就是自然而然存在的。西方国家对这种臆想的推行依然不遗余力,在某些情形下也可能让一部分人群产生错觉,误以为"普世价值"的存在,不由自主地漠视本民族的文化价值观,从而放弃自己的价值立场。

三、全球化语境中的文学身份

当今的文化不仅呈现出一体化趋势,更表现出明显的商品化特征,物化的品性使文化与物质消费搅混在一起,文化与生产、文化与广告、文化与销售、文化与生活难以剥离,在经济全球化的商品社会,纯精神的文化似乎已经不可能独善其身,铜臭的熏染和泡沫的飘浮成为当下文化生长的现实环境,文化的泛化和物化不可逆转。这当然也是文学生存的环境。

从正统文学、精英文学的尊贵身份流入当下的文化环境,文学毫无疑问表现出焦虑和游离的症候。在人们日趋垂青和迷恋物质的消费主义和拜金主义时代,文学还能不能成为人们的灵魂栖息之地、精神和理想的寄托之地? 换句话说,文学在现代人们的生活中能否与商品一样获得同等的地位,或者在人们的生活中获取一席之地? 显然,这似乎都不是文学自身能够主宰和回答得了的问题。能够看到的是,在经济市场的挤压下,在文化大环境的催化下,文学从内质到外形发生着重要的分化,譬如文学经典愈来愈难以生成,传统的文学种类在文学中所占的份额发生重大变化,新的文学现象大量出现,影视文学、网络文学成为文学流通、消费的主角,手机短信、微博甚至涌入日常生活的摄影、广告叙事等也成为文学的新质素,文学的版图全面更改,其内涵和外延不得不予以扩充。文学的泛化也在逻辑之中。当《满城尽带黄金甲》淘得盆满钵溢的"黄金",《大宅门》在国内各类电视台反复重播,韩寒作品的销售量和知名度胜过贾平凹;当"善建者行,善者建行"映入全国各地人们的眼帘,当网络文学、微博的点击率动辄几十万、上百万,一条短信在成千上万的手机上传播和阅读,我们很难断定谁是文学的正宗,谁最能体现当下文学的基本走势。

另一种情况是,修辞、语言技巧得到普及,文学性在日常生活中多有体现,纯粹的文学显得异常形单影只,不甘寂寞的文学自然会走进繁华的市场,走进琳琅满目的商品世界,走进潜藏着多样化需求的生活,虽不怎么神圣崇高,却相当通俗实用,能够产生可观的消费量。这种蜕变削平了文学的难度、高度和精神个性,面孔更加大众化,文学在与其他文化产品的比较中,身份已经不是十分清晰。但是,由于市场的潜在作用,好文学和差文学在流通、消费中并不一定分出优劣,以正统、精英的标准认定的优秀作品不一定有销路、有阅读,而被文学业内非议或排斥的作品却可能被大众接受产生巨大市场,文学评判的标准混乱起来,无论多么专业的权威,面对这种境况,其言说都显得苍白无力。与此相联系,全球化语境的蔓延,国际化(西方化)生活方式的流行,导致国际化文学观念盛行,文学与本民族国家的文化、生活方式的联系越来越疏淡,"世界型文学"在各国文学中的痕迹越来越明显。所谓"世界型文学"指的是文学的类型化趋势,而主宰文学类型化的力量并不是均衡的,其中仍然存在着经济文化强势国家的霸权,其他国家的文学也暗含着"被"世界型的因素。因此,决定文学"世界型"走势的力量并不完全来自于文学自身,文学也可能被各种权力裹挟和冲击,诺贝尔文学奖评选的过程和结果印证,某一作家和作品的受宠混杂着太多难以道明的因素,同时也说明,不同民族、不同国家文学的表现并非自身能够不言自明,在世界文学的格局中,各个国家文学在世界文学总量中所占的份额也并非以质和量进行分配,主宰文学的力量在文学之外悬置着。

表面上看,似乎世界文学在融合,实际上可能是各民族文学在较量,只不过由于文学内外的力量不均衡,这种较量的结果不一定合乎人们的想象。按说,在众神狂欢的现代,文学的"上帝"是不存在的,各民族文学的身份、地位应该是平等的,可是当文学进入到人类生活的现实,其身份就存在着事实的不平等。"优等文学"代替"劣等文学"就成为合理。文化进化论主张优胜劣汰,在西方发达国家看来就是用他们的文化淘汰其他国家的所谓"落后文化"。就文学而言,发达国家的文学、或者说传播广泛的文学一定是优秀文学吗?那些存在于某些地域和有限人群中的叙事和抒写就一定是劣质文学吗?文学的价值从本质上说并不完全取决于推行和传播的广泛与否,而在于文学独特的个性和蕴涵的丰富性。世界各民族的文学孰优孰劣且不评判,如果按照进化论的逻辑,进化的过程主要表现为把西方的文学推而广之,其结果可能不仅是让文学走向一体化、模式化,更重要的是让文学失去民族个性和丰富性而走向平庸化、单调化。

全球化从各个层面触动着文学的神经,对文学提出了多方面的要求。现代性倡导文学全面走进现代生活,理由非常简单,文学参与到现代社会,就不能沉溺于历史和人类的愚钝状态,必须全面展开文学的触角,感知和表达现代生活。而现代性更突出地与人类的现代化紧密地联系在一起,它包含物质的现代性、政治的现代性、文化的现代性等等,西方国家是"前现代"国家,第三世界是"后现代"国家,现代性的源头无疑在西方发达国家,发达国家似乎是现代生活的标志,这已经反映出西方生活方式对其他民族的局限,文学走进现代生活是以东方为参照还是以西方为参照?倘若设定的文学走进现代生活即是西方式的生活,就意味着屏蔽掉其他民族的生活,人类生活的丰富性、多样性还有必要存在吗?同时,历史既是人类生活不能省略的重要组成部分,也是文学不能遗忘的内容。现代生活如果切断了与历史的密切联系,肯定是浅薄、单调的,文学走进的仅仅是这样的生活,必然是没有任何个性、厚度和内涵可言。果真如此,人类的文学就真的成为全球一体化的文学。当文学以全球化的方式呈现为"世界型文学",各民族文学还有没有存在的合理性?与此相联系,文学的共性原则是不是文学的最高价值?

四、民族性:文学多样化存在的方式

文学在全球化语境中的焦虑实际上是自身生存方式的焦虑。技术革命和全球化成为文学发展、变革的动力,也可能是一种危机。毫无疑问,全球化更强调共性和同一性,在这一趋势的推动和影响下,文学的多种可能越来越简化为一种可能。当通行的文学观念、文学词汇和语言范式、文学叙事方式、文学文本及其文学规范成为各民族文学的共同特征时,给人们的感受只能是文学大一统的表象,不一定是具有生命力的表现。尽管全球化统筹着生活领域的各种存在,但文学的存在方式不可能只是一个面孔、一个秉性,它必须与人类生活的多样性相适应,表现出多样化,否则,文学的发展潜存着萎缩的可能。无论从生态学还是从社会学的角度,世界都是一个多样化的构成,正是有无数个富有个性、充满生命力的个体存在,相互作用,相互影响,构成了各种大小不等的生态圈,在理论和实践意义上,单质的物种是不存在的。人类文化更是这样。因此,单一化不是文学的未来,而是文学的末日。当全球化的力量不断地归并着文学的多样性,保护和培植多样性就成为文学当下的重大使命。

文学的多样性具体体现为世界各民族具有独特民族个性的文学,这与全球一体化的扩张存在着矛盾。民族性是人类不同种群存在的标记,从本质上反映着人类存在的不同特质。人类作为一种物种具有一些共性特征,从哲学上说,共性存在于个性之中,没有特殊就无所谓一般,人类的共性特征是依存在不同民族的个性之中的。培植个性即是彰显共性,强调共性必须充实和丰富个性。这种辩证关系不是全球化的主要逻辑。全球化的主要目标在于削平各民族的个性,达到统一化、一体化。当然,一体化只是一种趋势和过程,在相对的意义上,完全、纯粹的一体化是不可能实现的。但是,这种强劲的一体化势头已经对世界各民族文化进行了一场普遍的"洗劫",其中的一些个性化质素被强行掠去,留下来的基本上是一种大路货。在人类文化史上,曾经有外族的入侵特别是西方列强的殖民统治导致的民族文化的改变、灭亡,全球化是现代社会物质和文化混合力量强制的"类殖民化",而且早期的殖民统治导致的是某些民族文化的改变,全球化导致的是世界各民族文化的大面积变质,这是一种更严重的后果。扭转这种危机的最重要的办法就是以其道还治其身,在文化的生长、发展中有效地培植、丰富民族性,以民族性的生长阻止全球化的泛滥。在民族学的意义上,任何一个民族及其文化的存在都是有价值的。每一个民族的文化都是一个鲜活的个体,都显示着独特性和丰富性,这些鲜活个体的蔚为大观与全球化的扁平文化的盛行出现对峙,才有可能不断改变文化发展的格局。

文学的民族性成为抗拒文学(文化)一体化,实现多样化的重要方式。民族性所指并不仅仅是保持民族风俗习惯、生活方式,更重要的是指保持民族的独立,承续一个民族的文化精神,也包括站在现代性的立场上反省民族文化,重新思考政治、历史、制度与人的关系等。生活习惯、生活方式是一个民族的重要特征,体现着民族的价值精神,也是民族生存历史的集中体现。以文化人类学的观点,民族的发展不仅仅是种族的存在,还包括价值精神的延续和弘扬,价值立场丧失了,民族的存在就失去了意义。因此,当全球化大众文化的浪潮袭来,文化的民族特性不断被销蚀,必须筑起坚固的堤坝,保护民族文化和精神价值不被淹没和沉沦,保持民族文化的自主性和独立性,并在此基础上,积极吸取现代文化精神,不断丰富民族文化的内涵,寻求民族性与现代性相结合的文化发展之路。

文学的民族性不是一种抽象的概括,也不是完全的理论阐述,而是一种具象的、活生生的生活片段和生活原态的表达,在具体形态和类型上主要表现为民族(国家)叙事、乡村叙事、次缘城市(外省)叙事,因为民族、乡村、外省是文化真正的载体。其一,民族国家是构成世界格局的最大单位,也是迄今为止各民族生存、权利生成、精神寄托的基本空间。尽管全球化力求统筹各民族国家,但各国政治、经济、文化、包括生活的主权并没有被彻底解除,民族生活的独立性、完整性在某种程度上仍然存在着,因此,表现一种与世俗流行有区别的、类似于民族风情的独特的民族风貌是完全可能的,也是非常有价值的。民族国家的意义在于确立公民的身份、生存生活的权利,赋予人拥有丰富、完整的生活内容,并可能形成复杂的体系,以至于固化为一种生活方式。文学走进民族生活不是被飘浮的全球化表象遮蔽,而应该是真切地进入民族生活的现实情景,表现一个民族独特的完整的生活内容,深刻地反映一个民族个性化的生活方式和精神图谱。其二,乡村或村落是人类的起源之地,且自成生产生活单元,乡村生活方式、乡村文化具有一定的滞后性和较强的稳定性,不会轻易被改变。另外,全球化淹没和清洗最强烈的区域是信息流动交汇地带和现代人们生活的中心地带,乡村散落在偏远地区,流行的文化和生活习惯不容易侵入,乡村民风、习俗、生活定式能够得以较好保存和延续。所以,原生态的民族生活在乡村,原汁原味、最纯朴的文化在乡村,文学所承载的乡村故事自然充满纯粹的民族性。其三,次缘城市(外省)较之于大都市、中心城市、沿海城市全球化水平有一定差距,特别是在第三世界的发展中国家,区域发展极不平衡,中心城市已经与世界接轨呈现出大都市化,而远离中心城市的中小城市是一种"外省"的存在,政治、经济、文化以及社会生活更多地混合着民族化的因素,因此,外省叙事也具有丰富的民族性特质。

民族(国家)、乡村、次缘城市(外省)叙事的资源是十分丰富的,重要的是我们能够充分认识它的价值。很多时候,包括作家在内的现代人容易被裹挟着大量时尚信息的现代生活所包围或俘虏,以为这就是人类真实的生活,其实这是一种基础浅薄、缺乏根基的生活,因为它与民族的历史和文化缺少深厚、密切的联系,实践证明经不起时间的考晒,容易烟消云散。真正民族性的文化是民族历史的积淀,是经过时间淘洗的民族生存智慧的精华。保护和弘扬这种民族性的文化是一个民族的文化自觉。当下在世界范围对民族性生活的关注主要在政治和文化领域体现出来,譬如民族主义对民族、国家以及语言、文化、价值取向的认同,是对不同民族历史和现状充分肯定,有利于维护民族的独立,有助于各民族在全球化过程中争取平等的生存权和发展权,也能够引导文学贴近民族性生活,完成对民族性生活的全方位抒写。但民族性并不意味着排他性,民族主义理论中包含着某种极端的思维,在肯定本民族存在的价值和合理性的同时,排斥其他民族的存在。后殖民理论认识到了现代性对民族生活的挤压,发达国家的话语霸权横行世界,严重压抑欠发达民族的文化,主张清除文化帝国主义的影响,回归民族文化的主体,这对文学回归民族性也是一个契机。

五、文学民族性的形态

文学的民族性是文学的基本属性。这一判断的理论和实践依据在于,文学是人学,是关于人的生存活动的叙事和表达,而人存在着种族、地域、文化等多方面的规定性,文学不可能表现清一色的"超人",只能表现特定种族、特定环境、特定文化氛围中的人及其生活。从发生学的角度讲,人的思想、情感以及由此引发的各种实践行为都与人的特定身份存在着必然的联系,这就意味着,无论是个体的人还是群体的民族,民族性是留在其活动轨迹上的基本"体征"。文学是人类生活最体贴入微的感悟者,让文学撇开人所在种族、生存环境、文化氛围而空泛地叙事和抒情,无异于扼杀文学。实际上，真正的故事存在于人类独特经历、独特生活、独特感受之中，真正的文学性蕴含在独特的故事、独特的语言、独特的文化之中。因此，就文学的基本定性而言，所有文学都是民族文学，民族性是衡量文学的基本标准。

文学的民族性主要表现为两个方面，一是文学本体的民族性，这是文学的基本形态。文学的本体展现着文学的整体面貌，主要由若干个关键要素组成，其一，是具有本民族文化特征的文本和范式。任何民族的文学都是民族文化的产物，文学的文本形式以及文学所确立的范式体现着本民族文化的鲜明特征。以汉语言文学为例，整个文学发展史与中华民族文化紧密联系在一起。从远古神话到诗经，再到诸子散文、汉赋、唐诗宋词、话本、元曲、明清小说等等，文学的概念(观念)、类型(品种)、文本形式、样板体式等既体现着不同时期的历史特征，又总体反映出民族文化的主要特征，并在文化的变迁中发生着重大嬗变。这是一种不同于其他民族文学的存在方式，无论是叙事性文学还是抒情性文学，都呈现出与其他民族文学迥异的风貌。譬如汉语诗歌，基本上由早期的自由体到格律(绝句)，再发展到现代的自由体，与其他民族比较，是一个独特的诗歌体系。西方诗歌主要是自由体，即便是后来的具有相对固定格式的十四行诗与汉语言的格律诗相比也存在着很大差异。汉语早期的文章是列为"前文学"概念的"文"的范畴的，但各类文章的范围非常广泛，既有指向国家政治、经济、军事、文化的鸿篇巨论，也有文人之间交流的私人话语，这也是具有汉民族特色的一种文学现象。所有这些都有与其相适应的文本形式、基本范式，并承载着中华文化的基本精神。其二，是体现民族语言精华的文学语言。民族语言是标记民族思维路径的符号，更是民族文化的基本载体。语言在某种程度上反映着一个民族思维方式、心理结构，甚至对应着该民族的行为方式，语言自身的民族性是一个民族历史的凝结。文学是语言的艺术，这种语言不是在全球通用的语言，而是一种特定民族的语言。到目前为止，所有的文学史都表明一个事实，几乎所有的文学作品都是作家使用哺育自己成长的母语创作的，唯其如此，他才能抒写出这个民族的故事，才能表达对这个民族的感情以及对民族文化的理解。尽管有些优秀作品被翻译成其他语言，但我们认真研究会发现，任何一种精湛的翻译作品与母语原作相比都存在着不小的差距,这说明,只有民族的语言最适合表达本民族的生活。以汉语为例,汉字的结构方式、表意形态以及语言的组合方式与汉民族的思维方式、心理结构、情感发生方式等密切联系,传达思想、情感,反映民族文化,汉语最合适、最精确。所以,唐诗翻译成其他民族语言已经完全不再是唐诗,《红楼梦》翻译成英文绝对读不到汉语版的味道。语言的张力除了具有扩散性之外,也具有内聚性,把语言的精华浓缩一起发挥最大效能是民族语言的重要特征。而且,最具民族特色和活力的语言在民间,这种缺少雕饰,非完全规范化、程式化的语言能够让文学充满更多的民族性元素,对文学而言,也是一种值得吸收的语言精华。其三,民族独特的叙事方式。不同民族生活方式的独特性决定了文学叙事方式的差异性。文学叙事与生活现实的逻辑存在着基本的一致性,因此叙事方式与民族的生活方式在逻辑上是对应的。譬如中华民族历史悠久,虽然经历过动荡和朝代更迭,民族的存在和历史都保持着完整性;同时,中华民族一直居住生活在华夏大地上,没有经历过整体的迁徙和流沛,与居住地保持着紧密的联系,心理结构比较稳定,所以,汉语言叙事文学从民间文学开始就有讲故事的传统,即注重文学的情节艺术,讲究故事的完整性,有情人终成眷属,而且在结构上删繁就简,注重线性叙事,没有更多的倒叙、插叙、意识流等,线索清晰明了。另外,汉语言文学多为传奇性叙事,这种叙事方式高度凝练、重点突出,不注重人物从何处来,到何处去,只在乎人物干了什么,造就了什么奇迹和壮举。与这一叙事特点相适应,中国叙事文学从话本、传奇演变为章回小说,在文本结构上也体现了故事的完整性,一个完整的故事一个单元,一个单元一个章回,非常契合民族的阅读心理。其四,蕴涵本民族思想精髓的文化精神。说到底,民族的行为方式是由该民族长期形成的价值观决定的,一个民族的生活和历史集中体现着民族的文化精神。文学再现的民族生活应该与民族文化精神发生内在的联系,因为所有的民族生活都是文化精神的外在表现,在这个意义上,文化精神是文学的灵魂。譬如中华文化提倡"天人合一"的和谐观,"天时不如地利,地利不如人和","家和万事兴","天地人和,国运昌泰";主张"中庸",强调"家国一体,国事大于家事",所以,中华民族的历史中非常重视人与自然的关系,重视人与人之间的亲情、人情关系，文学中强调"世事洞明皆学问，人情练达即文章"，文学史中才有众多"精忠报国"的典型事例。中华文化的这些特点在其他民族的文化中是难以重现的。

二是文学理论（批评）、评价体系的民族性。文学理论、文学评价体系是与文学实践、文学本体相对应的一种存在，是文学的重要组成部分。任何民族的文学都是一种特殊的存在，针对这一特殊的文学存在，需要有一种理论对其进行解说和评价。在每个民族文学的发展史中，都可能形成有自己特色和民族性的文学理论，而且在指导和促进本民族文学的发展中发挥了重要作用。但是，近代以来，伴随着西方殖民统治的推行，西方文化和各种理论与其军事占领、政治统治一起移植到殖民地、宗属国，西方理论取代各民族本土文化，大有盛行世界之势。二战之后，各殖民地国家民族解放、民族独立风起云涌，这种文化殖民势头得到遏制。但20世纪后期，冷战结束，全球化浪潮席卷世界，西方国家倚恃着经济的强势和各种壁垒的溃决开始新的文化输出。包括文学理论在内的民族话语重新受到抑制。西方的文学理论毫无疑问适合西方的文学实际，某些原理也会与其他民族的文学实践存在契合，但并不意味着能够解释所有民族的文学现象。问题在于，西方的文学理论已经被当作先进的理论引进到大多第三世界国家，在文学实践中不是理论解释文学，可能是文学以削足适履的方式适应理论。文学的原理具有一定的通适性，但每个民族的文学都具有自己的特殊性，最有解释能力的是与其文学相伴相生的理论。譬如与中国文学发展史相应而生的中国文论就具有鲜明的汉民族特色，虽然按照现在的学科体系的标准，中国文论似乎不能构成严密的体系，但中国古代的"诗论"、"文论"既独到，又精辟，揭示了中国文学的特点和规律，有些观点和论述在包括西方在内的其他民族文学理论中是不存在的，如"诗言志"、"文以载道"、"意象"、"意境"、"诗缘情而绮靡"等等，用这些概念和理论解读和评论中国的唐诗、宋词甚至现代诗歌非常有效，如果替换成西方文学理论，其效力就值得怀疑了。需要指出的是，强调文学理论的民族性并不是关上理论发展的大门，意在不拒绝和排斥外来理论的前提下，充分挖掘、弘扬和创新本民族的文学理论资源，形成符合本民族文学实际，又能与外来理论资源相融通的话语体系、文学阐释和评价体系,以达到充分张扬民族文学个性和内涵的实际功效。

六、民族性与世界性:共存共生

在研究文学民族性问题的同时,文学的世界性问题也客观地存在着。文学的民族性是地域性的概念,世界性则是超地域性的概念,二者都是比较而存在的。人类早期,人们的生活相对封闭,文化的交流相当有限,文化的民族性问题难以凸显。随着人类社会的发展,不同地域、不同民族的交往逐渐频繁,不同民族生活的各个侧面的内容被置于同一个平面上比较,不同的生活方式、不同的文化就明显地呈现出来。但是,无论是古老时期还是现在,人类的封闭是暂时的相对的,交流开放是绝对的永远的。所以,在这种交流开放的情境中,民族历史和现实中的独特性将不断地呈现出来;同时,民族性的存在既不能永远封存,也不能展现出来之后成为一个无人能识、无人能懂的怪异存在,必须是一种能够阐释、能够理解的一种方式,这就是民族性存在的世界性。民族性与世界性共存于一个比较的过程之中,但二者的紧张关系现实地存在着。简单的逻辑判断是,民族性重要还是世界性重要?这似乎是一个熊掌与鱼的逻辑悖论。如果我们改变这种非此即彼的思维模式,重新考量文学的实际就会逐渐明白,民族性和世界性都是当下和未来文学必有的属性。

鲁迅先生曾经提出"越是民族的越是世界的"的命题,这是符合哲学规律和辩证法原理的,因为共性寓于个性之中。这一命题的重心在于民族性。鲁迅提出这一命题时,中国还处在半殖民地社会,无论是政治、经济还是文化都比较弱,尽管鲁迅也提倡拿来主义,但更迫切的是文化的自强、独立,他深知民族文化强大了而且有自己的独特品质,自然就会具有世界性。文学的问题不是有没有世界性的问题,而是有没有民族性的问题。如果民族文学本身十分孱弱,没有独立的民族品格,就不可能有资格和别的民族文学放在一个平台上进行比较,那么世界性就无从谈起。所以,民族性在某一特定时期就显得非常重要。在当下全球化语境中,虽然政治范畴的殖民统治基本成为历史,但经济、文化上的殖民影响在一定程度上仍然存在,文化领域的世界性因素并不稀缺,缺位的有可能是民族性的要素,因此倡导和培植民族性较之于普及世界性更为重要和紧迫。民族性关乎文学的独立,关乎民族文学在世界文化格局中的身份、地位,从内在来说是文学的质。质的规定性从根本上影响着文学的走向,文学只有在民族性的规约下才能丰富和完善自己的特质,才可能获得独立自主的地位。

与此相对,也有人提出"越是世界的越是民族的",这是一个把规律具化为现象的逻辑设想。在实际中,我们完全可以把一个规律性的过程倒置推演,譬如文学,越是具有世界影响的作品越能够为本民族感到自豪,同时也能够为其他民族接受,这是没有问题的。但迄今为止,我们所接受的文学作品首先是在本民族产生影响的民族性文学,而不是"世界型文学",其世界性影响的产生是基于民族性基础上而产生的。所以,真正纯粹的"世界型文学"是不存在的,所有的文学仍然是民族文学。基于这种理解,我们更愿意把"越是世界的越是民族的"作为强调文学自身开放的命题。在全球化、一体化的今天,任何民族文学都不可能自闭,都必须放在世界文学的大环境中考量自身,显示自身存在的价值,或者闪耀民族性的光彩。世界各民族的文学都有自己的精华和闪光点,都有值得学习和借鉴之处,都可以成为繁荣和提升民族文学的宝贵资源。是民族性重要还是世界性重要？符合实际的逻辑是,尽管人类已经开始了"全球化"的生活,但人类的文学不能都是相同的内容、相同的秉性;同样,尽管各民族的生活、语言、文化存在着差异,但文学也不能成为"锁在深闺人未识"的文学。不同民族的文学应该具有独特的民族性,同时也应该具有世界视野,具有超越本民族审美局限的气魄,并在这种超越中具备世界性。强调民族性并非彻底否定世界性,民族性在于凸显个性,世界性是为了突出共性;强调民族性在于保持独立性,重视世界性是为了增强开放性,而当下更需要关注文学的民族性。文学民族性和世界性在理论和实践上是能够实现统一的。

第四章 文学的自由性

文学作为一种非物质的精神存在,与人类相伴随相交织到今天,已经让人非常熟悉而且做出了多种可能的阐释。多种阐释发生的基础是文学自身的形象性、多样性、丰富性。当我们与文学相约而遇或者不期而遇之时,并不是先问文学是什么,而是期望阅读感受一种形象、生动、多样、丰富的文字或文本,甚或像人的生活的丰富性一样,在公共空间、社会生活之外有一块私人空间、私密生活、个人情感体验。诸如此类的对文学的感受、体验、认识,完全是基于文学与人的生活、或者说与人的生存经验高度而密切的关联性。文学常常诱导人们试图以文学而观生活,由生活而联想文学,此种交织由来已久以至于积郁成人类的一种心结。文学的魅力在于让人感同身受,在于发现生活中的文学和文学中的生活,在于从文学中发现对象化的生活、对象化的自我,其触角直抵人们的情感和心理深处,既坚硬又柔软,可以宣泄,可以倾诉,达到一种高度的交织和共鸣。这也成为人们判别文学、追寻文学的一种理想的摹本。寻找这样的摹本并不容易,尽管文学发展史上发生的文学文本、篇章可能汗牛充栋,尽管已逝的岁月中以至今天人类对文学的阐释多而繁琐,但是那种让人们从心理深处最柔软的地方感动、感怀的文学并不多见。由是,对文学进行的叩问、诘难就成为文学发展史中一种必然的逻辑。如果除去虚饰的吹捧,我们完全可以按照这种逻辑进入思考,理想的文学稀少的原因可以做出多种表述,但根本的必然是文学本性的遮蔽和缺失。文学的本性是否具有单一性,在此我们不做排他性的判断,我们能够思考和理解的是,文学若要达到理想的境界,其自由性就不能丧失。

一、自由及其文学自由

"自由"作为一个政治、经济、社会、历史、文化词汇和概念毫无疑问来源于西方,往往与平等博爱联系在一起。"自由"的内涵当然也是欧洲资产阶级革命赋予的,它成为资产阶级革命主要成果之一的人权保障的主要内容。法国的《人权宣言》第一条即明确"人们生来是而且始终是自由平等的"。《世界人权宣言》第一条也指出:"人人生而自由,在尊严和权利上一律平等。"人权的目标在于确立和保障人的地位、尊严、权利并且充分实现人的价值,是人的解放的产物和成果,其能指和所指都不仅仅是指涉人的物质地位和权利,更重要的是直指人的精神尊严、权利和价值。当然,人的解放必然与社会的解放紧密相连,马克思在对资本主义制度进行深刻剖析之后认为,没有阶级和社会的解放,人的解放就只能是空谈。换句话说,在大量束缚、桎梏人的阶级社会的制度、规范以及与之相适应的国家机器存在的前提下,人的解放和人权的实现是不可能的。重要的是,"自由"概念的提出以及作为人权目标的确立,在物质和精神两个层面为人的生存和发展确立了一个向度。

"自由"概念进入文学研究领域有利于从文学外部和内部的结合上理解和解读文学,或者说为文学研究提供了新的维度、路径和场域。20世纪30年代,以林语堂、梁实秋、胡秋原等为代表的一批作家倡导"自由主义文学",是当时"特殊政治文化语境"的一种主张,其动因完全是由"特殊政治文化语境"激发的,这种研究和探索重点关注文学的外部自由,即文学的外部环境、作家的创作环境、作家的创作立场等,虽然胡秋原强烈地呼喊:"文学与艺术,至死也是自由的,民主的。"[①]但并没有来得及深入到文学内部的更深层次进行揭示,便陷入了与来自左和右两派关于"政治工具"和"阶级论"的论争之中,中国文学的探讨失去了一个接近文学本原和核心地带的机会。因此它的象征意义大于实际意义。但是,我

---

① 胡秋原:《阿狗文艺论》,载《文化评论》1931年12月创刊号。

们不能否认,它是中国文学界真正开始的文学自由的探索,也是涉及关于文学的本性的一种探索,它有理由让我们循着这一线索深入地探索下去。

我们丝毫不怀疑文学问题尤其是文学本性问题的复杂性,也许,有关文学的本性还可以进行多重解释,但文学"是自由的民主的"是切合文学实际的。文学是人的一种自主的、自在的精神行为的结果,这一判断包含至少三个方面的内涵,一是主体的人是独立的自主的,有自觉表达的愿望;二是意识、思想、精神是自由的,由内发于外是真实的,其主体能够回归精神、意识发生的原点;三是精神表现为行为实践是自由的从容的,不受外力的羁绊和强制。似乎,这些表征也可以比附到其他精神生产上,其实不然。文学的自由性从根本上说是一种本然的自由、真实的自由。文学艺术的发生源于人类的生活,是对人们生活的描摹,具有仿真性或者"相对真实性",这是人类的其他精神产品不具有的特性。描摹生活的艺术的精髓在于,描摹者不是首先在思想上有了什么理念或者条条框框而后才启动笔触,而是往往根据自己的所观所感类似真实地进行描摹,其中"描摹者"的观感是关键,哪些生活的内容进入"描摹者"的视野,哪些内容让"描摹者"深刻感动而不能忘怀,就可能成为描摹的对象。人类的生活是无限丰富的,既可能是有秩序的,也可能是杂乱的琐碎的,既可能是显贵的,也可能是平淡的庸俗的,摄取哪些内容,怎样描摹,体现着"描摹者"的自主性,即作家的自我主张。"作家的自我主张"是文学自由性产生的前提,其潜在意味是作家的创作需要在自由意识驱使下完成,作家的自主性规约着文学的自由性。换句话说,文学的自由性最终由人的自由本性所决定。

"人人生而自由"是应然和理想的状态,是针对人作为一种物的存在的合理性而言,实际上人是"生而不自由"的,因为人从诞生那一刻起就受到各种外在条件的制约,既有阶级、制度、规范的制约,又有自然、环境、自身技能的限制,特别是人类自身文明的发展可能给人的生存创造和设置了更多的制约条件,成为人类发展永远难以破解的悖论。重要的是,人类具有比其他物种更强烈的追求自由的本性,所以人类把"人生而自由"甚至更高水平的自由作为不懈追求的永恒目标,其中所蕴含的不仅仅指人身生存的自由,更重要的是人的精神、思想的自由。当人意识到外在各种制约性因素羁绊的时候，总是不由自主或者天然地力求冲破这种羁绊而达到一种自由的程度和水平。然而，人类社会早已建立的各种秩序是难以冲破的，人作为物的生存自由的完全实现成为奢望，可能的则只有寄希望于人的精神自由的实现。必须承认，人的精神、思想的自由也是人的自由的重要指标，这种自由的实现有可能带动人的全面自由的实现。但是，就人类的精神体系而言，诸如政治、经济、宗教、哲学等等实际上也是人类制度、规范、秩序的派生物，目的性非常明确，具有强烈的功利性，实现真正意义的自由困难重重，选择文学实现人类精神自由的突破在某种意义上也许是一种真正的可能。文学的产生也许就存在着这种内在的关联性，"由虚构和想象组成的文学世界摆脱了人类天性的种种机构的框范，它使人超乎寻常的可塑性伸展到了一个几乎没有边界的地域，人因为有这自由的世界而无限地趋近于本体自由和超越性存在"[①]。

　　文学生性难以与制度、秩序发生直接的、必然的联系，尽管在人类的历史中曾经发生过强迫文学与政治统治联姻结合的情况，但这种强制结合的结果往往背离了文学的本质，成为变异的"文学"。一旦文学回归本真，她所天然关注的仍然是本然状态的人和本然状态的人的生活。尽管现代以及既往的人们都难以成为完全自由的人，但人们仍然把创造自由的空间和营造自由的情景作为一种追求。人类的全部生活包含着不自由，社会的公共空间也充满着太多的不自由，但人类的局部生活和社会的某些空间却可能充满着比较充分的自由，作家和文学的任务就是寻找和表达这种自由，还原这种自由。某些时候，自由在公共空间和社会生活中可能非常稀少，但自由还会在人们的私密空间甚至心灵和情感的深处丰富地潜存着，文学仍然有窥视和开掘自由的机会。所以文学通常不会随意趋炎附势地追逐公共空间，相反却更在意人们的独特的情感体验和生活感受，甚至于人们最隐秘和最柔软的情感流露，这使得文学在某种意义上表现为一种倾诉，使得作家在某种情况下完全被自由的情感所支配。所以，"关关雎鸠，在河之洲。窈窕淑女，君子好逑"中表达的两性相悦和惬意的追求人人倾慕，"孤舟蓑笠翁，独钓寒江雪"中体现出的独立活脱

---

① 王中：《文学语言的自由与人的自由》，载《中国文学研究》2008年第3期。

的灵魂让人感动,"君不见黄河之水天上来,东流到海不复回。君不见高堂明镜悲白发,朝如青丝暮如雪"中作者恣肆放荡的渴望人们深深感怀,孙悟空的"天马行空,独来独往"人人向往。文学的基本所指在于抒发人的情感,表达人的胸臆和愿望,这是一块蕴涵着人的自由的"自留地",为文学所专有,一般不会被公共空间所侵扰,因此成为文学自由灵魂的寄存地。

二、文学自由性的存在方式

文学的自由本性自然也基于文学的存在方式。文学最原始的存在方式是口头文学,口头文学应该是在人的简单思维的组织下创作的、流于口头讲述和传播的口头语言形式,古希腊以至后来的欧洲认为是对世界和生活的"模仿"或者"反映",康德认为是一种"自由的游戏",鲁迅认为是"娱乐、消遣",说到底可能就是不拘形式的闲话、调侃,不存在固定的文本,具有极大的随意性,因此无论是内容还是形式都应该是极其自由的,文学生来就有一个自由之身。文学发展成为文字文学和形成固定文本之后,文学天然的自由性受到了某种程度的限制,但文学的自由本性也没有得到根本的改变,犹如猿进化为人之后,原始的野性得到了过滤,天然的自由本性并没有褪去。

第一,文学的内容的自由属性难以改变。文学的内容离不开人类的生活世界,但是任何作家、任何作品所撷取的生活内容只能是部分生活,而不可能是生活的全部。这并不是因为文学有意规避某些禁区而不愿意进入生活的所有领域,而是因为生活的内容进入文学需要一个选择、淘洗的过程。人类的日常生活是冗繁琐碎、由难以计数的片段组合而成的,文学不需要抄录式地记流水账,人的记忆非常有限度,即使是上帝也难以把人类的全部生活滴水不漏地完整地记录下来。同时,任何文学的文本形式和容量都有极限,不可能来者不拒地接纳所有的生活之流。最重要的是,文学接受的生活内容是可感的、有价值有意义的,亦即经过作家透视、提炼、发酵,积聚了某种"能量"的生活材料。这里,"历史总体论"总是要求文学"必须在总体意义上认识和解释各种孤立的事实"。力图在历史的高度上实现一个巨大的连接。但是,"即使相信历史是一个庞大的有机整体组织,人们又依据什么论证,历史总体的结构和意义业已得到了充分的认识,以至于可以轻易地从文学提供的人物和细节之中辨认出来?文学显现的历史总体是一个巨大的固定本体,还是来自某种持续的建构?如果文学即是参与建构的一个因素,历史总体又有什么理由被想象为一个先于文学的存在?"① 作家面对的肯定是生活的碎屑和历史的片断,在进入作品之前对历史是否有意义或者有何意义并不是历史说了算,而是完全由作家做主。作家完全是根据自己的感知和自主意识做出抉择,这种感知和自主意识自然是一种主观判断,是作家拥有的自由权利,即作家介入生活的自由。② 无论是日常生活还是历史重大事变,无论是平凡人生还是神仙皇帝,进入作家和文学的资格和门槛是平等的,没有哪个人能够替作家做主判断其价值意义,只有作家窥见其中的玄机,依据自己的情感和个人体验进行取舍,才具有文学意义。某些时候,社会权力可能会介入作家的创作,试图按照权力规划的需要左右作家的"随心所欲",但往往事与愿违,文学在与权力的博弈中依然会任性地自我选择、自我表达。(即使是某些作家屈服于权力,导致的可能是非文学性的结果,无碍于文学的大局。)作家的自由抉择是决定性的,他让日常生活的内容成为文学的内容,并使之承载与人生、社会、历史相关的某些重大问题,就此而言,文学具有了某种阐释意义。其实,文学创作的过程一直是作家选择的过程,作家始终在个人心理、情绪、旨趣、经验的支配下与强大的生活之流较量,他要体现和凸显自己的意念和理想,现实生活的素材有时是充裕的,有时则是匮乏的,无论充裕和匮乏,表明生活的枝枝蔓蔓并非都是构筑文学的有用材料,文学的表达与作家的意念存在着某种距离。所以,作家的选择体现于文学作品即标志着作家自由度发挥的程度,在最终意义上也决定了作品的自由阐释能力。

第二,形式的自由也是文学自由的基本内涵。文学的形式是文学展

---

① 南帆:《文学性、文化先锋与日常生活》,载《当代作家评论》2010年第2期。
② 余虹:《自由与介入》,载《新疆大学学报》2002年第3期。

现的方式,它可以指文学在总体上的存在方式,譬如是口头上的存在还是书面文字上的存在;也可以指文学作品的呈现方式,譬如作品的体裁是诗歌、小说还是散文、戏剧等。作为文学的存在方式,似乎具有某种程度的固定性和制约性。其实,文学的形式只是在成为文学具体的存在方式时才具有了一定的固定性,正如文学的内容一样,无限丰富的生活片段在成为文学作品的内容之前是自由的,文学的生产从来没有固定的形式,换句话说,形式在文学生产中是自由的。当文学主要以口头传播的形式存在的时候,文学的形式具有无限的自由性,人们仅凭记忆和兴趣创作,仅就视听一过,没有既定文本,没有体裁类别意识,无论诗歌、故事、传闻,还是闲话、调侃、游戏,有趣、娱乐而已。书面文字文学让文学具有了物质存在的形式,但这种物质存在形式不是先于文学而存在的,而是文学自身发展的产物。人类精神的发展和文学自身的嬗变让人的所感所思以及表达有了多种可能,不仅所有的精神生产需要分门别类,而且文学内部也开始了以类别进行标识。就文学的范式而言,文学内部类的出现表明文学存在方式的区隔,其重要性在于为客观地认识文学提供了方便,从根本上并不会成为文学创作和生产的藩篱。因为作家在自由选择生活内容的同时也意味着在自由地选择体现内容的形式,这与内容和形式的逻辑关系是一致的。作家的创作意图从来都不是由形式决定的,而是由生活内容的感悟、理解、触动而引发的。这种创作意图常常表现为生活之流的涌动,在积蓄许久而即将迸发的那一时刻,不一定首先考虑以什么样的方式发出,重要的是如何迸发得淋漓尽致、充分畅快。所以,形式完全取决于作家的需要,或者说完全取决于作家情感流动的方式,他要直抒胸臆,可能选择诗歌;他要让自己的满腔深情在人间悲欢故事中流淌,则可能选择小说,作家在这里保持着高度的自由,形式在文学产生过程中便捷地听从调遣。即使是作家选择了某一固定的文学形式,仍然能够拥有对形式调控的自由,譬如用小说作为表达情感的形式,作家仍然可以根据叙事的需要设定为短篇、中篇、长篇,其他文学形式亦然。甚至在某种情况下,文学形式突破了既定的类型划分,具有了某种兼容性,譬如散文诗、诗歌剧等等,现代技术应用到文学艺术领域之后,更突出地促成文学兼容了其他各种艺术属性,譬如电影、电视剧、广播剧、网络文学等,实现了文学表达形式的多样化、自由化,在某种意义上扩充、丰富了文学的自由性。

第三,语言的自由是文学自由的基本表征。作为文学内容和形式存在的基本介质,语言延展于文学的所有神经和"细胞",文学的全部的言说能力、阐释能力和张力归根结底来源于语言,所以文学是一种语言的艺术。这一判断并不仅仅指书面文字的文学,也通指包括口头语言文学在内的所有文学现象。但文学语言不同于日常生活语言,也不同于其他精神产品的语言。文学语言具有个体性、形象性、情感性、易变性、地域性、民族性、丰富性等特征,以满足文学对生活多维度、多样态以及人的丰富情感、深邃心灵的充分表达。满足这一需要,语言在文学中表现出极大的灵活性、自由性,在语言实践中也表现出对既有语言规范的反叛,它虽然在一般的情况下也必须遵守既定的语言规范,但又常常试图突破固定语式、语法的制约,力求语言的鲜活性、多样性、层次性、丰富性,在语言的质感上富有趣味性和磁性。当然,语言在自身展开的过程中也存在着重重矛盾,其中就包括社会强势话语的冲击与文学语言特性的反抗,作家思想、感情的丰富性与语言表达的可能性,语言的秩序性与文学语言实践的"越轨",作家的语言定势、创作风格与新的语言牢笼,等等。这些都是实现文学语言自由的层层屏障。任何语言都是历史的产物,文学语言也不可避免地被赋予沉重的历史内容,无论是从文化意义还是符号意义上,语言的秩序都是必需的。但语言又是活态化的,尤其是语言与人的生活联系起来,或者说成为人类生活一个重要组成部分的时候,语言又难以完全固定化、秩序化,需要不断地对固有程式的突破和创新,否则,人的生活将会窒息。因为人类不可能允许某种固定结构、固定程式的语言无限制地重复下去,必须在已有秩序的基础上创造新的秩序,这实际上也是人的自由本性的展现过程。"言语自由与文学自由归属于人的自由,言语自由又是文学自由的本体,文学中的自由力量正是取决于语言的改变和创新。"①所以,作家的任务就是努力推倒阻碍语言自由展开的各种屏障,在文学中表现出说话的自由、言语的自由,从而在文学中最大限度地实现人的本质的自由。而文学语言的自由不是一种完全抽象、形而上的自由,它

---

① 王中:《文学语言的自由与人的自由》,载《中国文学研究》2008年第3期。

非常明确、具体地与人的生活,与生活之流中的物象、事件联系在一起,体现着生活的"本然"状态,以语言的自由还原人的生存自由和原貌,让真与假、善与恶、美与丑在难以分解的交织中为人们感知、沉积。文学史上,"昔我往矣,杨柳依依;今我来思,雨雪霏霏"虽然历时几千年的变迁,生活的画面和主人公的心理轨迹依然清晰可见;"感时花溅泪,恨别鸟惊心"中,世事的变幻无常和人生的悲欢离合似乎花和鸟感触更为深刻;《红楼梦》中"满纸荒唐言,一把辛酸泪"语言构筑的意象让我们领悟到的绝对不只是红墙大院的倒闭和一桩恋情的无果而终。这是作者的感知和体悟,也是作者个性的体现,当然也是语言的张力所致,语言在这里达到了一种可能和高度。作家对语言自由遣使,以至超越自我,所以,鲁迅的语言冷峻犀利,老舍作品诙谐幽默,而钱钟书的语言机智沉着,沈从文的语言近似于天然,语言在文学中构筑了比真实生活更具有弹性和张力的场域,所以,罗兰·巴特尔认为:"文学应成为语言的乌托邦。"①

三、文学自由与文学自律

我们谈论文学的本性是自由的时候,同时也看到文学有起码的规范,文学内部也有自律原则,这似乎让文学的自由成为了一个悬置的问题。

文学规范也是文学存在的基本属性,是文学之所以为文学的内在规定性。与其他精神现象一样,文学具有属于自己的本质,这种本质即文学不同于其他存在的基本特质。界定文学不是政治学、经济学、社会学、历史学、宗教学等等的理由显然是文学自身所拥有的基本特质,各种学科、知识体系或者是人类社会生活的总结,或者是社会发展规律的揭示,而"个人视角、表象、细节、日常生活的气息,这一切无疑是文学家族的普遍特征"②。文学的这种内在规定性和外在特征是文学自身的发展历史中

---

① 李幼蒸译,罗兰·巴特尔:《符号学原理——结构主义文学理论文选》,读书·生活·新知三联书店1988年版,第11~109页。
② 南帆:《文学性、文化先锋与日常生活》,载《当代作家评论》2010年第2期。

形成的。南朝梁萧子显《南齐书·文学传论》指出:"文章者,盖性情之风标,神明之律吕也。蕴思含毫,游心内运,放言落纸,气运天成。莫不禀以生灵,迁乎爱嗜。"这是对文学(文章)的秉性、内容、特征、呈现形式等方面的描述。勒内·韦勒克、奥斯汀·沃伦认为:"文学的本质最清楚地显现于文学所涉猎的范畴中。文学艺术的中心显然是在抒情诗、史诗和戏剧等传统文学类型上。他们处理的都是一个虚构的世界、想象的世界。小说、诗歌或者戏剧中所陈述的,从字面上说都不是真实的;它们不是逻辑上的命题。"[①]文学就是要构筑一种"逼真"的"非现实的生活",而且这种"非现实的生活"还是人们极力憧憬和向往的,是人类发自内心的一种需求。文学给我们提供了一种新的感受、体验、参悟生活的方式。它让人抛开冗繁,以文学的修辞、形象、故事、意境等对人的生活进行审美性创造,从中发现生活的意义和价值,并在这种"审美性生活"的熏染、启迪、昭示下,树立和坚定生活的信念,开创人的实践意义上的新的美好生活。就此意义而言,文学是人们的一种审美生活方式。由此,我们清楚地认识到文学所具有的基本秉性,这正是文学不同于其他精神存在的内外表征。文学之所以为文学,就必须按照自身的产生方式产生,按照自己的存在方式存在,并且原汁原味,保持着文学自己的"血肉",让人们一看便知是文学而不是其他。作家按照文学既成的形态创造文学,文学以自身的规律衍生文学,就应该是文学的自律原则和规范。

　　文学反映的是人的社会生活,但文学中的日常生活是经过作家个性化加工创造过的人的生活,换句话说,这种生活形态是以文学的方式呈现出来的日常生活,它与人的实际生活搁置了距离,不一定保持纯自然、纯客观的连贯性,有时是一种意象、体验,有时是一种片段,有时是故事片段连结的集合体,而其中起黏合作用的是人的感受、经验、情感,由这种感受、经验、情感黏合起来的生活片段能够让人感动、深思、振奋,超越日常的庸碌和麻木,达到一种思想和心灵上的震荡。文学在处理日常生活的时候需要以自己的"过滤器"对生活碎屑进行筛选,把能够成为文学构筑

---

① 刘象愚等译,勒内·韦勒克、奥斯汀·沃伦:《文学理论》,江苏教育出版社2009年版,第15页。

材料的生活细节挑选出来。很显然,这里有一个起码的标准,那就是具有文学的功用。实际上,文学过滤的不仅仅是生活片段,还包含着语言的过滤。因为文学是语言的艺术,文学的语言组合也需要有文学性,譬如文采、铺张、修辞等,都必须具有文学的张力,并不是所有的庸常语言都能够进入文学,这种语言的效果就是要让文学所表达的生活与实际生活产生一种感性上的差异。另外,文学的审美性在某种意义上是相对于其他精神现象的超越,这使得审美意义上的"生活"明显有别于人们的庸常生活,审美价值给文学的选择框定了范围,文学无论如何得遵循这样的基本原则,不能把什么都捡到文学的筐里。文学内部的矜持并不意味着文学的封闭,恰恰说明文学作为一种类存在的严谨,因为任何意义上的雷同和混同都意味着一种存在的消亡。历史赋予了文学生产和发展的秩序,也因这种经纬交织的秩序体现了文学的确定性。文学的组织程序和创作规范保障的是文学生产出文学性的作品,而不是非文学性的东西。

其实,在人们的意识中,文学具有极大的多蕴性。虽然文学具有不是政治学、经济学、社会学、历史学、宗教学的明显界限,但是,谁也不能排除文学中不存在政治学、经济学、社会学、历史学、宗教学,甚至民族学、人类学等等。因为文学反映的是人类多样态的生活,无论是政治学还是人类学,都是人的生活的有机组成部分,进入人们的感知领域成为文学的元素非常正常,重要的是,文学不能把这些元素变成真正的政治学、经济学、社会学、历史学、宗教学,而不是文学。文学的自由是文学范畴的自由,而不是超越文学边界的自由。即便如此,我们完全可以想象,文学畅游的空间是多么广阔,因为文学穿越了人类生活的所有领域,政治的架构、权力的角逐不可能完全逃离文学的视野,历史学的秉笔直书也可能在文学中时有体现,"哲学家纵论'本体'或者'形而上学',可是,情人的微笑仍然是魂牵梦绕的意象;经济学家擅长各种分析金融形势的教学模型,然而,他还是可能在菜市场讨价还价的时候失态地大动肝火"[①]。文学始终在人类广阔的生活领域穿梭,捕捉意象,延伸想象,文学在这一广阔的空间是自由的,很多情况下,权力可以为文学所鄙视,而卑微低下的平民则可能

---

① 南帆:《文学性、文化先锋与日常生活》,载《当代作家评论》2010年第2期。

为文学珍重,在文学的思维和逻辑中,贵族的生活不足以炫耀,百姓的冷暖、平凡的品质可能更为弥足珍贵。在这种意义上,文学具有自由的选择权利。同样,文学的不自由也是文学范畴之内的不自由,其底线是,文学必须秉持自身的本性,维系其本性的自律原则必须遵循,这一前提和底线是不能随意拆除的。文学不能成为单纯事件罗列的历史著作,也不能成为探讨社会单元及其构成的社会学,文学必须是充满想象、有生活气息可寻、具有审美意蕴的精神图景。

文学的自由和自律是矛盾的,也是统一的。文学的自由赋予了文学无限的想象空间,创造了与生活连结及其表达的多重方式,延续了文学的活力,让文学体现出了流动、多变、开放的特质。但是,文学的自由只能在文学的限度内施展,也就是说,文学的自由创造产生的必须是文学的结果,而不能是与文学无关的东西;另一方面,在文学范畴之内的自由创造方能称之为文学自由,那些与文学无关的精神创造脱离了文学的基本属性,无论自由与否,都不能附加在文学之上。所以,文学自由是文学富有创造力、生命力和活力的体现,而文学的自律、规范则是文学保持本性的必需,文学自由以文学的自律原则和规范为前提,自律原则和规范从本质上保证文学自由创造的发挥。这里,文学自由与自律实现了统一。

四、文学自由与外部规范

文学内部的原则、秩序与文学自由的抵牾只是问题的一个方面,而文学外部的各种规范、制度体系以及意识形态与文学的角力则是文学自由更为凸显的问题。

我们不能否认,文学和其他各种社会规范体系都属于人类文明的产物,而且作为文明的成果,对人类的精神发育、自我完善具有相同或相似的功用。但文学更富有个性色彩,是人性自由的产物,就其创造的意境、情境以及追求的理想而言,也许具有公共性。然而,文学在更多的情况下不追求宏大的社会建构,没有统筹公共事务和秩序的野心,无须以救世主或"责任人"的使命感、责任感对社会和公民发言,始终秉持以"个人视角"、个人体验表达生活,不追求人们的统一认识、统一行动,只在乎接受者的心理共鸣和情感认同。文学在个体意义上是(作家)个人创造的成果,其本质排斥他者的介入和参与,因此在某种意义上具有私密性。而社会规范体系是人类社会制度、公共事务的产物,目的性非常强,那就是约束和调整人们的思想和行为,力求把所有人的活动纳入到制度、规范的范畴。政治活动具有明确的非此即彼的选择性,把参与的对象纳入到统一的规范中去是其终极目的,因此与其说有规范之内的自由,毋庸说更多的是规范之内的强制性,非敌即友的阶级立场让政治难以中性和妥协。经济是人类的生活之学,一开始就与政治实现了联姻,它非但不会自觉地脱离政治的干系,而且在总体上落实着政治的意图,其规范体系的多重性、系统性与经济活动的功利性保持着高度的一致。法律俨然是政治的派生物,它按照政治的需要而产生,并在政治强制力的保护下实施,最终实现的是政治的目的。当然,无论是政治、经济还是法律,尽管我们承认其强制性、严厉性压抑、桎梏了人的本性,但我们无意否认其在某些历史情形下的正当性、道德性,尤其是某些政治模式、经济目标吻合和促进了人的自我发展、自我完善,就可能对人的生活和社会体系产生更大的影响,社会的选择也就具有了历史的合理性、正当性。

在文学与其他社会规范的关系中,文学总是试图保持着独立个体的身份,无意也无力参与社会规范体系的构建,游离于制度体系之外成为文学的一种目标和真实存在状态。(这也并不意味着文学与制度天然地存在着一种对抗关系,很多时候,文学与制度的关系若即若离。)但是,文学的一厢情愿往往事与愿违,制度、规范一直努力在收编文学。因为政治一旦确立为一种制度模式,它必然要干预一切,以调动所有的社会资源实现政治所确立的目标和任务。文学是一种社会存在,也是一种社会资源。虽然文学对政治没有真正的内在需求,并不意味着政治对文学没有企图,事实上,政治总是要求文学按照其需要存在、生产、发展,即文学表达的生活并不一定是个性化、诗意化的生活,而应该、甚至必须是政治化的生活,文学的存在成为一种政治化的存在,说到底成为实现制度目标的工具。这时候文学与制度体系处在一种难解难分和痛苦的博弈之中,文学致力于摆脱制度的干预,按照自由的本性自在地走进人们的现实生活,而制度却规范文学按照政治的要求最大限度地实现政治化的生活,文学实际上也一直试图消解制度的影响,博弈的结果可能是政治以其强制力收编文学,文学则可能以一种萎靡或非完全文学化的生产回报制度。当然,也存在另一种情况,文学主动地以自己的方式参与到政治生活中去。这其中包含着文学对政治和制度的认同和接受,或者说政治的理想和现实与文学的理想和追求实现了某种程度的吻合和一致,文学从中找到了表达的话题和释放情怀的契机。在这种情况下,政治生活转化为文学内容也是文学的一种自由自主的选择,没有更强大的权力干预,在文学的视野中政治生活成为一种正常的社会生活,文学以自己多维的视角延展着政策的内容,并赋予其审美的价值和魅力,客观上具有了实现政治意图的工具性作用。

文学与道德的关系具有特殊性。作为一种社会规范,道德信条不具有强制力,它主要靠人们的信念、良知、善恶判断而实现。因此,道德之于文学没有强大的干预能力。但是,这并不意味着道德对文学没有约束力,也不意味着文学可以罔视道德的存在而为所欲为。道德体现为一种伦理秩序,基本的伦理信念和价值取向是倡导真善美,挞伐假恶丑。它虽然不以强制力将道德规范施之于人,但道德的基本信条和伦理精神一般早已渗透到人们的思想之中,它相信真善美的力量,相信道德信念内化于人的精神,能够让人做出基本的价值判断进而转化为善的道德行为。虽然文学不是以人为研究对象的人类学或生命科学,但文学总是以人性为基本路径追寻人类多样的生活图景,展示人性的多彩和绚丽。总体上说,文学的根本追求也是张扬真善美,这与道德的目标存在着一致性。就人性的原生态而言,既有善的一面,亦有恶的存在,文学在表现人性的多蕴性、丰富性的时候是以善为主导还是以恶为主导,抑或以善的力量覆盖恶的力量或以恶的力量覆盖善的存在,应该是文学的自由。但此时的文学自由如何发挥存在一个限度问题,是恪守道德的基本规约还是僭越道德的底线,文学家和文学面临一个有难度的抉择。毕竟人性和人的生活中的善恶交织在一起,呈现出来时并非泾渭分明,需要辨别和认识,作家是否有能力把恶的元素过滤掉是一个问题。另外,善的发现总是在与恶的比较中进行,善人和恶魔生活在同一个世界,表现善的存在也不能完全摒弃恶的存在。况且,人性中的向善和向恶都是一种可能,特别是人性之中还潜存着动物性的本能,动物本能某些时候也能支配人的行动,正是这多重可能构成了人的完整的生活。文学进入的是人完整的健全的生活,忽视了一种可能就可能意味着文学自身的不健全。所以,展现善和展现恶在审美意义上同等重要。关键是以什么样的立场和方式展现恶,是满足某些人的猎奇、阴暗心理不加选择地兜售丑恶,或者以自然主义的态度暴露人的生物性本能,还是从扬善和审美的意义上表现假恶丑?这里有一个尺度,但这个尺度不是作家想当然的个人意志,而是社会人群中多数人能够接受的限度。这个限度就是公众赋予作家创作中的道德范畴的自由权利,作家也许可以以自身的自由和作品的自由僭越道德的底线,但公众能否接受则是文学存在和行世的根本问题,因为人们对文学的评判中既遵循了文学的标准,又包含了道德的标准,而且在公众的视野中,道德标准有时甚至高于文学标准。这并非强调以道德标准取代文学标准。实际上,文学理想与道德理想存在着一致性,但道德原则具有广泛的普适性,而且高于文学的自律原则,文学也不可能完全逃离道德的调适,就此意义而言,文学自由受制于道德原则是显而易见的。

第五章　英雄叙事与文学

一、生活困惑与文学问题

我们人类的生活存在着两种可能:一乃平庸;二乃神奇。现代社会的物质消费质量和水平都呈现出日新月异的提高,人们的精神消费需求似乎也在提高。但是,物质的充实好像并没有催生出人们精神上的神奇。现时有一种说法,经济全球化、一体化的迅速发展,中国现代化步伐的进一步加快,社会生活的日益繁华和物质化,人们远离了文学,远离了艺术,并且以文学现状的低迷、衰落作为事实佐证。乍一看似乎揭示了当前文学发展问题的症结。问题果真如此?如果我们深入到现象的背后,从历史和现实的纵深处考察文学发展的轨迹,我们便会真切地发现,问题远非这么简单。

不错,现代社会充斥着浮华,物欲横流,物性的迷离、感性的刺激拉动着人们的神经,勾魂摄魄,的确有点"怎能让我不想他"。文学是社会生活的反映,社会的现实存在不可能不对文学的存在状况产生影响。同时,无论从我们的文学批评传统还是按现代西方盛行的文化(文学)研究理论,研究文学发生发展的现实状况当然不可能不研究现实的社会状况。然而,我们想说的是,社会对文学的影响是文学发展的重要方面(注意,也仅仅是一个方面),但文学的发展还有一个重要的方面:文学自身的积累、文学自身的动力、文学自身的规律、文学自身的传统。我们姑且把物欲冲击下人们远离了文学、远离了艺术作为文学发展的一个严重问题,但是,难道文学真的荒凉到能够让人们义无反顾地离去的地步?文学的魅力哪里去了?文学的动力和发展惯性哪里去了?说直率些,面对舍我而去的窘况,文学自身的问题和责任是什么?

我们不否认现代社会、后现代社会人们对物质消费的强烈追逐,更不否认物质主义时代对人们精神的全面消解。但是,现代社会的现代人仍然需要精神消费,仍然需要文学的哺育、艺术的滋养,重要的是文学艺术以什么样的面目面对社会和为人们提供了怎样的精神食粮。那么,我们的文学的现实状况到底如何呢?自20世纪80年代后期,伴随着物质化浪潮的冲击,文学深深地被卷入了商业的运作之中,理想主义悄悄撤退,神圣开始被嘲弄,对于商业价值的追逐和对世俗的盲目迎合使文学迅速地庸俗化。这种倾向不仅表现在文人的商业化上,也表现在文学作品的商业化上:不少文人直截了当地投入到经商大潮,有更多的人为了销售自己的作品,通过传媒、广告大肆宣扬;而文学的商品化之赤裸裸的呈现诚如北京、深圳的文稿拍卖,其后果使文学作品在内容上流露出低级趣味、渴望堕落、俗不可耐的一面,这些作品即使在形式上有所创新,也通常是以精神、价值的下滑为代价。另外,严肃文学也积极向商业性靠拢,先锋派与通俗文学接轨,新写实小说对现实中的烦琐事务式的世俗价值的认同,都透露出知识分子已经丧失独立的人格精神和价值认同。这样,在商业大潮下,文学在普及和世俗化的过程中不断蚕食自己的本质,从而远离了它曾经令人目眩的精神属性,崇高的精神仿佛从此逃离了,庸俗和浅薄成为时尚。许多作家躲进了艺术的五星级宾馆,惺忪蒙眬地絮叨着其梦呓人生,泼洒世纪末之惆怅情怀。崇高、信念、理想、真诚在他们的调侃嬉戏、阴阳怪气的语码操练中被嘲弄得一塌糊涂。那么多作家不约而同地集体逃亡,纷纷踏上了放逐灵魂放逐信仰的精神不归路。他们放弃了知识分子精英立场和主流话语形态对民众再启蒙的承诺,终止了对人的终极意义的价值关怀和价值判断,退出了社会良知和精神导师的角色,割断了文学同人民、时代和民族间的血脉脐带,亵渎神圣躲避崇高拥抱世俗玩的就是心跳,在种种欲望化的媚俗表演中消解了文学的纯洁感、神圣感和苦难感,在对官能满足的极其世俗化的阐释中导致感性欲望的无限膨胀和理性精神的全线溃落。可悲的是,我们根本看不到活的灵魂更谈不上灵魂的震颤,作家连同他们的文字都成了空空的稻草人。至此,人类精神家园中的终极信仰、传统精神和美好人性已经或正在大面积流失,我们的社会曾经批判过的诸如拜金主义、个人主义和享乐主义这些最原始的黑色幽灵开始复活并受到了空前的礼赞和广泛的喝彩。

二、英雄存在与文学话语

文学固然不是宗教,固然不能纯而又纯,神圣、崇高得高不可攀,让人难以企及。但文学是人学,是人性的升华和延伸,是人类由物质世界向精神世界绽放的绚丽多彩的奇葩。文学是现实生活的反映,是客观世界见之于主观世界的结果。文学需要表现人们现存的生存状态,而人们的生存状态一般情况下是平凡的、琐碎的、有时甚至是微不足道的。但人类毕竟是具有高度思维能力的动物,是地球上迄今为止最具能动性的主体,人类在自己漫长的历史发展中有茹毛饮血、开天辟地,有除暴安良、打富济贫,有与自然界的较量,还有与自身的邪恶势力、入侵外敌的抗争,有生死离别,有悲欢离合等等许多不平凡的生存状态。文学在反映人们平凡的生活的同时,应该更加重视表达人类那些不平凡的生存状态,表达人类那些可歌可泣的英雄壮举。马列经典作家曾指出文学要反映典型环境中的典型人物,我们理解,实际上就是要求表达人类不平凡的生存状态。不平凡是特殊,平凡是一般,一般存在于特殊之中,特殊包含着一般。文学反映人类的生存状态应该是浓缩了的生活、浓缩了的人生,即典型的环境、典型的人。因为只有典型才有包容性、普遍性,对人们才有真正的震撼意义。人们时常讲平淡才是真,但轰轰烈烈、惊天动地更是真。而文学要表现典型的人物,就必须善于从平凡、琐细、庸碌中提炼、升华出雄奇、伟岸、超拔,真正体现出文学中特殊的"这一个"。唯其这样,文学才能显露出自身雄奇、伟岸、超拔的品格,也唯其如此,文学才能真正富有卓越的吸引力和震撼力。

从历史发展看,人类的发展历程中发生过太多的振聋发聩的事件,涌现出了太多的感天地、泣鬼神的人物和英雄壮举,没有这些不平凡的事件和不平凡的人物及其壮举,在某些时候历史发展的方向就不能得到及时的矫正,人类就不可能实现跨越式的发展。就人类本身的生存而言,虽然平淡是经常的,但人类永远不满足于生活和历史的平平淡淡,总是渴望出现奇迹和奇人。因为过于平淡的生活可能会使历史出现停滞状态,阻碍人类的发展。这也合乎矛盾运动的规律,事物总是由量变到质变、由渐变到突变,当历史过于平淡、过于缺少生气的时候,人们总是希望能有些有特殊勇气和特殊能力的人推动历史发生剧变。同时,人类发展到现时的特定阶段,总是对未来寄予了无限的希望;而作为具体的人,生活无论怎样平淡甚至再庸俗,心目中都可能存留着一片神圣之地、一点精神理想。否则,人类的历史就永远不可能有未来的续接。所谓典型人物所处的典型环境,实质上就是人类创世和缔造自身生活的过程中所创造的史诗般的不平凡历史。没有史诗般的历史,就没有史诗般的英雄。人类呼唤不平凡的历史实际上就是呼唤英雄的人物。因此,渴望英雄、崇拜英雄乃人类普遍的文化心理,弘扬英雄主义是文化的灵魂所系,培养和造就英雄是文化的责任和目的。何谓英雄? 不管基于何种文化背景,英雄的二重属性不言而喻:它既是现有社会价值观的体现者,又是固有社会价值体系的勇敢超越者。无论是历史的大变革时期还是社会的和平时期,英雄都是社会话语系统毋庸置疑的关键词,英雄话题毫无疑问也是人们的热门话题。

新中国建立后,新民主主义革命那段波澜壮阔的历史让人们涌现出无限的崇敬和神往,同时,新中国的社会主义建设热潮让人们如醉如痴。因此,英雄主义被冠以革命的标签曾经一度成为文学反映的主题,"文化大革命"虽然把它逐步简单化,英雄主义文学还是取得了令人瞩目的成就。新时期的80年代,英雄主义文学在军事题材、工业题材和知青文学中得到了延续,并且也有可喜的成绩。应该说英雄主义是文学永远不可缺少的魅力。但是,自20世纪90年代以来,文学的英雄主义气概丢失了,英雄似乎从文学中全面退场。首先是文学人被滚滚涌流的铜臭气熏晕熏倒;然后是文学人不再有勇气仰望英雄;再然后是文学流于平淡、琐碎、庸俗,成为"一地鸡毛";最后是文学家看到的似乎只有所谓的"个性"、"自我",却找不到自己追求的文学。我们把文学的这段经历说成是缘木求鱼好像有点言过其实，但说文学行进的步伐出现了严重失重应该是真切的。应该承认，人类现代化的快速发展，社会在崇高和世俗两个向度上的走势都十分迅猛，而世俗化的蔓延似乎更甚。遗憾的是，我们的文学人更多的走近了世俗，看中了庸人，远离了崇高，遗弃了英雄。这里的实质问题是，远离了崇高等于远离了人们心目中最珍贵的一点向往和蕴藏得最深的一点精神理想，遗弃了英雄就遗弃了人们生活中恒久的中心话题，遗弃了人们的中心话题就难以赢得人们广泛而高度的关注，而文学一旦失去了人们广泛而高度的关注就不可避免地自我边缘化了。质言之，文学一旦远离和遗弃了英雄，实际上就缺少了应有的价值和魅力。

三、英雄叙事与文学价值

从根本上说，崇高和悲壮是英雄的两个基本表征，也是文学的重要审美特征。而崇高和悲壮产生于人类经天纬地、坚苦卓绝的奋斗历程，产生于人类一切伟大的创造活动之中。人类在创造历史的漫长过程中，既有成功，又有失败，既有荣誉，又有耻辱。但无论是成功、荣誉还是失败、耻辱，都是人类进步、发展的见证，体现了人类上下求索、不屈不挠的奋斗精神。我们所说的英雄并不一定都是成功中的英雄。常言道不能以成败论英雄。在人类发展的历史进程中，只要代表了历史发展的方向，为人类的文明进步做出了特别的壮举和重要的贡献，无论成败与否都可以称作英雄。成功固然具有重要意义，但失败从某种程度上说更具有启迪意义。因为失败更能发人深省，促使人们深刻地总结经验教训，积聚力量，推动历史发生新的飞跃。正所谓失败是成功之母。成功具有喜剧意义，失败具有悲剧意义，崇高和悲壮就是如此地暗含了英雄的底蕴。作为人类社会生活反映的文学，循着历史发展的本质，表现人类经天纬地、坚苦卓绝的奋斗历程，表现人类生存和发展历史中惊天动地的英雄壮举，是文学的生命所在。文学是人学，是人类社会重要的精神产品。文学的重要性不仅仅在于文学的娱乐性，更重要的在于文学陶冶性情、启迪心智、教化人性、激励精神的功能。因此，文学应该高度关注民生、民情、民意，注重展示人类的普遍人性和典型人生,表现人类的历史命运。

文学对于英雄的这种渴求是文学自身的本质需要。无论是文学的现实主义传统还是文学的浪漫主义追求,都在孜孜以求地构筑着一种理想。现实主义历来注重对社会历史的忠实表现,但同时它也保持着对现实的理性思考和严厉的批判精神。诸如"朱门酒肉臭,路有冻死骨"、"哀其不幸,怒其不争"的文学表达,饱含着作家们愤怒和冷峻的态度。但作家在无情揭露现实的同时,无不蕴涵着种种渴望,或寄予鞭挞以促使人们警醒,创造历史奇迹;或以批判剖析现实展示历史前景。浪漫主义对未来充满了浓重的理想情怀,而这种理想是审美的重要范畴,它具有人的族类生存的内在目的性,是感性与理性、真与善、有限与无限的统一,既具有生物因素,更具有文化的属性。理想对于人类来说是绝对不能缺少的,美和审美对于文学也是绝对不能丢失的。恰恰,伟大历史中的英雄、优秀文学中的崇高和悲壮正寄托着人类审美追求的希望。

古今中外,人类生存和发展中的英雄壮举、神奇篇章都会成为文学创作的重要原料,并成为文学作品产生影响力的基本因素。古希腊神话留下的是西方民族创世的奇异构想,反映了人类幼年时代的艰辛和开启人类文明之门的不易,许多创世英雄都是以牺牲自己为代价而开辟了人类的历史,因此,古希腊神话大多以悲剧结局。古希腊戏剧从古希腊神话中吸取素材,悲剧成为古希腊戏剧的显著特征。莎士比亚戏剧表现了许多英雄的、史诗般的悲壮故事,从而使它成为世界戏剧史上令人永远向往的巅峰。巴尔扎克的小说再现了法国19世纪上半叶资本主义上升时期的罪恶发迹史,他通过对法国历史的忠实记录和对各类资产阶级典型人物的生动表达,使其《人间喜剧》具有了不朽的意义。托尔斯泰用《战争与和平》、《安娜·卡列尼娜》、《复活》等不朽的作品描写了1905年前的旧俄国的那段历史、那些有重大影响的事件、那些复杂而典型的人生,提出了许多重大的社会问题,并且拥有巨大的艺术力量,从而使其成为"俄国革命的镜子",其作品"在世界文学中占第一流的地位"。中国的文学也如此。屈原的《离骚》不仅充满着浪漫主义理想,还饱含着英雄主义精神。而且,不仅作品中体现的崇高理想和不懈的奋斗精神让人感奋,诗人自身以身许国的爱国壮举、九死不悔的崇高人格更震撼人的灵魂。李白、杜甫、苏轼、陆游、辛弃疾等诗人许多不朽的诗篇回荡着英雄的气概。《三国演义》、《水浒传》、《西游记》更是英雄的故事。《红楼梦》虽然讲述的不完全是英雄的故事,但它却揭示了一个时代众多的人生悲剧、社会悲剧,成为当时中国社会的百科全书,对于认识中国社会、改造中国社会具有十分重要的价值。鲁迅的《阿Q正传》揭示了中国国民的劣根性,对中国民主革命具有深刻的认识意义。巴金的《家》通过对20世纪初中国一个大家庭的解剖,表现了封建家庭扼杀人性的历史悲剧。老舍的《四世同堂》展现的是日本法西斯侵华的大背景下一群小人物的英雄壮举,它告诉人们,英雄就是在特殊的历史背景下历史与人生的融合、闪光和辉煌。至于说《保卫延安》、《林海雪原》、《青春之歌》、《红旗谱》、《红日》、《铁道游击队》、《烈火金刚》、《红岩》等等更是反映了中国新民主主义革命时期的英雄史。大凡名著之所以不朽,最根本的就是表现了人类伟大的人性、伟大的历史,具有史诗的价值。质言之,一部文学史就是人类英雄史。至于作品成功的形式、精粹的艺术技巧则是与作品丰富、壮阔的内容、深邃的内涵密切联系在一起的。

四、英雄的回归与文学的崛起

因此,英雄回归文学是当代文学崛起、创造辉煌的基本前提。文学艺术是人类创造活动的结果,它与人类的实践活动、思维活动深深地融合在一起,它应该而且也完全能够反映时代的精神、社会的脉动、历史的本质。基于此,文学创作就应该撷取人类历史进程中那些体现历史走向的重大问题、重要脉络、典型人物作为文学表达的主导内容,这应该是支撑文学坚实脊梁和强大精神的钢铁材料。当然,人类的历史有主流和支流,人类的生活有黄钟大吕,也有锅碗瓢勺。重要的是,我们的文学不是账房的流水账簿,不是旧物回收场,甚至不是编年志,对历史、对人们生活中的故事必须有所取舍,有所选择。我们不能过于强调生活的平庸和琐碎,事实上,我们的现实生活中有很多能够在历史的长河中熠熠发光的东西,更有许多感动历史、感动未来的人和事,关键是我们的作家有没有崇高的理想境界,有没有科学家的精细、历史学家的独到、哲学家的睿智。我们也不能总是把物欲的泛滥、物性对精神的消解作为当代文学发展难以逾越的障碍,物质的丰富、消费的膨胀对文学来说未必都是坏事,重要的是我们的作家在物欲的江海中能不能守持着自己的魂魄,稳定住自己的心智,找到登陆的方位。文学是作家为人类构建的一个精神家园,需要摈弃人世间不必要的嘈杂,保持一些精神上的清净、理性、崇高、神圣。但是,要创造崇高、神圣的文学作品,文学家首先必须升华自己的精神,提升自己的境界,有启蒙社会、鞭策社会的责任感,有积极勇敢的批判精神,有构筑人类精神大厦的理想信念,有培养、创造英雄和弘扬英雄主义的欲望和决心。文学不能仅仅满足于人们些微的激动,真正的文学必须能够给人以心灵的震撼、巨大的感动。而要让作品产生巨大的震撼力,作家自身坚守的信念、执着追求的精神必须能够让人产生大的感动。真正的作家应该有强烈的社会责任感和庄严的历史使命感,有理想信念的追求和高尚的人格力量,热爱生活、热爱人民、热爱脚下的这片热土,以生命助燃,在中国大地上书写壮阔图景和自己辉煌伟岸的汉字人生。

其实,英雄在文学中的退却并不意味着英雄从人们生活中的退场。19世纪尼采说上帝死了,艺术家们便纷纷去寻找人;20世纪福柯说人死了,艺术家们又匆匆去寻找兽。现实的情况是,我们社会的支点并没有溃塌,我们的信仰并没有遗失,我们的精神并没有真正被消解。我们的社会需要英雄,而我们的现实仍然是英雄生长的丰厚土壤,我们的时代仍然是英雄辈出的时代。改革开放、现代化建设如火如荼,汹涌澎湃;振兴中华、民族复兴,十几亿中华儿女正在不懈奋斗。20多年来,神州大地发生了巨大的变化,经济飞跃发展,社会全面进步,政治趋向文明,文化进一步繁荣,综合国力大大增强,国际地位显著提升。这些应该说是一个民族的伟大壮举,是几代中华儿女特别是当代民族脊梁智慧的结晶、创造的结果,在中华民族的发展史上应该是一个里程碑,具有划时代的意义。透过这些成就,我们分明看到我们这个时代的英雄的背影、精神的脉络。当张艺谋敏感地意识到并热切呼唤、着力打造《英雄》的时候,实际上在我们的现代化建设的《和平年代》的确不乏英雄,并且,为了我们中华民族复兴的伟大事业,许多《英雄无悔》,甘愿牺牲,无私奉献,体现了伟大的时代精神。因此,对于我们的作家来说,不是能不能发现英雄、找到英雄,重要的是怎样勾画我们的作品,怎样塑造英雄的形象,怎样表现伟大的历史。面对文学目前的现状,我们的文学家真的应该沉下心来,深入到时代和历史的纵深处,认真地思考些问题,执著地追寻英雄的足迹,潜心发掘历史的闪光点,力求把英雄重新请到文学的殿堂中来,让文学从一地鸡毛中回归到重大历史叙事,这样我们就不难看到当代文学辉煌的未来。

第六章 时间与文学

时间之于文学,是否为一个必然的命题,恐怕不认真地考察探究则难以做出一个令人信服的解说。实际上,时间对于文学是一个至关重要的因素。无论文学的生成、存在、甚至文学的未来发展,都与时间有着缜密的纠缠,都在时间的决定论之中。尤其在当代的时间空间和历史语境中,时间对于文学的生存状态似乎更具有决定性意义。反过来,文学对于时间好像也不无意义。文学是对历史的、现实的存在内容和样态的形象的、生动地记录,换句话说,文学是对线性的、流动的时间空间中间断的或部分的存在局面和动态的原生态地记录,或者说犹如仿生学的保存和还原,这就使逝如不再的时间在文学的文本和语境中得到保存,就此而言,文学对于时间也具有某种不朽的意义。

一、时间在文学中的存在

时间是与人类、世界等任何存在历程密切关联的一个概念,它似乎是一个十分浅显易懂的概念,但似乎又是一个深奥莫测的概念。奥古斯丁曾经指出:"时间究竟是什么?谁能轻易概括地说明它,谁对此有明确的概念,能用语言表达出来?可是在谈话中,有什么比时间更常见、更熟悉呢?我们谈到时间,当然了解,听别人谈到时间,我们也会领会。那么时间究竟是什么？没有人问我，我倒清楚，有人问我，我想说明，便茫然不解了。"①应该说，时间是线性的，但似乎又具有空间感，因为我们与时间同行时并非绞缠在线性的无限的线条之上；时间是流逝的，然而时间又每时每刻伴随着我们，似乎是永恒的；时间是短暂的，又是漫长的，因为均匀的相同的时间有时感觉稍纵即逝，有时又感觉度日如年。所以，时间是客观的，又是主观的；是绝对的，又是相对的。

人类对时间的认识大致经历了三个阶段，首先是古代虚假时间观。古希腊人对于生灭具有一种非凡的敏感性，这导致他们十分强烈地追求永恒。但现实中的永恒是难以达到的，所以他们唯有追求永恒的观念和观念中的永恒。古希腊人认为时间是不真实的，自然界四时永恒运转，昼夜不断交替，和社会历史中人的生生死死，国家的兴衰轮换，所有这些无不显示出某种固定性，即周而复始、周而复返的特征。时间和运动是循环的怪圈，是同一周期的不断上演。在循环中，有变，也有不变，变只是表面现象，循环的本质是不变。"在古人的眼里，时间在理论上是可以忽略不论的，因为万物的绵延仅仅是理念的堕落。科学需要研究的是不变的本质，变化不过是共相的现实化过程，这种现实化就是我们要探讨的一切。"②第二是中世纪线性时间观。奥古斯丁就认为，时间的三维并不分离，而是都存在于现在。它们不是客观存在，而是主观存在：过去存在于现在的记忆，未来存在于现在的预期，而现在不过是现时的感觉，它们全都没有超出人的内心。时间并不回转，它是未来趋势的线性延伸。第三是近代的绝对时间观。经典物理学认为，时间是运动方程的一个基本参量。在这里，时间是一个先定的且永不变动的框架，是一个均匀的、可以量化的流逝，是一个永恒伸展的横向坐标，是一个冷漠的、外于人和一切事物的、独立存在的实体；它没有方向，没有指向，只是均匀地流逝；它只关注瞬间，并且平等地看待每一瞬间；它只求任一瞬间运动物体的位置，运动过程并不在考察之列；它必须是绝对的、统一的、永恒的，不能因人物、地域和运动的不同而改变。正如牛顿所说："绝对的、真实的和数学

---

① 奥古斯丁：《忏悔录》，商务印书馆1977年版，第242页。
② 柏格森：《创造进化论》，湖北人民出版社1989年版，第267页。

的时间,按其固有的特性而均匀地流逝,与一切外在的事物无关。"①

时间是构成生命的本质要素。时间总是与自由、存在和人生意义密切联系的。如果我们承认一切都处在变化之中,那么一切将被时间带走,人生的目的和意义何在? 然而,计量的时间必须是绝对的、均匀的、无限的,所以时间或者归于现象,或者成为外在形式。不过作为外在形式的时间与人的自由是矛盾的。原因在于时间自在流逝,人不仅无力阻止,而且还将与其一起走向死亡。②汪天文认为,时间态世界——人自身生存和发展的状态,包含五个层次的生活自由度,也即五重生活境界,从低级到高级依次为:实时态、载时态、顺时态、超时态、无时态。每一个时间态都代表人们不同的生活状态和人们对世界领悟的不同境界。实时态包含实时言语、实时音乐、实时世象、实时交往等内容。实时态中的人处于自发的状态。载时态中的人基本上处于自觉的状态。意识(思维)负载于时间而"运行",借助时间而存在,乃笛卡儿之"我思"。思维不是正在传送的"数据包",也不能简单地看作信息的传导,而是不断展现的内在世界,是本然的运思,它体现"常人"在清醒时的"注意"状态。顺时态中的人基本上处于自律之中,每个人天生地就"被抛"入到顺时态当中,必须接受传统的浸润,必须顺应时尚的潮流。超时态中的人基本上处于自觉实践之中。所谓超时态,就是人为了改变自己的命运而超越时间的流程,这是纵横于非时性世界之中的一种努力。人没有确定的命运,但是人总是担心自己的"无所作为"的命运,因此人总是要不断地改变和超越自己的命运。无时态是道德、良知、真理、道、Logos 栖居之所,是生命的最高境界。无时态就是指人通过超时态的努力逐步逼近和达到没有时间制约的境界。道德、良知、真理、道、Logos 等都是非时间性的东西,但它们又不是纯粹的自然,而是时间态中人类的观念所必须遵从的永恒标准。③

时间在文学中是怎样发生的? 或者说时间对于文学是怎样一种构成要素? 这一问题具有巨大想象空间和研究空间。文学是人学,时间如何

---

① 引自吴国盛:《时间的观念》,中国社会科学出版社1996年版,第137页。
② 李文阁:《时间:从绝对形式到生命本质》,载《江汉论坛》2000年第1期。
③ 汪天文:《时间境界论》,载《江汉论坛》2003年第6期。

以自己的延伸度和张力经纬人生和人类历史,是人类文学充满丰富性内容和内涵的重要参数。人类对时间的追寻和探索,实际上也是文学对时间追寻和探索的历程,因为文学形象地深刻地反映着人类的精神历程。时间之所以成为文学形成的必需元素,乃因为时间自始以来一直是困扰人类自由生活和自在生活的因素。人类自古都是向往自由的。然而,人的自由总是有限度的(相对的),抛开其他因素,时间即是制约人类自由的重要的因素。说到底,人若要达到自由自在,就意味着完全按照自己的意志支配自己的行动。但是这一要求在时间的条件下无论如何是难以达到的。因为人的生命只能在一定的时间区间存在,在一定的时间区间内人只能完成一些行动而不是所有的行动,更不能达到所有的目的。人类从来就渴望着超越时间的藩篱,但人的生命的确有限,时间的区限是难以超越的,这就形成了矛盾和困惑。所以文学就紧跟着人类的生活追寻和探索着时间,也表达着时间。

时间构筑文学的形态是多样的。

其一,文学表达着丰富的时间意识,审视着时间的神秘。譬如《夸父逐日》的传说中关于夸父追逐坠落的太阳的故事,其实表达的就是人类关于时间的有限和无限的意识和思考。无论是虚假的时间、线性的时间,还是主观与客观、绝对与相对的时间,在人类的感觉经验中,人类的总体感觉是时间的短促,所以便有人们对生命和世事的慨叹。庄子在《逍遥游》中明确意识到时间的短暂,主张忘掉自己忘掉一切,进入逍遥的境界。但实际上庄子也渴望着时间对人生的绵延,所以庄子说:"朝菌不知晦朔,蟪蛄不知春秋,此小年也。楚之南有冥灵者,以五百岁为春,五百岁为秋;上古有大椿者,以八千岁为春,八千岁为秋。而彭祖乃今以久特闻,众人匹之,不亦悲乎?"而曹操的"对酒当歌,人生几何?譬如朝露,日去苦多"更是对时间的慨叹和惆怅,表达的是一腔雄心壮志与短暂人生无法实现的矛盾和困惑。陈子昂的"前不见古人,后不见来者,念天地之悠悠,独怆然而涕下"则是面对时光的匆匆流逝而无可奈何的深切感怀。《西游记》把一直困扰着人们无法超越的时间转换为天上和仙界的时间,所谓天上一日地上一年,所以天界和仙界的人非常悠哉从容,而地上的人们倍感时间的急促。所以在作者的意识里,天上的神仙和地上的英雄都是日积月累的精华,作为人间的产物,孙悟空就不能是十月怀胎的结晶,而是"盖自开辟以来,每受天真地秀,日精月华,感之既久,遂有灵通之意。内育仙胞。一日迸裂,产一石卵,似圆球样大。因见风,化作一个石猴"。没有超越时空的凝聚就难以具有撼天动地的能量。所以石猴不仅经历了多少个五千四百岁的历练,而且又在五行山下困压磨难了五百多年,百炼成钢,刚强有韧。作者以孙悟空为符号大大延续了人类的生命时间,无疑体现着人类对自身生命时间延续的共同渴望。这就不难理解中西方历史文化中都存在着追求长生不老的故事。其中成就炼丹术以及追求食用冬虫夏草等一直是中国文化中贵族阶层试图延年益寿、长生不老的主要途径。实际上,西方文化中拟化出人间和天堂,中国文化中把人们生活的世界分为阳间和阴间,意图也在于延长人的生命时间,让人类在人间和阳间无法延续的生命在天堂和阴间得到补偿。这些都是文学中表达的意愿,也是文学追求的境界。

其二,文学在可勘界的时间空间里叙述。这实际上是说文学的叙述和表达是有限度的,或者说文学必然有自己的长度和表达区间。尽管说时间是无限延续着的,尽管说文学的表现能力在某种意义上是无限的,甚或说文学的形式也是多样的,但文学仍然是一个确定形态的东西,文学的多义性改变不了它的确定性。因为文学是人类经验和认识的表达,除却人类自身潜存的某些通感的因素,人类的经验和认识是不断丰富着的,是随着时间、环境的变化而发展着的,也就是说,人类的经验和认识都是时段性、阶段性的,而不可能是永恒的。无论是某一文学作品还是某一时期的文学作品,也只能够表达人类某一阶段性的经验和认识,而不可能是人类永恒的经验和认识。所以,时间就成为文学的局限性,文学不可能表现人类的一切。从某种意义上说,时间的空间就是文学的空间。《三国演义》尽管提到了周末七国纷争、秦灭、楚汉纷争,但是作品的时间空间和叙事空间仍然是东汉末至晋立期间的阶段性历史;《红楼梦》洋洋洒洒也只能以荣、宁两府的兴衰为上下时限;而《西游记》虽然把人间与天上、仙界混杂在一起,动辄以千年、万年为概念,但它并没有完全磨灭作品表达的时间区间,唐僧去西天取经起始历程是作品真正的时间空间。

其三,时间是文学基本的结构方式。文学的结构方式不是单一的,不同的文学体裁和样式的结构方式各有自己的特点,但是时间是文学基本的结构方式之一。之所以这样说,是因为时间是文学结构建构的基本材料。文学是记录和展示人类生活、思想、情感甚至心路历程的文本形式,而时间是牵扯出人类生活、思想、情感的基本线索,或者说时间是构筑人们生活、思想、情感质感形式的基本材料。无论是生活历程还是思维活动,或者是人们感情和心理的流动变化都不可能是无序的,最终都要以一定时序和形式体现出来。因此,文学也不可能超越或脱离人类生活、思想、情感的结构方式。譬如人的生活内容虽然会出现重复,但生活总是按照正顺序的时间序列展开;人类的思想和情感尽管异常复杂,但总是伴随着人的生活和时间的节律而发生和展开。当然,文学在用时间构筑结构时并不一定严格按照时间的正顺序进行,从而可以表现出更大的灵活性。譬如叙事文学可以按照时间的自然流动的顺序结构文本,也可以采取倒叙、插叙构筑文本,还可以运用意识流方式构筑文本,更可以综合兼用以上各种方式结构文本。抒情文学完全可以依据思想、情感和心理发生与流动的状态构筑文本,从而使时间在文本中不一定呈现出线性的顺序,以便于促成文学文本结构多种样态的生成。

二、文学在时间中的存在

文学也是时间性的概念。关于什么是文学,什么形态的东西是文学,也是在时间流动的既定区间形成的。文学肯定不是与人类茹毛饮血期而与生俱有的,它毫无疑问是与人类的文明进程相伴随的。但是,并非人类所有的文明轨迹都是文学。文学只是人类文明的一部分内容。并且,人类的文明必须经过人们思维的、艺术的、审美的创造加工才能成为文学。所以,人类文明是文学的源头,但文学的出现肯定在人类文明的诞生之后。

人类的早期一定没有文学的概念,人们简单思维下的实践行为应该是人类最基本的生活内容。然而,简单思维下的实践行为的不间断的重复逐步形成创造,并且在这种创造中人类的思维得到发展,思维对人类实践行为的总结、归纳,对自然、世界、人类的思考、膜拜、神秘猜想等等都可能超越人们的实践活动和物质生活,而进入到精神和艺术的层面,它为人类孕育了独立于人的实践活动和物质生活的一种精神形态。这种精神形态是否能够成为文学的命名,既非当时人说了算,更不是后人说了算,而实际上是由时间做界定。之所以这样认为,是因为有两个方面问题,一是当时人左右不了今后的时间,其主张需要后人的认可;二是后人有时间对前人的思想主张进行评价,但是前人的精神积累不一定经受住时间的遗漏而成为后人评判的资源。因此,文学的存在不仅仅是人们怎样命名、评说的问题,更重要的是要经得起时间的检阅、洗刷。事实上,人类的文学可能远不是我们现在接受的这样一个简单的清晰的版图和样态,实际情况可能比我们现在认知的复杂丰富得多,除了人类认识的障碍之外,更多的则可能在时间的汪洋中冲刷掉、遗失掉,挂一漏万,所得一鳞半爪便是人类意识中的文学现实。单从文学样式而言,中国文学最早的成型文学样式是《诗经》(当然此前可能还有神话和传说,但不一定是成型化的文字文本),而《诗经》形成的过程权威的解说是经乐师或史官从民间采集而成,至于当时华夏大地存在着多少民间歌谣和乐章,采集的这些篇子是否真正的优秀乐章,以及这些篇子能够占据当时民间歌谣和乐章原生态的多大份额,恐怕没有人能够说得清楚,后人最正确的思维就是拿现在收集到的这些篇子作为标本和符码进行有效的阐释和解说。以《诗经》为肇基开了中国文学的源头,所以中国最早的文学形式就是诗歌,而且诗歌成了中国文学最重要的文学形式和文学传统。中国文学发生的真实情况也许并非如此,在《诗经》之前也许还有更重要的文学样式和更丰富的文学资源,或者是被渊源不断的时间淹没了,或者没有被当时的人们认识到而遗漏和忽略了,总之,《诗经》被当时具有话语权的人们看中了,即使并不符合文学的现实,时间也就将错就错,从此便使《诗经》成为了中国文学的正宗。西方文学渊源于古希腊神话和古希腊悲剧,这当然与古希腊人精神活动的现实有关。但我们想说的是,古希腊神话和古希腊悲剧是否真的为西方文学的正宗?在古希腊神话和古希腊悲剧存在之前或存在期间,是否还有更为丰富、更具有艺术性的文学资源?如果有,是时间予以淹没了还是被人无意和有意忽略了。这恐怕对文学也是一个有价值的问题,至少在时间的意义上我们应该展开这样的联想。

在这里,我们是否还可以展开问题,即后世命名和确认为文学的东西在原有的意义上是否具有文学性的存在形态?或许,今天我们奉为文学圭臬的样品,在原有的时空中和当时人们的视野里根本不具有文学性和艺术性,现有的意义和价值完全是时间和后人赋予的,其中存在着时间的过滤法和变戏法。从时间的属性和价值观考察,时间是任何意义体的存在空间,当然也是任何意义体的展现的基本方式。时间实际上是以绝对客观的方式展现意义体的价值的,但在相对的意义上存在着主观的可能和结果,因此客观的过程往往被主观的结果掩盖,意义体在时间的绵延中可能存在不同程度的折扣,也就是说,客观存在的意义体在与时间的竞走中,有的伴随着时间永生,有的则在时间的缝隙中永远消失了。所以,中国正宗文学遗留延续下来的是包括汉赋在内的辞赋、唐诗、宋词、元曲、汉文章等文学样式,其他都不怎么列入正宗文学之列,就连现代最主要的文学品种小说,唐代称作话本,是民间市井口传的不定型的文本,属于不登大雅之堂的杂科,时人并不认可它的文学性和艺术性,如果不是近现代西方小说传入,使小说获得了正宗的地位,话本这一中国的小说样式在时间的绵延中会不会销声匿迹并不能做出肯定的回答。但是,话本的幸运并不能改变所有文学形态的命运,没有得到时间宠幸的文学样态则只好与时间告别了。西方文学与中国文学发展的历程似乎也有其相似性,譬如莎士比亚戏剧当时并不被人们全面看好,但在今天却成了文学经典,在文学史上享有崇高的地位。它当然也是时间眷顾的结果。

在时间的长河中遗失的不仅仅是文学样式,更大量的是具体的文学作品。应该说,现在人类能够见到的文学作品可能只是人类创造的文学作品的九牛一毛、沧海一粟,大量的、甚至更辉煌的作品都可能被时间淹没了。在时间的过滤中,时间筛网的漏洞的大小并不一定均匀,经过漏洞遗漏的文学作品的"质量"也不一定相等,因此"大鱼"漏网不仅是可能的,而且可能比比皆是。问题在于人们并没有能力调控和主宰时间,时间不仅我行我素地独往前行,而且完全是自在地按照自己的意志和辩证法处置世间的存在物,并不一定给人们一个有序的章法。所以,在很多情况下人们听任时间的任意裁决也只能是一种无奈。但是有一种情况是值得重视的,那就是在可感和可度量的时间内众生喧哗、携手同力,超限度地加大分贝强化印记,向可度量的时间以外扩张,以争取向延续的时间传递。不过,时间在与人类历史同行的时候,时间的爆炸和断裂也可能会断送人们的努力。可以想象,不可胜数的文学作品在时间的专断中是如何被草菅的。

当然,时间对文学而言并非完全是无情的,我们在时间的缝隙也惊喜地发现,时间对文学的保值增值的客观效能。在现有的文学史中和可看到的文学作品中,有些文学样式和作品在原有的时间空间中可能没有多少艺术性和价值,有的甚至不被时人视为精神产品,但经过时间的储藏,却焕发出文学性和艺术价值。譬如古代神话、民间故事等原本可能是人们口头泛滥的笑料和谈资,充其量也许是人类对自身和生活的臆想或猜想,然而一旦由时间保存下来,其富有的文学性和价值即倍增。现在,我们往往把古代神话、民间故事等看作原始的、最具活力的文学形态。这里,时间无疑充当了文学的魔法师。问题是,时间是如何把这些文学资源保存下来的?其中蕴涵着时间的意志还是人的意志?如果是人的意志发挥了主导作用,那就意味着人的意志取决于人的选择标准,而标准完全是规律性的产物,就是说这些文学资源在原有的时空中是有价值的,但是我们在相当长的历史时空中又追寻不到这些文学资源的固定文本,不足以证明它们原有的价值;同时,即使是人的选择,又是如何与时间的抉择实现统一的?如若是时间的意志发挥了主导作用,它如何保证这些文学资源紧随时间之流同步漂流,并在时间的爆炸和断裂中永远不被抛出时间的轨道?这也许是一个无解的问题,但是值得探寻,它至少能够为研究文学的生成提供一些丰富性的联想。

文学在时间中的存在涉及文学的外部关系,这一关系事关文学的生存和发展。在这一关系链条中,文学处于一个不自主的地位,而时间处于主体和主宰地位。文学在漫长的时间空间听任时间的选择,文学由不自主到自主取决于时间对文学的宽容和放任,可能也取决于文学对于时间的表达能力。时间如何在应有的限度内处置文学,让文学不仅在有限的空间存在,而且向无限的时间空间延伸,从而获得文学史的意义,则完全取决于时间的规则。时间的规则是否存在着人们介入的可能,文学生态的改变是否能够带来时间规则的变化,所有这些都值得深入考察。我们的目的是拓展文学在时间意义上的生存空间。

三、现代时间空间和语境中的文学

从时间的基本属性而言,现代时间空间与过去时间空间没有什么区别。问题在于,时间空间中的现实存在发生了实质性的变化,从而似乎影响了时间的流动形态、呈现形式以及人对时间的感知模式。

时间运动到现代,现实存在发生的最大变化是,科学技术最大限度地改变了人类的生活,既有时间空间中的基本存在范式差不多完全打破,人类的生活手段、生活方式、感知方式和思维方式都发生了变化。

首先,时间概念及其内涵正在发生变化。人类使用的时间的计量单位是秒、分、时、日、月、年,其中,日是计时的基本单位,秒、分、时积累可以成日,日以积累可以成月成年。地球绕太阳一圈是一年,月球绕地球一圈是一月,地球自己转动一圈是一日。一年有四季分别,一月有圆缺变换,一日有白昼轮转。但是,这种时间的自然秩序反映到现代人类的生活空间,好像已经不是那么分明和确定的概念。譬如,以昼夜轮换一次为日的基本内涵,这是千百年来人类的对于日的基本理解,所以人类日出而作,日没而息;然而,由于电的诞生,在现代人的生活空间尤其是世界各地的大都市,日出日没对于很多人似乎已经没有太大的意义;即使在自然意义的时间概念上,人类也完全可以超越昼夜的轮换,如在美国的日暮之前乘飞机到中国,就可以超越一日的昼夜轮换。而一年的四季交替在现代的科技条件下更是非常容易超越。况且,人类对于时间的概念定义在悠久的历史岁月中是以地球为立足点而确立的,如今,人类基本已经可以离开地球进入其他星球,变换了立足点,人类原有的时间概念自然就会失去意义。实际上,人类在现代生活实践中已经开始使用新的时间概念,如光年、超音速等。

其次,人类的行为正在广泛地超越时间空间。在人类原始的认知和能力条件下,一个人如果能日行200公里恐怕是非常了不起的事情,而且很难有足够的就餐和休息的时间;一个人能够做的事情非常有限。15世纪末,哥伦布为了寻找新大陆,驾船在大西洋上漂流了一个多月仍然没有看到陆地的影子;与此相同,郑和第一次下西洋历时近两年,也仅到东南亚和印度等地。所以,古人一直就存在着超越时间空间的梦想,如嫦娥奔月,但在人生有限的时间空间内是难以实现的。毛泽东的"坐地日行八万里,巡天遥看一千河"仅是人们站在地球上随其自转八万里。如今,在现代科技条件下,人们完全可以借助飞机和航天器日行地球一周甚至数周;不仅如此,面对遥远的太空星球,古人千百代可望而不可即的梦想,现代人可以在日、月、年的时间概念中到达彼岸,就如《天路》中所言"从此山不再高,路不再遥远"。人类居住的地球似乎已经不是一个庞大的星球,而是一个类似于村落的"地球村",地球上各个国家、各个民族的交往比人类的早期同一个国家不同地域的人们的交流还要容易。时间对人类的制约能力发生了极大的变化,人们在人生既定的时间空间内的活动内容大大增加,从某种意义而言既是既定的时间空间得到了扩展,也是人类人生价值的增值。

再次,时间的微观空间正在膨胀。现代科技的发展,在某种程度上改变了时间发生的序列,也改变了人类生活中事件的发生方式。譬如生命的孕育原本是在自然状态下进行,直至新生命与母体分离之后,人们才能看到新生命的原貌;现如今,人们不仅可以在母体中观察到新生命的面貌,而且还可以试管孕育和克隆培育。我们可以通过照片、影像、录音等手段把已逝去的生活岁月原样再现,甚至我们还可以通过多种技术手段复原人类祖先的生活。在人类早期的历史中,人们在一定的时间空间中只能看到一种情景,听到一种声音,得到一种信息,而且即时发生的信息只能在现时的环境中获得;但在现代电讯业高度发达、互联网即将延伸到地球每一个角落的条件下,我们可以在一定的时间空间获得多种多重信息,有文字符号、有声音、有图像;不仅如此,在同一时段还可以与众多的对象进行交流,不管是什么地域、什么国家,只要人们愿意联系交流,都有条件实现。时间的线性构成在人们现实的行为活动中被改变,人类沿用很久的信笺、甚至电报等在一个时间发送在另一个时间接收的传递、交流方式基本上成为历史。同期声、同期影像能够非常便捷地满足人们的需求,人们几乎不再需要跨越时间的空当传递信息,交流更不需要时间的错位和延宕,无论是大江南北还是地球东西,通过有线和无线电话或者网络都能够完成即时交流。人类不仅克服了空间距离的阻隔,而且也克服了时间区间的阻隔,时间在人类的信息交流中体现出显著的共时性特征,线性的时间朝横向膨胀,时间的容量不断增大。

时间在现代人类生活中从内在结构到外在形式上发生的变化,直接导致的是人类感知世界的经验、方式发生重大变化。人类自诞生以来,虽然对时间一直耿怀着紧迫感,但时间似乎也依然按部就班地、均匀地与人类同行。但在当下,人类有理由相信时间改变了节奏,因而带动了人类的生活节奏。所以,生活在现代社会的人们始终紧跟着时间奔跑。在时间面前,人们没有了以往人类的那种优裕、从容甚或漫不经心,而是每时每刻中需要过滤、解决许多事情而唯恐时间的匆匆逝去。在现代人可度量的时间空间中,充斥着太多的有目的的行为设计,太多的信息流的冲击,有自主的,有不自主的;有电波的,有物载的;有声音的,有图像的。假使能够做一个实验,测试一下现代人和古人在闭上眼睛的一瞬间不自觉地涌现于脑际的信息,肯定古人无法与现代人比拟。马克思曾经断言,资本主义的工业社会创造的财富比人类在此之前创造的所有财富还要多和丰富。实际上今天我们可以说,现代人一天的行为活动要比古人一年甚至十年所经历的行为活动多得多,而产生的实践成果更是无法相比。在相同单位时间内人们经历的生活内容不同、信息流量不同,当然会带来人们感受世界的经验的不同。现代人即使在梦境中也不会更多地蔓延着岁月悠悠的情调,现代人当然更不会面对太平洋而望洋兴叹,仰望浩渺太空星球而生发遥不可及的怅然,"会当凌绝顶,一览众山小"可能会真正成为现代人观察世界的实际感受。

文学也是人类对现实的一种感知方式,而文学对现实的感知与人们感知世界的经验息息相关。人类感知世界经验的变化必然会影响当下文学的内外存在方式。

第一,文学内部构成方式的变化。时间空间中人类活动流量和信息流量的泛滥,给人们的感知造成的后果是敏感和紊乱。现代人生活的时间空间堵塞,活动空间拥挤,精神和心理空间紊乱,现实呈现为一种物欲膨胀中生产与消耗的竞赛,物流和欲望犹如电子对撞无休止地相互作用。文学如何容纳现实,或者说现代人的生活之流怎样进入文学?当然有一个现实生活形态向文学形态的转换。问题在于,这种转换存在着一个复杂的过程,即怎样把当下复杂纷繁的生活形态转换为文学形态。说到底,生活形态转化为文学形态需要一个生动化、丰富化、典型化、审美化的过程。但这个过程不是自发实现的,必须由生活感知主体和文学创作主体的人来完成,而完成这个过程需要主体保持冷静、从容、沉着、深邃的状态,从而艺术性地梳理出生活的清晰脉络和审美理路。

当下生活形态转化为文学形态存在着两方面的障碍性问题。

一是作家如何梳理纷繁的生活。面对当下时间空间中存在的现实状态,当人类感知世界的经验和与生俱有的心理秩序发生重大变化,作家是否有能力把握生活,一直是当下文学发展的重要命题。我们知道,文学不是生活的原记录(当然文学也没有能力滴水不漏地记录人类生活),文学中的人类生活是经过作家文学加工、文学创作过的生活,是典型的、概括的、审美的人类生活。创造典型的、概括的、审美的人类生活,作家感知世界、把握现实的能力是关键性因素。纷繁生活的无序性无疑是一大障碍,而作家能否在繁杂的现实中沉静下来恐怕是更大的问题。在强大的物流和信息流中人们难以自主是客观现实,作家也完全有可能难以超越现实对于人的普遍制约而陷于浮躁。在既往的历史时空中,时间的均匀、舒缓流动带给人类分明的生活节奏、幽静雅淡的心境、明晰敏锐的感觉,作家可以细细地审视现实、品味生活,从而从容地创造文学的审美生活。现代作家意欲进入这种文学创作的境界,超越浮躁的现实是必须的选择。然而,这种努力存在着显而易见的难度,因为,生活现象的繁杂和拥挤、物性欲望的引导和诱惑,无论是对人的身体或者信念都是严峻的挑战,既要战胜物欲,又要战胜自我,非有大理智、大智慧者是难以做到的。而文学恰恰需要这种大理智、大智慧,让文学去繁拨冗,从膨胀的时间中、无序的生活中,创造出典型性的、审美性的文学现实。不过,这种期待显然具有非现实性,因为以当下的文学现实肯定不可能得到如此乐观的解释。这种与文学创造活动的矛盾性关系肯定不可能只是短期困扰作家和文学发展的问题。

二是纷繁的生活怎样以文学的形式出现。以文学形式出现的生活方属审美的生活。在全球化和经济一体化的语境中,生活形态的多样化、复杂化在某种意义上已经超出人们的想象。人们生活行为的经济化、利益化已经十分严重,怎样把高度利益化、世俗化的现代生活转化为文学的审美的生活,是当下文学生存的真正意义所在。事实上,生活形态转化为文学形态是一个删繁就简的过程。因为转化为文学形态的人类生活只是一定时间空间中的一部分,无论是这部分生活具有多么丰富的典型的内涵、价值,它都不可能是人类生活的全部。所以,纷繁的现代生活以文学的形式出现的时候,既不可能是人们生活的全部,也不可能是现实生活的原貌。删繁就简是一种高超的艺术,既要主干清晰,又要枝繁叶茂;既要简约,又要具有丰富性;既要有现实性,又要有艺术性。文学的多样性要求对作家是一种两难的选择,一方面是嘈杂的现代生活让人眩晕,无可选择;另一方面又要拨云见日,凝练出生活的本质。如果我们不能判定作家表达能力已经弱化,就只能认为现代人类生活已经让人犯难了。从文学的现实状况中我们的确认识到当下文学的难度。文学确实在现实中喧哗,但总是与喧哗的生活本身一样让人一头雾水,要么是当下的嘈杂琐事,要么是现代小资的无病呻吟,或者是美女美男们的身体欲望,既不能对人的心灵进行深切地抚慰,又不能对人们的生活予以巨大的昭示,在文学语言的包装下并无丰富的文学性。文学千百年来训练出来的表达生活的能力似乎在现代时空中失真或报废,文学真的不知道表现什么和怎样表现了。因此,让纷繁的生活以文学的形式出现需要文学进化出新的能力,足以让生活在文学世界中产生魅力,让文学在现代生活中焕发活力。

第二,文学的外部存在方式。现代社会时间空间的堵塞以及人们生活场域的淤滞大大地挤占了文学的生存空间。

一是物欲对精神生活的否定质疑着文学的合理性。物质生产的现代化、集约化导致市场的一步步扩张,消费诱导渐次强化,商品交换占据了现代人主要的生活空间,物质消费成为现代人最重要的逻辑。因而在当下人们生活的单位时间内,物质涌动成为主流,精神存在却难以名正言顺地占据应有的位置,文学很难挤进时间的通道。文学存在的合理性遭到现实的质疑。如今,超快的时代节奏,紧张的现代生活挤占了人们几乎所有的时间,为了利益而奔波,为了效益而拼命,由消费带来的兴奋和喜悦支配着人们的思维和神经,文学已经很难成为现代人的兴奋点,甚至就连从事文学生产的人也不一定纯粹为了文学的理想和事业。文学的需求就这样被遗弃了。

二是由现代科技支撑着的声像产品不断挤占文学的版图。现代人生活在声像世界,而声像产品具有流动、便捷的特点,能够为现代人紧张的生活节省不少的精力和时间,譬如打开电视即能看到新闻、电视剧、娱乐、广告、社会甚至知识性节目;打开电脑连接网络即有世界各地的信息、电影、电视剧、动漫、艺术、博客、邮件等等;走进都市大街、商场、酒店、咖啡馆、舞厅,音乐在高分贝流动,图像在不断向人们放大走近。一个图像符号体系在现代社会的形成,对人类的物质生活领域和精神生活领域都是巨大冲击,无论从起点、过程还是从终点的意义上对人们的现实行为都具有决定性的作用。毫无疑问,图像体系大举进入人们的视界,对原有的文化版图形成争夺、瓜分之势。重要的是,图像体系、数字化技术迅速寻求进入人们现实生活形态和期望视界的切入点,以自己的方式在现代人们的生活领域充任不可或缺的角色,譬如为人们生活发挥的工具性作用,对实体世界和意义世界的新形态的阐释,对历史和现实的演绎和叙事,等等。新体系的加入和文化版图领地、空间的出让与馈赠,以及原拥有者版图的相对收缩似乎已经成为一种合乎逻辑的结果。"文学曾经拥有的'世袭领地',已经被铺天盖地蜂拥而至的图像大军大面积地蚕食和鲸吞。"[1]

三是文学出现新的呈现形式。传统的纸质文学作品已经不是文学的唯一呈现形式,电影文学、电视文学、广播文学、网络文学、甚至日常生活也在呈现为文学性、审美化,特别是网络文学的兴起,以其超文本、超规则、超时空的特性,急遽成为文学新锐,来势汹汹与传统文学争宠。文学领域之所以出现这样的局面,与人类精神消费领域的时效观有直接关系。快餐性成为现代社会人们消费的重要特征,在飞快的生活节奏中,人们手捧厚厚的文学巨著细细品味的耐心是非常有限度的,如果人们对文学还

---

[1] 彭亚非:《图像社会与文学的未来》,载《文学评论》2003年第3期。

有渴望的话,大多希望在时间的缝隙中加餐。所以人们希望在有限的时间内从网络上浏览文学,希望通过加工把文学作品转换为电影、电视剧、甚或卡通等随时就餐。所有这些让文学在时间中的存在不再那么轻松和从容了。

四、文学中永恒的时间

无论从何种意义上,文学伴随着时间走到了今天,既是时间的产物,也是时间的储存器。虽然文学内容不可能是线性时间中客观存在的不间断记录,不是时间完整的派生物,但文学的精神和灵魂却潜在地延续着时间流动的基本脉络,从而也有效地承载着时间实体的存在价值和意义。

从文学自身的本能和与时间的关系上看,文学反映的基本上是既往的时间,因为文学只能够感受时间中已经发生的人类行为活动,并能动地演绎人类的故事,从中追寻人类生存的意义。文学没有能力把未来时间隧道中人类的活动展现出来,因为文学既不是哲学,更不是科学。所以,文学总是与过往的时间联系在一起。虽然文学对未来充满无限的向往,但文学所承载的主要是已逝的时间中的人类往事和经验,以便人们由既有的感受和经验面对未来。重要的是,原本无声无息、无形无影的时间不知在自然界流逝了多久,是因为文学等人类的文明手段、把握时间的能力使时间产生了概念、价值和意义。当然,文学也因有了时间的框架使其无论从内容还是形式上具有了确定性。

文学承载时间,并不是文学简单地记录时间,当然也不是无休止地扯住时间的线条以确认时间的存在。因为单就时间本身可能没有实际意义,只是有了人类等生命物种在时间中的存在,时间才有了真正的价值。"我们生命中的'过去'是什么呢?过去已死,无迹可寻,无论回忆还是行动都无法使其重生。在文学作品里,追溯过往的道路既不指向死亡之物,也不通向鲜活的生命。正如福克纳所说,在文学作品中,'过去并未消失,过去甚至未曾过去'。为什么?因为文学作品所涉及的过去,是虚构之物的过去;一些真正的人物将我们与这些虚构的事物建立了联系,他们是现实中人,是作者或曾经是作者。只是,现世的人终将逝去,虚构之物却不受制于死亡;一场交换便达成了——虚构(虚拟地)沉没于时间深处,而作者获得了某种形式的永生。"[1]文学的贡献在于,它以自己特有的灵感、深刻、细腻、生动、艺术的手段表现了人类在时间中生存、奋斗、诞生、死亡、痛苦、欢乐的历史和轨迹,并让时间从中找到自身存在的影子,从而使时间在文学中成为永恒。文学赋予时间丰富的意义。

第一,文学使时间的存在具有了可感的形式。时间就其存在的应有依据而言是客观的。但时间的客观性是以人类的感知为条件的。人类以秒、分、时、日、月、年为其确定度量单位,并不意味着为时间确定了可感的存在形式。因为时间在本体上是空洞的,没有世界中现实存在的充实,时间仍然是一种无法把握的存在。对于已经逝去的时间更是如此。尽管人类根据考古和科学研究推测出了宇宙、地球、人类存在的历史,但如果我们抽出自然界和人类存在的历史轨迹,时间可能会没有任何标记。而包括历史学等在内的人类文明载体只能对过去时间的运动流逝进行简要的、纪实的刻记,至于人类在时间的每时每刻的缝隙中发生的生活原态细节也只能放任自流了。文学是人类文明史上唯一可以能动地、活性地、细腻地表达人类生活的文明形式,从而也是最具有想象空间延续时间的文明形式。人类对时间的感知应该是完整的、连续的,但任何一种文明载体都不可能完整地、连续地将已逝的时间录制保存下来,而文学却可以自己的想象性、逼真性弥补这种工具性的缺憾。文学在某种程度上还原了已逝时间的具象性和连续性。譬如《荷马史诗》中的《伊利亚特》抒写的是公元前12世纪至前9世纪古希腊迈锡尼王阿伽门农率领各部族的首领历时10年攻打伊利昂城的故事,而《奥德赛》则是叙述了奥德修斯凯旋故乡时海上的10年漂泊历程。这场战争波澜壮阔、颇富戏剧性。如果没有阿凯亚人与特洛伊人之间这场浴血的战争,没有《荷马史诗》诗性的抒写,我们既想不起这段流逝已久的时间,也无法具体感知这段时间的存在。同时,我们以这部史诗的多微性可以对故事蕴涵的时间进行前后想

---

[1] 〔法〕达尼艾尔·萨勒娜芙,何一译:《逝者的馈赠——论文学》,巴黎伽利玛出版社2006年版。

象性地延伸,有限性地修复被间断的时间,从而复原时间的完整性和连续性。

第二,文学使时间的存在具有了生动性、丰富性。时间在一般意义上是抽象的、单调的、空洞的,世界的存在、生命的起始和终结标示了时间的实际存在。但世界在目前人类的感知中似乎只有始没有终,若简化则为一条无限延伸的直线;而生命的始终如果简化则为一条有限的线段。人的记忆总是以现在为前提,以现在为止点最多追忆到自身生命的起点,这段时间的感受、记忆是生动的、丰富的,而个人生命以前的时间是怎样存在的,呈现着什么样的存在形式,即使我们调动所有的想象力,也难以再现已逝时间富有活力的原貌。如果我们擅自依据历史的记载简单地概括时间的存在,仍然能够回复到线段和直线的概念上去。人类的文学一直以另一种方式记录和保存着时间:生动地、细腻地、形象地、典型地描摹、塑造、表现人的生存状态。文学是我们对于生命的永存和文学所激发的并不确定的希望最完满的体现。如果没有文学的这种记录和体现,我们的意识中只能是过去的和现在的抽象的时间,不可能感受到时间存在的生动性和丰富性。没有《红楼梦》,我们既不可能详尽地感受一个时代封建贵族的衰落,也不可能真正了解下层人民的生活情景。如果没有巴尔扎克的《人间喜剧》,我们则更无法领略资本主义上升时期巴黎社会生活的图景。正是已逝去的这些生活内容使时间充满了丰富的、多样性的内涵。更重要的是文学中浮现着大量的有血有肉的人物形象,他们使逝去的时间和历史复活了,甚至使历史不再成为过去。他们用生命丈量时间,用虚拟的故事印证真实的存在,用活灵活现的生命活动彰显时间的丰富性。逝去的时间由于文学的介入而活了,过去不再如同死气沉沉的行囊而具有了现在的意义,时间在文学中永不消逝,而且永远焕发活力。

第三,文学使时间存在的价值得到提升。自然流动的时间也许没有实质的价值,但时间一旦与具体的存在结合在一起,就有了应有的价值。经济学中指出劳动时间创造价值,主要指的是物质财富。而物质财富是易逝的。易逝的财富体现着易逝的时间。实际上,穿越在时间之中的人类的生活实践、生命活动皆能创造价值,当然不只是物质财富,还包括精神价值。而精神价值具有长久性,从而蕴涵其中的时间也具有了长久性。

文学无疑属于精神范畴的存在,文学的价值毫无疑问潜存着时间的价值。这里,文学与时间实现了同构,自然时间成了文学时间。文学之所以让时间产生了价值,主要在于文学表现了人类有意义的生命律动,而这生命的律动是在时间中展开的。文学是人类生存实践中创造的另一种生活,它虽然不直接表现为支撑人的肉体存在的物质产品,但它体现为支持人的意识活动的精神力量。而文学的形象性、生动性、丰富性,能够使人们从中感受到人类生活的多样化元素,从而不至于让人类的思维、感知、创造单一化甚至趋于枯萎。正是因为文学的这一本质属性,时间在文学中的存在也具有了丰富性。时间成为文学表达的基本问题,文学紧随着人类生存的追问阅览着时间的存在形式、存在内涵、存在价值,让人类对于时间的困惑在文学中归于平复;时间规约着文学的存在形式,让文学成为以有限的文本进行着无限的丰富的叙事的精神产品。当然,文学也正是以自己这种无限性、丰富性吸纳着时间,记录着时间,保存着时间,让时间成为文学永远不可或缺的元素,让抽象的空洞的时间永远具有了丰富性,并在文学中与文学自身拥有同样崇高的价值。

第七章　空间与文学

空间是一切客观现象存在的场所。空间与文学存在着怎样的关系，是文学需要探讨的重要课题。空间不仅外在地容纳着文学，更内在地构筑着文学。空间不只是文学的存在之所，还是文学生成的重要因素，甚至是文学的存在方式。文学与生俱来和空间构成了异常缜密的关系。特别是在现代空间概念中，空间对于文学的生成和发展状态具有革命性的影响。反过来，文学对于空间具有无限的神秘性，在文学的场域内，客观的、静态的、呆板的空间具有了生动性、丰富性和无限的诗意；而且，文学以自己语言的、诗化的艺术手段构筑了文学特有的空间，从而使人类的感知世界出现了新的空间存在形式。

一、空间概念及其在文学中的存在

空间是一个物理学概念。空间是物质存在的客观形式，是由长度、宽度、高度表现出来，是物质存在的广延性和伸张性的表现，也就是说空间是三维的。① 空间既是无限大的，又是无限小的；空间既是整体的，又是可分的；空间上下、左右、前后的位置都是相对的。

人类的认知经验和知识体系告诉我们，空间是客观的。因为空间在人类产生（生命诞生）之前就已经存在，是不以人的意志为转移的一种客

---

① 《现代汉语词典》，商务印书馆2005年版，第778页。

观存在。但空间是由人类的感知而确定的一种概念,因为在绝对意义上空间的边界是难以界定的,即使目前,我们大概仍然难以确认人类面对的宇宙空间到底有多大,以至于什么形状,我们能够准确判断的仅仅是人类居住的有限空间。所以,就此意义而言,人类一般言说的空间概念也是一个相对的空间概念,而非完整意义上的空间概念。空间概念是与时间概念紧密联系在一起的。空间是在时间的绵延中展现的,正是因为时间的轮回、重复和可度量性帮助人类有效地感知空间;同时,也是因为空间的寥廓和具有运动的无限场域方有可能让时间呈现为可感的、流动的、可度量的状态。因此,空间对于人类的思维意义有二,第一,空间具有丰富的想象性。它的不准确性和非确定性永远在人类的臆想中游弋,既能够为人类培育古老的神话,也能够为现代人类孕育新的神话。第二,空间具有巨大的可阐释性。由于空间的不准确性和非确定性,人类完全可以依据已有的感知对空间进行解说,这就为人们言说空间预留出巨大的余地,因此,关于空间的阐释就可能呈现为多样化而非单一性。

　　人类对空间的认识经历了一个漫长的过程。人对空间的感知取决于人在空间中所处的位置,当然也取决于人们瞭望和触及空间的客观条件、技术条件。人类早期熟悉和感知的空间主要是自身生活的领域和观察到的间隙,所以,人类的空间意识存在着巨大的局限性。所谓井底之蛙不知天高地厚,林间燕雀不晓鸿鹄之志,客观屏障阻隔了人们的认识。杞人忧天反映的也是对空间认识的无知。自古以来,中华民族一直以为中国是天下的中心,大概原因就在于中华民族生活的地域已经非常辽阔,而且山川、平原、湖泊、沙漠、草地等地貌特征一应俱有,而欧亚大陆四周均被大洋阻隔,物质和技术条件限制了人们认识世界的目光和能力。不只是中华民族,世界其他民族对世界、对空间的认识都存在着局限性,欧洲早期并不知道美洲的存在,更遑论大洋洲的存在。围绕着日心说的争论,哥白尼悲惨地走上了教皇的绞刑架。其实,人类从来就不甘于局限于已有的认识,人们对时空充满了幻想。人类从何处来,又到何处去;我们脚下为何物,我们头顶是何处,天方地圆的臆想在今天能够得到怎样的证明?囿于当时的客观条件人们的确弄不明白这些问题,所以,人们对天发问,望洋兴叹。然而,人类对空间的探究并没有停止。夸父逐日的神话反映了中华民族试图丈量地有多大的迫切愿望,精卫填海隐喻着人类走出海洋、超越海洋的强烈期盼,嫦娥奔月则表明人类意欲弄明白天有多大和太空的奥秘。屈原在《天问》中提出:"曰遂古之初,谁传道之? 上下未形,何由考之? 冥昭瞢暗,谁能极之? 冯翼惟像,何以识之? 明明暗暗,惟时何为? 阴阳三合,何本何化? 圜则九重,孰营度之? 惟兹何功,孰初作之?斡维焉系,天极焉加? 八柱何当,东南何亏? 九天之际,安放安属? 隅隈多有,谁知其数? 天何所沓? 十二焉分?"这些问题是古人对人类生存空间探询和思考的集中体现。《山海经》说:"地之所载,六合之间,四海之内,照之以日月,经之以星辰,纪之以四时,要之以太岁,神灵所生,其物异形,或天或寿,唯圣人能通其道。"六合和四海是古人对中华民族生活空间的基本概括。

近代物理学的诞生使人类对空间的认识逐渐清晰起来,尤其是空间物理学的兴起使人类既对自己生活的空间有了深入的了解,又对地球以外的太空空间有了越来越全面的认识。而且由于现代物质条件和技术条件的支持,人类对空间的认识不再仅仅是抽象的知识和概念,直接的经历和感受使这种认识具有了极大的丰富性。但是,物理学的空间理论是一种机械的空间概念,因此不富有人文性特征。人类历来对空间的理解就不是空洞的、与人类的生存和生活过程分离的,而是与人类的生命历程密切相关、与人的生活细节息息相印的一种实践性判断。这种实践性判断不仅使人类对生活的规划更踏实、更有底,而且也使人类对空间拥有了更多的阐释权。实际上,空间不仅具有物质性意义,同时也具有精神性意义,它对人文学科具有巨大的阐释价值。因此,20世纪末叶,学界经历了引人注目的空间转向。学者们开始刮目相待人文生活中的"空间性",把以前给予时间和历史,给予社会关系和社会的青睐,纷纷转移到空间上来。美国后现代地理学家爱德华·索雅(Edward Soja)的《第三空间:去往洛杉矶和其他真实和想象地方的旅程》提出"第三空间"的概念,有意识地尝试用灵活的术语来尽可能把握观念、事件、表象以及意义的不断变化的社会背景。20世纪后半叶对空间的思考大体呈两种向度,空间既被视为具体的物质形式,可以被标示、被分析、被解释,同时又是精神的建构,是关于空间及其生活意义表征的观念形态。索雅提出的第三空间正是重新估价这一二元论的产物,据索雅自己的解释,这一理论把空间的物质维度和精神维度均包括在内的同时,又超越了前两种空间,而呈现出极大的开放性,向一切新的空间思考模式敞开了大门。索雅分析了他所说的三种"空间认识论"。"第一空间认识论"认识对象主要是列斐伏尔所说感知的、物质的空间,可以采用观察、实验等经验手段来做直接把握。我们的家庭、建筑、邻里、村落、城市、地区、民族、国家乃至世界经济和全球地理政治等等。"第二空间认识论"是对第一空间认识论的封闭和强制客观性质的反动,是用艺术对抗科学,用精神对抗物质,用主体对抗客体。它假定知识的生产主要是通过话语建构的空间再现完成,故注意力是集中在构想的空间而不是感知的空间。第二空间形式从构想的或者说想象的地理学中获取观念,进而将观念投射向经验世界。精神既然有如此十足魅力,阐释事实上便更多成为反思的、主体的、内省的、哲学的、个性化的活动。"第三空间认识论"既是对第一空间和第二空间认识论的解构又是对它们的重构,"它源于对第一空间、第二空间二元论的肯定性解构和启发性重构,是我所说的他者化——第三化的又一个例子。这样的第三化不仅是为了批判第一空间和第二空间的思维方式,还是为了通过注入新的可能性来使它们掌握空间知识的手段恢复活力,这些可能性是传统的空间科学未能认识到的"[①]。一切都汇聚在一起:主体性与客体性、抽象与具象、真实与想象、可知与不可知、重复与差异、精神与肉体、意识与无意识、学科与跨学科等等。

那么,空间在文学中是以什么样的形态存在着?不难想象,空间在人类的精神史上呈现为怎样的形态,就可能在文学中出现什么样的形态。关于第一空间形式——物质空间毫无疑问在文学中大量存在,因为文学表现的是人类的生存生活状态,而人类的生存生活状态是在延伸着和展开着的时空中发生的,也就是说,是客观的时空容纳着人类的生存历史,这一人类发生学的原点是文学建构的基本形式。谁都知道,文学不可能只是孤点的表达,文学的叙述既要有线性的延伸,又要有横向的展开,这

[①] Soja, Edward W. *Thirdspace: Journeys to Los Angeles and Other Real-and-Imagined Places*. Oxford: Blackwell, 1996.

样才能还原人类的基本生存空间。因此,物质空间成为文学中的第一空间形式。第二空间形式——精神的空间对于文学而言是一种自我的建构,因为文学即是一种精神存在,是人类思维活动的建构,想象性成为文学展开的重要特征。我们说,人类的生活发生在物质的空间,甚或说物质空间亦是人类精神产生的原点;但是,人的思维、意识、精神绝对不仅仅局限于既有的时空,越界和"泛滥"是经常的事情。而文学又是以形象思维为主导的精神建构,文学思维的穿透性和扩张性更强烈,文学所拓展的精神空间就更加寥廓。第三空间形式确立一种弹性的空间存在模式,这也许更合乎文学建构的需要。实际上,空间在文学中的存在既有物质的,又有精神的,更多的是物质的和精神的空间的融合。因为文学的叙述和表达在形象思维的支配下是一种自由自在的状态,既关照人的社会生活,又追踪人的精神历程,主体性与客体性、抽象与具象、真实与想象、可知与不可知、精神与肉体、意识与无意识等纠缠在一起,成为文学中的真实存在。

所以,空间在文学中不是机械的、空洞的、静止的存在,是与人类的生命运动甚至是精神活动紧密联系在一起的。《荷马史诗》中的《奥德赛》叙述了奥德修斯攻打伊利昂城凯旋故乡时海上的十年漂泊历程。这一时空的转换因为这场战争的波澜壮阔、颇富戏剧性而使时空具有了极大的丰富性。而海明威的《老人与海》中的老渔夫驾船游弋的空间就是一望无际的大海,如果没有老渔夫独特的捕鱼经历以及与鲨鱼群搏斗的惊险场景,我们不会看到这一时空中海的多样性。《三国演义》展示了南到西蜀、吴越,北到沧海,西到陇西等中国辽阔空间上发生的历史画卷,让我们看到在那样的历史背景中,每一个空间的缝隙都不寂寞:群雄纷争,惊心动魄。《西游记》以非凡的想象表现了地界和天界两种空间。地界是人生活的空间,自然是丰富、生动、形象的;天界是人的化身——神仙的生活空间,甚至比人的生活空间更丰富、更精彩;即便是抽象的佛祖圣地西天也并非苍白的、空洞的,依然充满人间生活的丰富性。美国现代的《星球大战》虽然把星际空间作为艺术表现的场景,但星际已经不再沉寂、冷落,而是充满了剧烈的冲突、战争,充满了人间的掠夺、杀戮。可见,文学中的空间存在是一种经过再创造的空间。

二、文学的空间表达和叙事

说到底,任何一种存在都是一种空间存在。人类的生活是一种空间生活。这种生活需要基本的居留之地,需要必备的要素条件,譬如空气、水、阳光等等。因此,空间对于人类的重要性自不待言。人类早期虽然对自己面对和毗邻的空间到底有多大、何种形状、由哪些部分组成等问题不甚清楚,但对空间之于人类生存的必要性却是异常明白的。所以,自古人类对自己生存的空间就充满了思考和忧虑,这也成为人类文学表达的一个基本命题。

总体而言,文学对空间的表达和叙事主要沿着两个路向发展。

一是对空间的寥廓、浩渺与人之渺小强烈对比的无限感叹。在绝对的意义上,人类生存和面对的空间还是相当可观的。人类占据着地球,面对着宇宙太空,如果不充分考虑充裕的资源保障,仅设想人类的立足之地,人类生存的空间太难以言表了。所以,空间的不可知性一直是困扰着人类的重大难题。尤其在人类历史的早期,地球上的民族和人口很少,人类生存的条件异常简陋,人一生的活动范围非常有限,人们面对浩渺苍茫的大地充满忧思应该是一种正常的事。以人的行为能力和生命的限度,人们能够到达的空间和可以拓展的空间是可想而知的。面对苍茫大地和浩瀚的太空,人类怅然喟叹自身的渺小,内心本能地生发出对空间场域的神秘和敬畏。同时,人类对浩渺的空间又充满了无限的渴望和向往,这种渴望和向往既有迫切想弄清楚身处空间有多大、有多高的期盼,又有对自身能力的百般期许,意欲穷尽身处空间的边界,跨越时空走遍天涯海角。人生的有限、力量的有限与时空的无限是一个永恒的矛盾和永远纾解不了的情结。《逍遥游》说"北冥有鱼,其名为鲲。鲲之大,不知其几千里也。化而为鸟,其名为鹏。鹏之背,不知其几千里也。怒而飞,其翼若垂天之云。是鸟也,海运则将徙于南冥。南冥者,天池也"。进一步比附出人的渺小。人只能蜗居在固定的屋穴,被动地适应季节的更替、自然界的演化,而鲲鹏则以巨人之躯动则几千里,跃起则以万里计,能够主动地超越季节和自然的变化,达到"逍遥游"的境界。庄子以鲲鹏为喻体,把人类实现不了的目标寄予在鲲鹏的身上,试图摆脱人身体上的局限而实现精神上的"逍遥游","独与天地精神往来,而不敖倪于万物,不谴是非,以与世俗处。……上与造物者游,而下与外死生无终者为友"。苏轼在《前赤壁赋》中借友人的口感叹的"渔樵于江渚之上,侣鱼虾而友麋鹿,驾一叶之扁舟,举匏樽以相属;寄蜉蝣与天地,渺沧海之一粟。哀吾生之须臾,羡长江之无穷;挟飞仙以遨游,抱明月而长终;知不可乎骤得,托遗响于悲风"极言人在天地之间犹如蜉蝣和沧海之一粟,人的渺小和人生的短暂常常让人惆怅和伤感。虽然苏轼在其后指出"盖将自其变者而观之,而天地曾不能一瞬;自其不变者而观之,则物于我皆无尽也。而又何羡乎?且夫天地之间,物各有主。苟非吾之所有,虽一毫而莫取。惟江上之清风,与山间之明月,耳得之而为声,目遇之而成色。取之无禁,用之不竭。是造物者之无尽藏也,而吾与子之所共适"。然而,作者对茫茫时空的无奈,对须臾人生的惶恐仍然可以从中窥见一斑。而苏轼在另一首词中直接发出"明月几时有,把酒问青天。不知天上宫阙,今夕是何年"。"但愿人长久,千里共婵娟"的慨叹和期盼,则明确地表明了作者心中耿耿依存的块垒。叙事文学作品中人与时空的关系进入了复杂状态。《西游记》把人活动的空间延伸到天界和仙界,显然,天界和仙界不是凡人能够进入的。作品把其中的人物神化,不但孙悟空是"盖自开辟以来,每受天真地秀,日精月华,感之既久,遂有灵通之意。内育仙胞。一日迸裂,产一石卵,似圆球样大。因见风,化作一个石猴"。不仅经历了多少个五千四百岁的历练,而且又在五行山下困压磨难了五百多年,百炼成钢,刚强有韧。即使是凡体肉胎的唐僧也经菩萨的点化而不同于凡人。因为唐僧师徒四人的使命是去西天取经,这是常人不能达到的,如果孙悟空等没有神仙一般非凡的能力,西天取经的使命是难以完成的。所以,孙悟空能够一个跟头十万八千里,能够上天入地、降魔除怪。孙悟空没有了人的渺小和委琐,时空也不再成为人的羁绊,九九八十一难不再是什么艰难险阻,仅仅是如来和菩萨故意设置的一种关卡,过了这些关卡唐僧师徒都得到了升华获得金身,均可腾云驾雾回归。这里,人物大大地超越了自身,更超越了时空。而《聊斋志异》也把阳间和阴间连接在一起,把人们在阳间做不了的事情和实现不了的愿望,延伸到阴间去完成,这也是作家对人类生存困惑的一种超越。

　　二是对生存空间的丧失的悲痛、怀念、收复和回归。空间对人类来说意味着生命、生存、家园、国家。因此,空间对人类不仅仅具有生存和存在的意义,而且具有强烈的精神依赖性。人作为一种生命体存在毫无疑问需要空间容纳,空间是人生命体存在的必要条件,而且这种空间的需求还必须具备充分性。然而,对于社会中的人而言,充裕的生存空间未必是人需要的、惬意的、甚至必备的空间。因为人是有意识、有思想、有感情的生命体,人对自己的生存空间有感知、有记忆、有认同,有自主地选择,人不但需要有充分的空间保证自己生存下去,而且还要自我感知现有的空间适合自己,自我能够主宰生存的空间从而自由地生活,人与空间的适合性是人对空间认同的基本要求,而空间对人的自由度的满足是人对空间选择的最终条件,就如帕特里克·亨利在美国独立战争时宣称的那样:"不自由,毋宁死。"[①]人一旦选择和认同了自己存在的既定空间,就可能意味着这一既定空间与其生命已经紧密地联系在一起。一般来说,原始空间对人来说具有非常重要的意义。因为原始空间总是伴随着人的生命诞生而存在的,因而也就成为人的第一记忆空间。伴随着人的生命的成长,人就会对这一空间产生极大的依赖性。这种依赖性主要源于人对生活空间和环境的感情投入和精神依恋,正是这种精神的依恋使原始空间成为人们生命的重要组成部分,人类对自己原始的生存空间存在着永远难以割舍的情结。所以就有了"祖国"、"故乡"的概念,就有了"故土难离"、"祖国难忘"的情怀。所以犹太民族即使是迁徙到埃及,流落到欧洲、美国,仍然不畏千难万险回归故土重新建国。奥德修斯拿下伊利昂城后在海上漂泊10年仍然痴痴不改回归故乡之志。唐玄奘在即将踏上去西天取经的征途的时候,天子用一掬家乡泥土相赠,嘱咐其不忘祖国,不忘回归;后来,中华民族的许多子孙漂洋过海移居世界各地,带一捧故乡泥土成为一种仪式、习惯,以示祖国永在心中。最重要的是,人们对于故土和生存空间的失却的切齿之痛和刻骨铭心,无论是任何民族、任何人群,都把它视

[①] 《影响世界历史进程演说精粹》,百花洲文艺出版社1995年12月版,第62页。

为尊严的丧失、族群命运和生存权的危机,坚决捍卫、誓死收复成为人们矢志不移的信念。这种信念以及由此引发的壮烈行为成为古今中外文学表达最重要的内容。唐李后主李煜的"春花秋月何时了,往事知多少。小楼昨夜又东风,故国不堪回首月明中。雕栏玉砌应犹在,只是朱颜改。问君能有几多愁,恰似一江春水向东流"表达了故国丧失不再的难以述说的愁苦。陆游的《示儿》中"死时元知万事空,但悲不见九州同。王师北定中原日,家祭无忘告乃翁"对故土丧失的不能收复死不瞑目。而岳飞的《满江红》"靖康耻,犹未雪;臣子恨,何时灭。驾长车踏破、贺兰山缺。壮志饥餐胡虏肉,笑谈渴饮匈奴血。待从头、收拾旧山河,朝天阙"直接抒发了作者驱逐胡虏、收复失地的豪情壮志。杜甫的《闻官军收河南河北》"剑外忽传收蓟北,初闻涕泪满衣裳。却看妻子愁何在,漫卷诗书喜欲狂。白日放歌须纵酒,青春作伴好还乡。即从巴峡穿巫峡,便下襄阳向洛阳"表现了作者欣闻故乡收复的欢天喜地以及急切回归故地的迫切心情。可见,故土、故乡、故国对人们是怎样的一种难以摒弃的牵挂。《四世同堂》描写了日本帝国主义铁蹄占领下的北平人们的生活。本来是中国人的北平、北平人的北平,日本人却成了这里的主人,中国人沦为任人宰割的奴隶,家园的失落让即使是最普通的人们感受到了国破家亡的耻辱和痛楚,人们无法再平静安稳地生活,现实逼迫他们站出来与敌人战斗,于是,祁瑞宣站了起来,就连一向不问窗外事的读书人钱默吟也站了起来,他们要为夺回家园和尊严而战。而《烈火金刚》则直接表现了中国军人和人民与日本侵略者殊死搏斗的历史画面,为了祖国和民族的利益和尊严,英雄们不惜献出自己宝贵的生命。

可以说,空间意识是文学思维的基本形式,空间表达和叙事是文学生存的重要领地。

三、文学空间及其对文学文本和文学时空的构成

文学是由空间构成的,或者在某种意义上也可以说,文学也是空间的艺术。这样的判断并不仅仅是指文学的空间表达和叙事,核心的问题是,

空间结构着文学、构筑着文学；同样，文学构筑着空间、设定着空间。

第一，必须承认文学是有空间的，否则我们就不可能进入到文学之中去。我们知道，文学就其最基本存在形式——文本是有长度的，当然这一长度可能主要是由文本的篇幅体现的；同时，文学文本也是有宽度和高度的，由这三维组成的基本空间是文学意义和价值生成和存在的原始场域。无论是文本的长度还是宽度和高度，大致是由文学文本设置的可感的时间、空间以及流动的人和事件决定的。但文学空间并非完全由实在的物质空间所构成。虽然文学中充满着空间叙事，虽然文学文本经常由空间材料支撑着，然而，文学为我们创造的世界毕竟不是一个人人看得见、走得进的实在空间，文学营造的空间是需要人们调动已有的知识和经验去感悟、联想、回忆，由读者循着作者设置的理路重新搭建这一空间，其中，读者搭建的这一空间并不一定是作者设计空间的完全复制，二者的差距是客观的。因为作者的经验与读者的经验是不对等的，读者的感悟与作者的思想也是不可能相同的。在对文学文本的阅读和研究中，人们进入文学时可能是循着作家设置的空间标示起步的，但是，读者一旦进入文学空间徜徉就可能突破了作家的空间设置，因为物质的空间是固定的、不可改变的，而思维的、精神的空间是灵活的、可变的。而实际上读者进入文学空间之中也是意识和思想的进入。所以，文学的空间并非由文本的长度决定的，而是由作品展示的思维路标、蕴涵的精神维度、构筑的思想境界、艺术境界、风度气象等决定的，不同的文学体裁、不同的文学文本都可以通过自身的内蕴拓展出宏大的文学空间。我们常常强调文学的艺术视野，强调文学的思想高度、表达深度，实际上所指即是文学空间。空间不仅是文学内容存在的基本场所，更是人们进入文学，思维、想象遨游、回旋的基本场所。艺术空间就是文学的"场"，文学的"场"的大小既体现着作品的容量，更体现着作品的吸引力、作用力的强弱。没有足够的容量，就不能满足人们阅览品位的需求；没有强烈的吸引力就不能有效牵引人们进入文学世界；而没有强大的作用力就不能实现读者与作品、作者的互动和交流。所以，文学的最高境界是最大限度地调动人们的阅览欲，让人们进入文学世界而流连忘返，在忘我地倾听和多重的诉说中精神得到极大的满足。

第二,文学的空间到底有多大。如前所述,文学的空间不是由文本的长度决定的,而是由作品展示的思维路标、蕴涵的精神维度及构筑的思想境界、艺术境界、风度气象等决定的。这样说来,文学空间的大小并不一定有一个物质的实际的界定。真正符合文学实际的文学空间是一种可以凭借文学思维感觉的、能够满足人们想象驰骋的艺术天地和精神世界。所以,我们不一定能够使用物质空间的度量单位具体确定文学空间的大小,我们可能也不能真正确定文学空间有多小(因为文学空间小到一定程度就不再有文学),但我们完全可以认为,文学空间可以无限地大。因为文学空间不是由物质材料决定的。虽然作为语言艺术的文学的语境有一定的具体限定性,但文学的言说能力、叙事能力和表达能力是巨大的,优秀的文学作品甚至可以最大限度地超越文本的制约,创造出一个文学的瑰丽世界、理想王国。所以,文学空间与文学文本的大小不完全成正比例,由此绝不能认为一部鸿篇巨制的小说就一定比一首小诗的艺术空间大,反过来,也不能认为一首小诗就一定比长篇小说的艺术空间小。《三国演义》洋洋洒洒上百万言,反映了汉末近百年几乎整个中华大地的风起云涌,其展示的历史时空十分宏大;但陈子昂的《登幽州台歌》"前不见古人,后不见来者。念天地之悠悠,独怆然而泣下",寥寥20余字所创造的艺术空间恐怕更有沧桑感,更寥廓、更久远,让人们的沉思、联想永远勘定不了边界。而马致远的小令"枯藤老树昏鸦,小桥流水人家,古道西风瘦马。夕阳西下,断肠人在天涯"和臧克家的《纪念鲁迅有感》"有的人活着/他已经死了;有的人死了/他还活着"所构筑的艺术空间也不一定比某些鸿篇巨制的艺术空间小。艺术空间是衡量文学作品优劣成败的最重要的因素之一。

第三,文学空间是怎样构成的。文学空间的构成是复杂的,它既有物质空间的构成因素,更有非物质空间构成的因素,而非物质构成因素或许更大一些。文学空间首先是由文字构成的,因为字、词、句是构筑文学的基本材料。一般而言,所有的字词都是构筑文学的材料,因为所有的字词都能够组成句子,而文学都是由成句的语言构成的。但是,任何一部文学作品并非由所有的文字组成而只能是部分文字的组合,这部分文字的组合体现着作家的选择。任何作家在文学创作中都不可能把所有的文字一概堆砌到自己的文本中去,明智的、有效的做法毫无疑问是选择那些最能体现具象、塑造形象,最能表达作家思想、情感的文字和词组作为构筑文本的材料。词义、词性的不同是作家选择的一种可能,作家的喜好和习惯是作家选择的另一种可能,而作家的有效组合字词句的能力可能成为决定性的因素。应该说,文字之间是有空间距离的(即间性),但文字的空间距离因作家运用和调配字词句的艺术和能力而张弛有度、大小有别、疏密有序。实际上,文字间性是搭建文学空间的重要法宝。文字的间隔、文字的疏密、文字的组句等都能够预留出一定的空间,而文字的巧妙连接组句也能最大限度地压缩文字的间性。几十个字可以组成一句话,一个字也可以成为一句话,甚至可以成为一个段落,在不同的组合中,字与字之间的间性显然大不一样。而一个文学文本中文字的刻意、艺术地组合所创造的文学空间当然也会大不一样。文字的落地既可以成为界碑,使文学作品的空间基本固定化;也可以成为无界的、甚至漂移的标识,让文学空间永远确定不了边界。其次是由段落构成。段落在文学中既可以是自然段落,也可以是反自然段落。自然段落的构成是在自然时间的延续中或者自然的时空的转换中形成的,它一般表现为正常时空的连续性,因而时间和空间不会出现间隔和缝隙,文学空间不会人为地被拉大,在人的想象中展现时就不需要调动思维进行技术性的连接。这种状态下的文学空间相对简单,可能呈现不出更复杂的层次性,因而比较容易确定。反自然段落是打破时空连续性的一种安排,常常呈现为时间和空间的跳跃、空当、错位。这种状态下的文学空间人为地被拉大,时间断档,空间错位,事件和情节失去了自然的连续性,人们需要丰富的思维和极大的想象连接、还原文学所展现的空间,当然这样的文学空间更具有广阔性。再次是由文本构成的。虽然文学空间不完全取决于文本的长度,但文本毕竟是文学空间存在的基本依据,没有文本文学空间是难以显性地存在的。关键是文本怎样构筑文学空间?一是根据作品表达的需要合理地构筑文学空间,让文本与作家创造的精神世界完全吻合;二是文本在作家的调遣下最大限度地拓展思维和想象的实用空间,让文学空间超越时空,向人类生活的更广阔领域和历史的纵深处开掘,让更多的人走进去,让历史和未来容进去。再次是由作家采撷的物象构成的。物象是人们进入文学想象的标志,想象是人们打开文学空间的钥匙和法宝。物象是一种标志,从某种意义上说,是物象构筑了文学的空间。因为物象能够标明方位,物象是人们记忆的标识,读者产生的联想、作出的判断不可能脱离作品中提供的具体物象,我们说到黄河立即会联想到中原、中华民族的摇篮,说到长江即刻会想到江南"风吹稻花香两岸"。同样,看到太平洋就会与亚洲联系,提到大西洋就可能与欧洲联系在一起;说到青铜器就会联想起两三千年前的历史,说到机器人,我们的思维毫不犹豫走进21世纪。是物象引导着我们拓展了想象的空间。最后是由作家的精神视野构筑的。我们说文字、段落、文本、物象等是构成文学空间的必备要素,但作家的精神视野是构成文学空间的最重要的要素,或者说,文学空间的质量如何最终取决于作家的精神视野。我们知道,文学作品是作家思维活动的产物,作家思维活动的疆域与作家的精神视野息息相关,作家能够看到什么,想到哪里,观察、审视到什么,其思维的触角就能延伸到哪里。反过来,作家看不到、想不到的地方,其思维活动很难进入。所以,精神视野所及,作家就可能用文字、段落、文本、物象等要素构筑成满足文学创作需要的文学空间,而作家视野的盲点无论如何不可能成为文学空间的有效组成部分。当然,我们还可以说,文学空间也是由物质空间构成的,因为文学中毕竟有物质空间的展示。但是我们必须明白,文学中的物质空间不是一种自然的、真实的存在,而是作家通过文字、文本表达出来的,通过读者必要的想象而呈现出来的,没有作家的表达和读者的想象,物质空间就难以真正出现。所以,文学空间实际上是一种虚拟的空间、精神的空间。

第四,文学空间对文学文本的构成有何影响。空间作为一种客观存在对文学文本的构成是有影响的。因为无论如何文学空间是在文本中展开的,文学空间与文本是一种共生关系,没有文本,文学空间是不存在的;同样,没有文学空间,文本是不可想象的。正是在这个意义上,我们说文本是由空间构筑的,文本的展开实际上是文学空间的展开。在文学文本的构成中,空间的作用是具体的,重要的,在某种程度上甚至是决定性的。首先,虽然文学空间的大小并不一定完全由文本篇幅的大小长短决定,但是,这一判断的依据可能只是部分的文学属项和特殊的情况,在正常情况下,文学空间的大小与文本的大小还是有直接关系的。一篇短篇小说不可能展现一幕幕宏大的场景,一部鸿篇巨制则可以大开大阖,尽情展示风云变幻、时空轮回。《战争与和平》的巨幅画卷不可能一纸尽数,《人间喜剧》的19世纪巴黎社会也不可能三言两语概括,《三国演义》的历史长卷、《西游记》天上人间的故事更是不能寥寥数语了结。其次,空间决定着文本结构的组合。一般而言,时空的转换必然体现为文本结构的变化,或者正叙,或者倒叙;要么转换段落,要么章回更新,无论如何都可能在文本中体现出来。在更多的情况下,文学总是以时空的正常变化经纬文本、构筑文本,从时空流动的某一点开始,至故事和情节终结的时空某一点结束。空间的变化成为结构文本的基本规律。再次,文学空间的属性决定了文本的类型。一般来说,表现广大空间或者长远时空中发生的故事自然选择叙事性文本,这类文本通常篇幅长,容量大,便于作家充分塑造人物,演绎故事,表现人性;而表达一时所得或抒发胸中积郁的感情则容易选择抒情性文本,这类文本相对篇幅短小,构筑简捷,但文字、语言很具柔性,文本富于弹性,具有相当的想象空间。

四、现代时空中的文学生态

应该说,空间作为一种物质存在从本质上是不会发生变化的。因为,尽管地球在运动,天体在运动,整个宇宙都在运动,而且空间存在的方位、形状等也可能发生变化,但由于物质的恒定规律,作为物质的宇宙空间既不会增大,也不应该缩小。然而,这并不意味着现代时空与古老的时空没有明显的历史性的区别。

今天呈现在人类视野中的时空不是时空本身今昔发生了本质性的变化,而是由于人类认识客观世界的工具发生了质的变化,从而使人类对时空的感觉出现了巨大的差异。人类进入现代社会,科学技术发生了突飞猛进的革命。现代科技既让人类插上了翅膀,变成了飞毛腿,四海云游漫天飞,又让人类变成了千里眼,不但能看到眼前,还能看到遥远,不仅能够观察到宏观事物,还能观察到微观事物。所以,在现代语境中,人类对时空的感觉和认识主要在两个方面发生了变化。

一是宏观方面。在古老的年代,人类主要是慨叹时空的无限、空廓和浩渺,人们既弄不明白脚下的大地、江海湖泊有多大,更搞不清楚宇宙太空有多远,由此生发出对遥远时空的神秘和敬畏是非常自然的。但在现代,人类凭借着科技的成果,日行千里万里,朝在北京夕在纽约,环绕地球成为现实。不仅如此,浩渺的太空也不是人类奢望依靠难以想象的云梯而遥不可及的事,人类乘坐航天飞机和宇宙飞船已经可以飞越太空,降临其他星球,"从此山不再高,路不再遥远",时间也不再漫长。人类几乎不再感叹时空的浩渺和遥远,更不会对时空产生神秘感和敬畏感,相反,20世纪下半叶特别是进入21世纪以来,伴随着人类向所有可能空间的扩张,人类越来越忧虑自己生存空间的狭小,对地球村现在和未来究竟还能否容纳人类日益产生疑问,对空间的忧患意识日重,于是便出现了对地球南北极地的争夺,甚至开始了对太空领域的争夺。更严重的是,宇宙星球之间也似乎已经没有了不可企及的距离,随着人类对空间领域认识的深化,人们愈来愈恐惧其他星球与地球的拥抱碰撞,人类生存的空间似乎随时都可以改变甚至消失。可以说,焦虑和恐惧是人类对生存空间的新感受。

二是微观方面。在人类原有的经验中,空间是由人自身天然拥有的视觉感知的,因此,空间成为能够明确容纳物体的一种客观概念。但是,现代科技的帮助让人类对空间有了新的认识,显微镜的出现让我们看到了天然视角看不到的空间,人类对空间的认识由宏观进入了微观。物质不仅是由分子组成的,更是由原子、粒子、中子组成的,而且分子、原子、粒子、中子等都在运动,它们之间都有缝隙和距离,它们自身都有存在的空间。我们看到铁板一块的东西,在高倍显微镜下都有缝隙和空间,而且这种空间还不是虚拟的存在,而是一种真实的存在。我们不仅看到了分子式,还能看到原子图、粒子图、中子图;我们不仅看到了宏观空间的中物体运动的图景,还能看到微观空间的运动流程。人类原有的空间概念发生了重大变化。重要的是,这种空间概念的变化改变着人类的原有经验。譬如生命的存在和运动,最早人类对生命存在的感知是由生命体征的明显出现而发生的,在现代科技条件下,生命从受精、孕育直至出世,整个生命的发生、存在过程都在人们可视的范围之内。再譬如,物质的渐变、剧变、裂变等过程在既往人们的经验中只能是最终的结果；今天，我们借助现代科技工具通过观察物质内部的分子结构、原子结构甚至粒子结构和中子结构，会明显发现物质的变化速度和进程。其中的奥秘是我们看到了新的缝隙，找到了新的空间。我们知道，任何事物的观察到和被发现，必须有透视的缝隙和空间，否则不是人视觉被遮蔽，就是事物被遮盖和掩埋。因此，微观物质被发现的奥秘在于微观空间的发现，而人类在以往漫长的岁月中并没有真正发现微观空间，只是科学技术获得突破后微观空间才成为人们的新经验。应该说，微观空间是宏观空间的深刻延伸，它大大拓展和丰富了人类对空间的感知和认识。这就是现代空间在人们意识中的存在形式。

另外，还有一种空间存在可能既是宏观的又是微观的，那就是赛伯空间或者叫作现代技术构筑的空间。这种空间的特征是看不见、摸不着，但能够感受得到。进入知识经济时代，我们每个人都将生活在两个"宇宙"之中。一个是原子构成的物质世界，另一个则是数字化数据结构的虚拟世界，即赛伯空间的世界。赛伯空间的本质又是现实的，具有可以共享的海量资源和财富。主体技术与客体技术不同，这是一种对整个人类文明的根基具有颠覆作用的技术。虚拟实在与遗传工程是我们目前面对的主要的主体技术。主体技术首先不是用来制造工具的，而是用来制造人本身、改造人的本性、或重建人的整个经验世界的。这样，它首先涉及的就不是经济效用问题，而是人的生活的终极价值意义问题。

空间在人们意识中的存在形式构筑着人类的现代空间思维。现代空间思维反映到文学之中，对文学生态产生着重要的影响。文学作为人类思维活动的产物与人们对客观世界的感受、认识息息相关。以往，人类对大地苍生、宇宙太空不能把握，难以穷尽，充满疑问，所以，文学中充满了对寥廓空间、浩瀚宇宙的喟叹，所谓"天苍苍，野茫茫，风吹草低见牛羊"。又如《天问》"上下未形，何由考之？冥昭瞢暗，谁能极之？冯翼惟像，何以识之？"而现代，人类不仅对自己生活的空间有了透彻的认识，而且对人类毗邻和面对的宇宙空间也有了全面、深刻的认识，空间对于人类不再是充满疑问的大谜团。不仅如此，现代科技力量的武装让人类几乎没有了到达不了的地方，人们对空间的感知发生了根本的逆转，由慨叹空间的浩大不可知到哀叹空间的狭小局促。我们在太空瞭望人类居住的地球是一个完全悬空的小球,它有没有偏离轨道的可能？能不能保证人类的安全？科学似乎能够阐释出安全的原理,但离开地球在太空的视角观察地球,产生这样的担忧也不完全是杞人忧天。回到地球,我们看到这样一个小球上已经充塞了60多亿能够对地球和空间产生巨大影响的人口,他们无所不能,无所不至,无论是高山大川、湖泊海洋、极地沙漠,地球的每一个角落都堆积着人类的足迹。狭小、拥挤成为现代人们对空间的新的沉重感受。虽然微观空间的开掘延伸了人类的空间视野,但人不能生活在微观空间之中。可以想象的是,微观空间的拥挤、紊乱加重了人们对宏观空间拥堵的感受。这种新的感受对于文学来说是一种新表达课题。

现代空间思维对文学的影响主要有三个方面。

一是文学变得焦虑和紧张。文学历经数以千年的演变,原本与自然空间（或曰人类生存的空间）形成了一种基本固定的关系。这种关系的基本内在逻辑是：文学对空间概念、理论的认识是既定的,文学对空间的叙述、表达是可能的、有效的,因而叙述和表达的模式也是有迹可寻的,时空转换的频率与文学生产、文学生态生长的节奏能够达到基本同步并实行同构,文学在既有时空中的生存总体上是优裕的,等等。但是,在现代时空的范畴内,文学与空间的内在关系至少都会在某种程度上发生变化,首先是文学能不能把握住现代空间属性,即文学对现代空间有没有充分、有效的言说能力；其次是文学对空间叙述和表达的原有模式是否仍然有效；再次是现代时空中物质的、精神的、以及信息的构成、流通方式的重大变化,是恶化了抑或优化了文学的生存环境。这些变动不居的因素都可能是文学面临的困惑。空间是文学表达的重要话题,从认识论的角度讲,问题的认识都是一个发展的过程,对象的不确定、不明确是阐释、表达的开门屏障,文学对于现代空间的真实把握能力,从根本上决定了文学在现代空间面前的基本状态。现代空间理论、空间实践还处在发展过程之中,文学对现代空间的理解也处在一个发展过程之中,让文学在现代空间中表现出高度的从容、自信,显然是困难的。所以,焦虑和紧张是我们能够感受到的当下文学的一种状态。

二是文学的空间表达发生了重要转向。如前所述,基于既有的空间理解,文学长期形成的空间表达思维模式主要是对时空寥廓的怅叹和无奈。然而,在现代空间条件下,这种怅叹和无奈就可能会失去普遍的意义而显得多余。在现代技术条件、物质条件构成的现代社会,人类的生活内容、生存状态发生了根本性的变化,人们的思想意识、实践认知、心理感受会相应发生变化,空间因素无疑是引发这种变化的重要参数。现代人对空间的感受已经变迁为深感于空间的局促、拥挤,进而产生忧虑和危机。显然,文学在人们新的生存现实面前继续发古人怅叹和无奈之忧肯定是不合时宜的。一种新的转变是,当下更多的文学作品已经介入到现代人的空间生存状态,表达人们的新的体验和感受;并且,随着文学对现代空间实践的新的认识和理解,文学的这种表达将会进一步具体化、深入化。

三是现代空间意识对文学的构成产生重要影响。这种影响主要体现在两个方面,首先是引起文学叙事程式、叙事传统的变化。文学原有的叙事程式和传统一般是依照时空自然变动的顺序而展开文学的线索、故事情节,它与人们长期形成的时空思维模式非常吻合。但是在现代时空条件下,宏观空间与微观空间的交错存在,改变了时空对接、组合的自然顺序,这既在本质上影响着人的思维模式,也现实地改变着人类的生活秩序,文学要反映和表达人类的生存状态,完全遵从既有的叙事程式和传统显然难以适应现代时空秩序,生活、历史的逻辑和文学生存的逻辑要求文学必须突破既有的叙事程式和传统,实现文学与人类物质生活和精神生活秩序的自然对接。其次是对文学结构、文本构成的影响。现代空间构成形态的变化,影响和改变着时空中的一切存在状态,当然包括文学的存在状态。时空结构和顺序是文学构成的基本方式。以往的文学习惯于以时空的自然顺序构筑文学的内部结构,文学叙事的开始和终结基本依附于时空的流转顺序,甚至情节和段落的设置都可能以此为依据。在当下的文学现实,这种结构方式显然具有很大的局限性,它难以反映人们现实的思维逻辑,获得人们最大程度的认同。另外,现代空间的既有属性不可避免地改变着文学文本的存在方式,特别是微观空间、赛博空间的现实存在,文学文本的既成性、固定性都成为问题,超文本不但成为可能,而且成为现实。

第八章 读图时代文学理论的变革

我们思考问题的前提是,当我们进入21世纪,人类的生存状态发生了重大的变化。可以描绘的图景是,经济全球化、一体化已基本成为现实,而且在继续蔓延,人类的现代化、后现代化迅速推进;地球村的概念已经不再空洞,时空缩小,人类的交往空前地频繁,各国、各民族的经济、政治、文化甚至生活等方面的联系史无前例地密切;在近乎全球性的统一市场,商品泛滥,物欲横流,消费刺激着人类的每一根神经,人类生活方式的改变顺理成章。这种现实图景的显现完全归功于现代科学技术的发展。20世纪以来,现代科学技术的发展突飞猛进,宏观领域,火车、汽车、飞机、航天器等使时空变小;微观领域,广播、电影、电视、计算机、互联网让人们的视阈无限地扩大。我们不得不承认,科学技术在特定的历史阶段对人类的生活方式具有某种决定性的作用。科学既是手段,又是目的,譬如人类的生产、生活以及与之相关的活动都要合乎科学性。科学成为现时代最重要的资本,科学理性成为人类生存的方法和逻辑。在工具理性的统治下,人类的物质生产方式、精神生产方式以及相应的生活方式必然发生深刻的变化。尤其是精神领域,近百年的变化更为深刻。首先,书籍不再是精神传播和精神消费的唯一媒介和消费品,广播、电影、电视、计算机、互联网是更强大的媒介,能够满足人们更多元化的精神消费;其次,纸和笔不再是人们进行精神创造、精神生产的主要手段和工具,现代科技手段能够创造和生产声像俱佳、图文并茂的精神产品。事实告诉我们,人类已经进入了读图时代。这就是现代人类生存的基本环境,当然也是文学生存的基本环境。

一、文学的范畴和疆界

"现实实践的发展,文化地位的变革,各种新事物、新对象的出现,溢出了原来的学科领域,撑破了原有学科的外壳,并扩展或推移研究的边缘界限,'边界的移动'成了不同学科的研究者们的共识。"①在读图时代,文学的范畴和疆界不可避免会发生变化。

传统上的文学范畴主要以纸质、文字为界定基准,大致分为两类,一是纸质文字文学,主要指形诸文字、印制成纸型的文学作品,包括经典文学,也包括大众的通俗的文学。二是口头传承的具有一定文学性的文学坯型,包括故事、传说、神话、歌谣、道德律条、歇后语等等,基本上是通常所谓的民间文学。文学的基本类型为叙事性文学、抒情性文学和议论性文学三大类,主要体裁包括小说、诗歌、散文、报告文学、小品文等。

当今的文学,我们很难用纸质、文字为基准来界定它的范畴。一方面,传统的纸质文字文学仍然是文学的重要组成部分;另一方面,正如现代科学技术让世界和人类的生活产生裂变一样,文学正在大举向图像方向转换,文学的疆界在迅速扩大。

作为现象和事实,照相技术的诞生毫无疑问是读图时代到来的重要事件,它使事物原形逼真再现成为现实。而文学向图像转换的先锋是电影。电影通过镜头影像剪辑连接构成故事情节,由多个故事情节组合成完整的故事,完成一次整体叙事。早期的电影没有声音,完全是图像的剪接,电影的叙事只能通过图像的组合去理解体会;后来,声音与图像配合,电影故事情节的脉络就清晰起来。但是,电影的主要叙事手段是图像,主要是通过图像的内在联系构成故事情节,至于声音以及在银幕上显示的文字只是辅助手段,帮助图像更好地叙事。连续的流动的画面语言第一次代替文字构造故事,承担起历史和现实的叙事任务。电视技术的出现使图像叙事的能力进一步提升,它不再把图像用放映机现场放映,而是把

---

① 金元浦:《文化研究:理论与实践》,河南大学出版社2004年版,第3页。

图像、声音、文字转换为电波信号发送出去,通过电视机的接收呈现在人们面前,覆盖面大大扩展。计算机及其网络的普及,集听、说、写、读、音、像、文字于一身,既成为文学呈现、传播的媒介,又成为文学创作的工具。

准确地说,现代社会是一个声像世界、数字化时代,只不过图像在当代生活中更加彰眼而已。一个图像符号体系在现代社会的形成,对人类的物质生活领域和精神生活领域都是巨大冲击,无论从起点、过程还是从终点的意义上对人们的现实行为都具有决定性的作用。毫无疑问,图像体系大举进入人们的视界,对原有的文化版图形成争夺、瓜分之势。重要的是,图像体系、数字化技术迅速寻求进入人们现实生活形态和期望视界的切入点,以自己的方式在现代人的生活领域充任不可或缺的角色,譬如为人们生活发挥的工具性作用,对实体世界和意义世界的新形态的阐释,对历史和现实的演绎和叙事,等等。新体系的加入和文化版图领地、空间的出让与馈赠,以及原拥有者版图的相对收缩似乎已经成为一种合乎逻辑的结果。"文学曾经拥有的'世袭领地',已经被铺天盖地蜂拥而至的图像大军大面积地蚕食和鲸吞。"①

人们多时惊呼文学的边缘化和版图的失守既是事实,又是假象。客观地说,纸质文字文学的地位和影响是发生了变化,原因和症结是图像体系进入了文学领域,很显然,纸质文字文学的地位和影响的变化不是判断文学的边缘化和失守的全部依据。相反,图像体系进入文学领域,文学概念的外延扩大,文学的版图形成了事实上的扩展。有必要指出的是,目前似乎尚有人对图像体系的文学表达未彻底接受和认可,这其实不是问题,事实的进一步发展将印证和改变一切。我们且不论文字文学和图像文学的表达能力孰优孰劣,单就图像文学在当代社会充任的文学角色和发挥的文学作用而言,没有理由怀疑和否认图像体系在文学版图中所拥有的半壁江山。百年电影从最初由图像剪辑连接成简单的故事,到倾诉、抒情、审美,已经不再是简单的技术性产品,成为具有很高精神品性的电影艺术;电视在短短的几十年的发展历史中,全面向文学艺术领域挺进,已经拥有了文学的多种表达手段,譬如叙事性的电视剧、抒情性的电视诗歌

---

① 彭亚非:《图像社会与文学的未来》,载《文学评论》2003 年第 3 期。

和电视散文、议论性的政论片、访谈等等;计算机及其互联网在更短的时间内几乎霸占了文学的所有阵地,它以图像和文字兼容、历时与共时并存、静态和动态结合、海纳和处理各类信息的巨大容量和能力,重塑着文学的形体和灵魂,让文学不得不迅速投靠到它的门槛之下,网络文学成为引人注目的新的文学形态;甚至单纯的摄影技术都在制造自己的文学形态,如摄影小说、摄影散文以及刻意创作的艺术摄影等;而广播走进文学的历史并不比电影电视晚,且相当历史时期内的广播剧、广播诗歌、散文的影响也是空前的。可以肯定,在当今的文学市场中,声像形态的文学消费已经占据相当大的份额,相应地,纸质文字文学的消费明显萎缩,这是非常自然的现象。应该说文学的总体消费需求量并没有下降,出现的只是消费群体、消费层次、消费类别上的分流。

因此,以现代视野审视文学,必须把当下发生的文学现象、文学行为以及形成的文学事实等作为考量文学的基本对象和内容,超越纸质文字文学约定的既有范畴,重新界定当下文学的可能疆界,这是文学理论发展、建设以及文学研究的基本依据。

二、文学的写作(创作)与生产

文学创作和生产方式的改变是文学内部发生变化的根本缘由。当下的文学现实是,纸质文字文学形态和声像文学形态并存。纸质文字文学传统的基本生产方式和程序是作家用笔和纸写作,即所谓的爬格子,报刊社或出版社审阅通过后出版发行;电脑的普及使用,纸质文字文学的写作工具主要不再依靠纸和笔,更多作家的文学创作主要是移动鼠标和敲打电脑的键盘,文稿形成于电脑的页面和储存器,作家通过电子邮件可以与期刊社或出版社实现互动沟通,共同对稿件非常容易地进行拼接、修改或删除;更为重要的是,互联网把世界各地电脑链接起来之后,网络这一媒体的无限便利性大大降低了文学进入流通领域的门槛,文学写作者在电脑上敲打出的文稿可以不再经过期刊社或出版社等文学的权力机构的审查直接进入网络流通,文学生产的程序简化和省略,颠覆了文学既有的制度和权力体制,文学生产的周期大大缩短。

　　文学创作工具的变化不仅仅是对文字文学生产方式和程序的改变,最重要的是改变着文字文学的思维程式、结构形态、内在品格、存在方式等。长期以来,操笔书写、展纸泼墨已经成为文学创作的固有定式,在这种创作定式中形成的构思过程、写作过程、修改提炼过程、以及成型过程,都有比较细密的理论概括。电脑写作省略了笔画线条在人的手中变为字词句的过程,通过敲打键盘由电脑直接输出字、词,甚至词组、短句,较之以往的写作实践大为便利,改变了写作时字斟句酌的节奏,牵动创作者的思维相应提速。创作者思维的提速改变了文学创作各要素在创作者脑海中的流量,引发的结果可能是创作者对文学写作具体环节感知方式的变化。在化学和物理学中,任何条件和过程的改变都会带来结果的变化。同样,文学创作方式的改变不可避免地改变着文学的生成形态。首先,写作的便利、修改的便利以及剪贴拼接倒换的便利降低了写作的难度,处理文字、文稿不再成为羁绊创作者的超级苦差事,文学文本结构的设置可能更灵活,文本的篇幅更容易拉长。其次,人工写作通过文字书写细细品味、精心运思、文思缓缓流淌的过程省略之后,创作者的思维有可能更流畅,激情可能更容易爆发,但有可能缺少或丧失旋涡、迂回和深度;另外,创作者的率性可能更容易充分表现出来,而蕴积其内、需要高度凝练概括的理性和智性可能会忽略和流失。再次,计算机及其网络链接文学,纸质不再是文字文学唯一的存在方式,同时也会对文学的内部结构和外在形式产生影响。

　　图像文学形态的创作不同于文字文学的创作,原有的文学理论基本不予涉猎。但是我们既然承认图像体系在文学中的必要地位,就必须研究图像文学形态的规律。图像文学创作的最大特征就是作品不是由一个人独立完成,而是由集体或群体共同完成,或者说作者不是单独一个人。譬如电影作品、电视作品、卡通作品、甚至广播作品,通常需要首先创作出一个文字脚本,然后导演根据脚本进行总体构思策划,也就是导演的二次创作,形成导演的基本故事或艺术框架,而后才能选择演员、图片等替代符码进行再创作,完成和实现导演的创作理念和艺术构思。这里,脚本显然只是基础,当然优秀的脚本有利于创作出优秀的作品;但导演的再创作和符码的第二次创作无疑是更重要的,因为最终呈现给人们的不是脚本,而是体现脚本内容和导演意志的由符码演绎的故事和艺术。就图像作品创作和生产的全过程而言,导演发挥着至为关键的作用。导演是一部图像作品的总设计师,他不仅对脚本进行再创造,而且还统领着整个创作群体,从总体上决定和制约着符码的再创作。因此,导演的创作理念、艺术水准、再创造能力以及统领创作群体的能力决定着作品的成败和质量。问题在于,对图像文学作品创作的外在行为机制和过程的描述容易,而对于创作者创作时的精神状态、构思过程、心理机制、以及由此引发的行为机制进行全方位、精细而深入的阐述和总结则非易事,因为图像文学的创作较之文字文学的创作是一个更为复杂的过程。

质言之,图像文学创作的精神线路图是多维的、交叉的,既串联,又并联。导演既要与脚本发生联系,解读脚本、阐释脚本,构筑自己意念中的形象世界,又要与演员发生联系,传达自己的创作理念、故事图景、虚拟形象等,同时还要与譬如摄影、灯光、音乐音响等其他职员发生联系;演员作为作品的符码既要与脚本发生联系,更必须与导演发生联系,当然也需要与其他人员产生联系。图像文学创作的过程总体上毫无疑问是一种精神活动,但具体过程和环节可能是机械的行为活动甚至是机械的无作为活动,只是因为巧妙的剪辑和技术的连接才具有了逻辑性、故事性和艺术性。所以,图像文学的创作不只是一种艺术的创造,也是一种技术上的制造。无论是导演还是演员既要专心致志于精神构思和艺术塑造,又必须考虑技术上的可能和完善。这并非强调技术性在图像文学创作中的决定性作用。说到底,图像文学的价值还在于作品的精神解说和表达,导演的精神深度和言说能力是重要的,演员的阐释和表达是终极的因素,剪辑等技术上的处理只是艺术的辅助手段。所以,图像文学的创作从脚本到阐释到再阐释,在能指和所指上实现了多重转换,这是与文字文学创作根本上的不同。

三、文学的传播

现代社会,文学的传播渠道和手段发生了历史性的变化。纸质印刷文学成品传播、消费文学的主渠道彻底改变,电影、电视、广播、计算机及其网络成为当下文学传播的显要媒介,特别是互联网,由于数字化、智能化技术的运用和高速度、大容量、集音像文字听说写读于一身,成为各种形态文学展示的平台。值得研究的是,现代科技的多重功能使得电影、电视、广播、计算机及其网络既成为文学创作的工具,又成为文学形态呈现和传播的媒介,而且还是文学艺术存在的真实形态。"现代传媒是现代传媒文化语境中除了世界、作家、作品、读者'四要素'之外文学活动的'第五要素'。"[①]

电影、电视、广播、计算机及其网络的传播能力是空前的。这些现代传媒与文学的结合甚或合一,与其说是一种合谋,不如说是现代传媒对文学的钟情和不可或缺。应该说,现代传媒就其本质而言是技术性的、工具性的东西,除却技术含量,其自身是空洞的,需要广纳万象充实自身的空洞。问题在于,用现代高科技武装起来的现代传媒所拥有的巨大能量成为强大的磁力场,吸引人类生活所包含的物质领域和精神领域迅速向其靠拢,并成为难以舍弃的栖居地。于是,现代传媒由现实的求助者、需求者转变为供应者。文学艺术的文学性、审美价值和魅力是各种媒介热衷于廉价服务和高价收买的对象,而现代传媒收买了文学之后反而使文学对现代传媒产生了强烈的依赖性,文学变得越来越不能自主了。

文学传播媒介的更新从根本上改变了文学的历史和现状,也改变着文学的基本形态和存在方式。

第一,改写了纸质文字文学存在的历史,创造了多种文学形态并存和多样文学消费的局面。纸质文字文学一直是正宗文学的主体,更是社会文学消费的主体;现代传媒让文学找到新的载体和栖居地,特别是计算机

[①] 单小曦:《现代传媒:文学活动的第五要素》,载2007年3月29日《文艺报》。

及其网络的广泛普及使用,文学能够在新载体上产生、存在、展示,更能够通过新的载体形式被消费,甚至纸质文字文学也能制作成电影、电视剧,或者输入计算机并进入网络,改变文学的存在形态和消费形式。现代传媒使文学的存在和消费出现了多种可能性。

第二,文学生产的周期缩短,传播的速度加快,文学消费的时效性增强。文学创作工具的改变对文学创作效率的提高是显而易见的,可以说,现代传媒解放和发展了文学的生产力,不但文学生产的周期缩短,而且文学在流通领域的周转速度大大加快,这其中不只是创作者存在着让自己的产品早日进入流通领域的期待,更重要的是,现代传媒潜存着纳新造势的渴望,以制造和炮制热点和卖点,现代传媒可能采取的手段是拔苗助长,作家刚刚创作或者正在创作的作品可能尚未充分完善,已被现代传媒拖入传播渠道和流通领域;而网络文学更是直接在网络上生产,在网络上流通,省略了文学进入市场的多个环节,但这恰恰导致了文学消费的时效性增强,新热点甫一出现,旧热点即时降温,文学的消费性增强,文学的恒久性降低。

第三,消费多样、需求量上升,而文学市场疲软,买方市场与卖方市场不对等。现代传媒拓宽了文学的流通渠道,开辟了文学统一的大市场。当下的文学市场生产量大大增加,目前每年已经有上千部的长篇小说问世,中篇小说、短篇小说等作品更是不计其数,电影、电视剧的生产也相当惊人,且就消费市场而言,文学的总体消费量应该呈上升趋势,但文学的消费被文学的多样化分流,文学通过多种媒介呈现,人们不需要购买也可以满足消费,再加上文学的恒久性降低,文学作品大多也成为一次性消费品,人们似乎已经不再有必要保持珍藏性的购买力,文学市场的疲软就不可避免了。

第四,文学市场的多种情势全面影响着文学创作和生产,引发文学内部的分化组合,导致文学价值观念的革命。当下,社会主流力量特别是政治权力对文学的调控能力逐渐在弱化,市场影响文学的机制正在形成并加强,而文学市场在相当程度上是现代媒体造就的。文学内部的分化组合实际上是由外部因素拉动的,说到底主要是由当下文学市场的状况和情势决定的。市场和消费者的多样需求是文学生产强大的指挥棒,适应文学市场可能成为文学和作家生存的首要选择,文学自律性的自我放逐是一个不争的事实,作家改变创作初衷和文学更易既有观念非常符合市场逻辑,因此,人们就不能苛求作家写什么不写什么,文学整体及个体应该是什么不应该是什么,严肃文学、精英文学也好,通俗文学、大众文学也罢,甚或网络文学、时尚艺术、电影、电视剧以及颇有非议的所谓身体写作、香艳文学等等都是市场化的产物,作家以何标志为自己的归宿,很多时候非主体性因素决定而任由市场做主。需要指出的是,文学的这种多样化可能也是文学发展不可更易的大趋势。

四、文学的价值判断

无论从宏观的角度还是从微观的角度考量,当下的文学都发生了重要变化。我们需要思考的问题是,发生了重要变化的文学还是不是原有意义的文学?质言之,文学的本质和核心价值是否发生了变化?

当下文学宏观上的变化是文学的疆界扩大,文学生态出现新的构成;文学市场逐渐形成,市场行为与文学行为、市场格局与文学格局日趋统一。微观上,文学原有的单一形态已经被多种形态所取代,市场的激励、现实的挤压和诱导促使文学不得不进行内部调整,生存训练成为当下文学必备的策略和手段,文学在与市场的博弈中变换着自己的生产和生存方式,文学行为和文学实践带来的文学自身质量和品格的变化也是必然的。

文学的这些变化并不足以说明文学的本质和核心价值发生了变化。在文学格局的大变动和文学自身外形内质的嬗变中,最突出的应该是文学观念的改变和文学质量的浮动。媒体广场膨胀效应和市场化畅通开放让文学进入了群雄混战的时代,各种文学艺术形态为抢占市场和占有份额不由自主地进入全方位竞争的程序,最终结果是形成一个类似于多边贸易协定的不成文合约,相互承认各自的存在和在文学市场中的合法地位;这意味着在文学艺术领域,曾经由社会权力体系和文学体制为文学命名的局面基本终结,无论是小说、散文、诗歌、报告文学、电影、电视剧,还是严肃文学、精英文学、通俗文学、大众文学、网络文学等,谁也不可能再名正言顺地享有正宗文学的地位和荣耀,唯我独尊成为历史;在文学市场,所有成员地位平等,文学的等级观念打破,民主观念确立,文学内部的一场革命悄然完成。

然而,不同文学形态在文学市场地位的取得并不完全依靠自身的质量,市场策略可能是竞争中依赖的主要因素。各类文学形态异军突起实现了文学艺术量的大幅度增长,而由于文学生产、流通、消费等多种环节的刺激,文学早产儿和畸形儿不断涌现,文学艺术质的突破只能成为人们一厢情愿的空想,文学平均质量的下降却变为现实。

质量是文学作为和价值的重要判断。因为质量问题关涉到文学功能的发挥。文学作为人类的审美生活方式和社会价值的体现形式,其社会功能也是存在的。而在中国的文化传统里,对文学功能的重视已经达到无以复加的地步,所谓"文章乃经国之大业",文学怎能承受如此之重。当然,在特殊的时代和环境,文学的功能的确有过超水平发挥,譬如五四启蒙运动、抗日战争时期等,文学的作为大大超出了自身的能力。但是,文学毕竟不是政治学、伦理学、社会学,更不是经济学,在正常的情况下,文学只能在自己的属性内发挥作用。

当下文学的去历史化倾向相当明显,反叛产生的间性和断裂应该说是文学内质裂变的根源,文学对历史的拒斥让文学与历史的裂痕在短时间内难以弥合。文学能不能续继历史,换句话说,全球化语境、读图时代的文学还能不能在物欲膨胀、人们信念摇曳的困惑中伫立起自己的身影,这是对文学自身品格的叩问。我们相信,文学不可能完全回复到过去情境,但文学也不可能完全抛弃自身而转生为其他。尽管时代为文学的变革提供了多种可能,人们为文学的发展预设了各种结果,但文学自身的逻辑结果只有一个:回归本质属性。

我们如何对当下文学做出现实的价值判断,可行的途径仍需要考察当下文学的作为和文学功能的发挥。虽然文学在现代社会的消费性增强,但文学的最终指归不是物性而是精神属性,精神领域是文学消费的主要市场。坦率地说,当下文学在人们精神世界发挥的作用颇令人质疑,但这种质疑当中多少隐含着一些旧有的观念和框框,文学毕竟已经离开历史语境而置入现实语境,指望当下文学在人们的信仰信念世界充当救世英雄肯定不再现实。但是,无论历史情景和现实情景发生怎样的变化,文学都不能太放纵自己,文学的自律性原则应该恪守,文学所蕴涵的人文精神不能流失。我们不期望文学包医百病,充当救世英雄,但文学在现实普世狂欢中充分展示自己的娱乐本能时,还需要在人们的心智启迪、精神审美、思想升华等方面发挥必要的作用。当然,在一个价值多元化的现实语境中,文学价值的多元化是必然的,文学生态的多样性要求我们不能用单一的思维衡量文学,多维的角度、多元的标准是当下文学价值判断符合实际的思路。

五、文学批评与鉴赏

考虑到当下文学版图的生态现状,基于纸质文字文学批评的原则、标准以及批评的思维方式、话语体系无疑需要新的构成和变更。譬如文字语言的表达能力和图像语言表达能力的评判问题、文字作品与图像作品的抒情方式问题、文字作品和图像作品的叙事、思想人文内涵揭示的异同问题等等,既有的理论已经不可能完全阐释。电影有电影的特性,电视有电视的特点,卡通又是一种全新的视觉感受,网络文学作为文学的新形态基本上颠覆了文学既有的秩序,程序化和大量复制导致的文学产品生产的过剩更造成文学内部秩序和外部环境的紊乱,一种能够解释文学现实、评判文学是非的原则、标准、话语体系的建构既迫切又充满难度。然而,文学的责任感和使命感让文学批评不管怎样不能轻言放弃,不可为而为之必将为文学增添几分豪情。

所以,文学批评与鉴赏不能为当下文学纷繁的现状所迷乱,不能在林林总总的文学现象中无所适从,冷静、沉着、理智、清醒更应该成为当下文学批评的必备品质。在文学界群雄纷争的时代,在赞扬、吹捧、棒喝成为时尚的文学空间,文学批评与鉴赏决不能随波逐流,人云亦云,确立文学批评与鉴赏的立场和原则实则弥足珍贵。冷静、理智地建构文学批评与鉴赏的原则、标准、话语体系,必须深入、细密、审慎地审视当下文学的现实状况和基本规律,以学理性的态度和人文性的视角,力求准确把握文学的本质。需要警惕的是,在目前嘈杂浮华的氛围中,不乏一些伪命题、伪理论充斥我们的视野,文学批评本身是否有足够的批判力量去伪存真,无疑是对文学批评本身的考验。当然,当下文学还处在一个动态发展过程之中,期望文学批评面对当下纷繁的文学现象一下子能廓清是非似乎也不现实,可行的是,不盲从,不随意,尤其不能无原则地附和、吹捧,立足于进入问题,进入文学的具体形态,从个案的剖析研究开始,一步一个脚印地向规律挺进。

纸质文字文学批评与鉴赏的原则、标准、话语体系等对于纸质文字文学而言仍然有效,但纸质文字文学自身从质感形态到文学观念、价值形态等也存在着一个历史的转换,充实新的现实资源无疑是纸质文字文学本质内涵的丰富和发展过程的完善。文学批评对图像体系和网络文学等新的文学形态的评判和鉴赏能力,是文学理论在现实语境中历史性的建构。图像体系发展的历史中体现出的特点和规律虽然已经为人们有所感知和认识,但总是感性认识多,理性认识相对有限,学理性的归纳和建构更没有真正变为现实,需要我们认真研究图像体系的发生过程、发展状态、存在方式、内质形态、本质特征、精神价值等,准确把握图像体系的基本规律,确立符合现实语境和图像体系自身规律的原则、标准、话语体系。网络文学对文学自律性原则的反叛是对既有文学理论的重大挑战,在现有的文学理论体系下如何保持对网络文学的发言权、阐释权,无疑是文学理论面临的重要课题;而网络文学的极端自由性(任意性)、超文本、对现实的解构、超时空的传播能力等特征,更需要当下的文学理论给予新的评判和阐释。文学理论面对新的文学现实需要有新的作为,作为的基础是深入研究文学现实与统筹各类理论资源相结合,重在梳理问题而不忙于下结论,尤其需要把文学发展的新进程作为理论建构的必备视野,力求把握理论与新建构的连接点,拓展文学批评的理论基础,初步搭建新的话语体系的基本框架。

第 二 编

文学的当代问题

第一章　20世纪80年代以来文学观念的嬗变

20世纪70年代末兴起的改革开放运动把中国全面纳入现代化以至全球化的轨道。近30年来,中国从国家体制到社会细胞、从主流社会到民间阶层,人们的思想观念和社会现实发生了历史性的变化。

就文学艺术而言,虽然党和国家关于文学艺术的指导思想没有发生根本性的改变,中国当代文学所赖以延续和发展的文学传统和历史资源、理论资源没有根本性的变化,但从"三突出"、三个样板戏到今天百花齐放、样态纷呈的文学艺术的发展局面,中国的文学艺术政策进行了重要的调整,文学观念发生了深刻的变革。

当然,文学观念的变革不可能是一种单方面的简单的行动,它总是与多方面的复杂的文学实践活动紧密相伴随的。尽管我们用近乎苛求的标尺和期望度量着文学,但无论是作为研究者还是作为读者,附加给文学的规则和市场仅仅是文学观念变革的外在因素,而真正促动文学观念变革的内因仍然是作家及其创作实践。因此,考察中国当代文学观念嬗变的轨迹,唯一的仍然是从作家的创作实践和文学呈现的形态入手。

但是,当下的文学实践活动是大量的纷繁的,我们仅从每年出版的长篇小说(1000部以上)、刊物发表的中短篇小说、报纸杂志以及网络涌现的大量的散文、诗歌、小小说等等可见一斑。如果我们的目光过于分散于纷纷纭纭、样态杂呈的文学个体,未必能够准确清晰地捕捉住文学观念变革的基本脉络。于是,我们选择了30年来中国文学概念的变化作为研究的切入点。

概念,指对于一种既定事实的概括和总结。而在文学创作领域,总有一些比较明显的创作倾向、创作理念、写作技巧、价值观念等,由于达到了一定规模,造成了一定影响,从而被大多数人认可,赋予其一个比较确切的定义,成为一个"文学概念"。

从1976年"文化大革命"结束至今已经30年。30年来,中国文学的发展历程虽然不能说成就举世瞩目,但就发展样态而言也可以称为一种繁荣的局面。其中最值得称道的是中国当代文学告别了僵化、一元的格局,开创了多元化、多样态发展的前景。不可否认,中国当代文学还没有进入产生世界级的作家、重量级的作品和全面繁荣的时代,即使是目前行走在文学界的作家,很难说谁是领军人物和哪些是标志性的作品,皇帝轮流做,各领风骚一两年,甚至靠制造无厘头、棒喝造势、制造卖点等哄抬物价,虚构文学幻景。但这也是中国当代文学的一种积累,正说明了当下中国文学市场的自由开放,文学观念的深刻变革。正是在这自由开放的文学市场中,作家们创作的旗帜林立,经过聚合分离,形成不同的文学概念,它们正好从一个侧面描绘了我国文学的发展轨迹,从本质上体现着新时期文学观念的嬗变。

一、历史和现实的反思:文学创作的理性思维

1976年,"文革"结束,当代中国历史开始了新的转折。作为当代中国精神现实的文学也不可避免地发生重要变革。文学的变化首先表现在对刚刚过去的"文革"历史的清理和反思,对"文革"时期执行的文艺的指导思想、创作原则、表现模式等有选择地进行突围。需要指出和耐人寻味的是,文学的这种变化是在一种理性思维的基础上发生的,这既是一种历史的反其然,又是一种历史的必然。"文革"时期实际上是一段疯狂和非理性的历史,"文革"的戛然终止在人们思想和心理上造成暂时空白,人们梦醒定神之后便不能不冷静回忆思考噩梦中的经历。1977年,刘心武发表小说《班主任》,1978年,卢新华发表小说《伤痕》,两者都揭示了"四人帮"在人们生活中投下的阴影,作品发表后在文学艺术领域引发了多

方面的震动，成为后来伤痕文学的代表。其他有影响的还有茹志鹃的《剪辑错了的故事》、陈国凯的《我应该怎么办》、金河的《重逢》、叶蔚林的《在没有航标的河流上》、冯骥才的《啊！》、古华的《爬满青藤的小屋》、鲁彦周的《天云山传奇》、路遥的《人生》等。"伤痕文学"算得上新中国成立后第一个颇具影响的文学概念。"伤痕文学"单就概念字面本身即与新中国以后的文学标签和命名有巨大差别，本质上更是对"文革"中以"三突出"为代表的歌颂文学的反叛。

接下来登场的是知青小说。浩浩荡荡、轰动世界的知识青年上山下乡运动结束，扎根于广阔天地的知识青年纷纷返城，作家特别是有着知青经历的作家们也开始了艰难的反思。梁晓声的《今夜有暴风雪》、《年轮》、《雪城》，张承志的《金牧场》，从维熙的《北国草》，叶辛的《孽债》，都深刻探讨了"知青运动"产生的巨大影响，生动记录了只属于那个年代的无法复制和再现的悲欢。知青文学在文学意识上的突破是，它没有在臧否之间简单地作单方面的选择，而是在回溯那段许多人经历的历史的时候，既表达了历史的浪漫、雄浑、悲壮，又述说了特殊生活经历的无奈、艰辛、痛楚，反映了历史狂热之后人们的一种理性化思维。它实际上也是中国当代文学内在的某种程度上的突破。90年代初期，新的一代知青小说影响力减弱，知青文学成了当代文学发展史上观念演变的特有名词。

改革文学完全是紧贴着现实的步伐和改革的魂魄兴起的。以1978年中共十一届三中全会为标志，中国的改革潮流自农村的家庭联产承包责任制开始，迅速涌向城市，涌向华夏大地的每一个角落。中国社会的深刻变革震撼着每个人的灵魂，作家们从对历史（知青运动）的关注中回过神来，开始关注现实中的改革与发展。以中国的改革为创作题材的文学作品渐成阵势。开山之作应该首推蒋子龙的《乔厂长上任记》，高晓声的《李顺大造屋》、《陈奂生上城》，张洁的《沉重的翅膀》，李国文的《花园街5号》以及陆文夫的《围墙》，都是其中的佼佼者。改革文学由于是新时期文学创作倾向发生变化之后最先关注和表现社会现实的一类文学作品，并且在表现改革实践的过程中不回避改革的沉重和矛盾，因此能够引起主流社会和下层民众各阶层的共鸣，一时间它所产生的轰动效应大大超出了文学应有的疆界范围。不可否认，改革文学的轰动与其附依在社会改革的顶背之上有直接的关系。之后,"改革文学"尽管很少再被提起,但近年的众多部反腐倡廉作品,都与此一脉相承。改革文学观念上的意义与它所承接的社会改革的精神是密不可分的,它必然成为新时期文学观念嬗变的一种动力。

最能体现新时期文学创作理性思维的是寻根文学。80年代中期,中国的改革开放正在全面向广度和深度拓展,社会的裂变触及所有领域。面对国家和民族发展的时代潮流,中国文学(文化)沿着什么样的路径前行? 又向何处发展? 引起了一批具有忧患意识的作家和人文学者强烈关注和深切思考。1985年,韩少功的论文《文学的"根"》发表,可以看成是赫赫有名的"寻根文学"的存在宣言。作家们开始了对民族传统、民族文化和民族意识的孜孜不倦的探索,他们坚信"民族的才是世界的",寻根正是他们要走向世界的必经之路。这一阶段好作品层出不穷。刘心武的《钟鼓楼》,冯骥才的《三寸金莲》,邓友梅的《那五》,韩少功的《爸爸爸》,阿城的《棋王》《孩子王》,其中好多作品被改编成电视剧,同样精彩。这不能不说与作家和作品所表现的传统的、民族的、地域性的特色文化有直接的关系。如果从中国当代文学的整个过程及未来发展看,"寻根文学"也许具有真正的独特价值。因为无论如何它在寻找文学(包括文化),而且是在中国和世界的背景下冷静地思索和审视文学,就这个意义而言,文学身影的放大和文学本质的回归是可以期待的。

二、先锋探索:非理性的文学触角

作为一种精神现象,文学也许需要像其他社会现象那样伴随整个社会的变革不断地发生变化。而80年代中期以后中国的社会现实是,改革的深入催化社会结构渐趋全面松动,社会价值体系正在悄悄发生变化:一方面是市场的作用和价值导向正在显现,另一方面是市场作为开放中的中国社会构建的重要机制并未得到正式的确认和命名。但是,原有的均衡打破,利益关系重新调整,新秩序仍在怀胎酝酿,就像价格双轨制一样,社会处于一个非完全有序的状态。正如主流社会的判断,改革处在关键时期,社会面临着艰难的抉择。"在这一情势下,文学观念的反省、调整的步伐加速,作家有可能向'通俗小说'等大众文艺的方向倾斜,但也可能转而更多面向'文学自身',探索的势头得到加强。"①

文学的变化的显性脉络是:文学观念和文学表达的非理性化。文学的这种明显特征应该说是与此时的社会现实图景完全吻合的。社会的非完全有序状态使得生活显得非常冗繁,改革阵痛让人惊悸而又无奈,生活的嘈杂与社会心理的紊乱似乎让人无法进入理性状态,主要由政治家把握的社会发展方向和社会构建的新图景只能拭目以待。作为以形象表达为主要手段的文学不可能成为社会发展的阐说者和论证者,而只能是社会现实的感知者。因此,由一系列文学概念显示的文学非理性化呈现则是必然的。

第一,新写实主义。在此之前,作家一直关注着社会生活的大气候与大变革,从池莉等人开始,鸡毛蒜皮的市井生活成为作品的主题,"新写实主义"让文学从宏观进入微观,这对于大多数敏感、细腻、具象思维胜过抽象思维的女性作家来说,可谓找到了创作突破口。被比较一致地认定为"新写实小说家"的池莉的《烦恼人生》、《来来往往》,方方的《风景》,刘震云的《一地鸡毛》,刘恒的《狗日的粮食》、《伏羲伏羲》,平凡琐碎的生活经过作家以无所不在的自由人的角度叙述,让读者找到了更多共鸣。新写实主义实际上是文学观念转变和文学发展过程中的一个迂回策略。它主要让文学避开在社会发生重要嬗变时期文学难以言说的社会本质的表达,从而又不至于让文学在纷繁的社会现实面前失语。平凡琐碎的现实生活的描述让文学获得了体面。

第二,先锋派。与那些紧跟社会和政治发展的文学概念有明显区别,文坛第一次出现了单纯以审美为目标的文学概念——"先锋派"。先锋派的作家受西方文化影响较重,特别重视"意识流"、"魔幻现实主义"等表现形式。谌容的《人到中年》,徐星的《无主题变奏》,马原的《冈底斯的诱惑》,刘索拉的《你别无选择》,莫言、格非、余华、苏童、叶兆言,都从此时开始进入读者视野。先锋派的作家在"文革"期间度过童年,因此并没

---

① 洪子诚:《中国当代文学史》,北京大学出版社2000年版,第335页。

有深刻的伤痕存在,这让他们转而从形式上寻找突破,并最终从"先锋派"转型,踏上各自的创作路程。"先锋派"虽然以审美为追求目标,但这种追求是以作家自我主观的感知为原本依据的,单就这些作品表现形式的选择就非常能说明问题,因此,它并非是一种完全的真正的理性化追求。

第三,新历史小说。历史在此前通常只有一种说法。在经历了先锋派的新奇体验以后,作家们则在文以载道之外,又回复了古代文人一直就有的探究精神和批判精神,他们试图对历史重新认识,于是出现了"新历史小说"。苏童的《妻妾成群》,陈忠实的《白鹿原》,莫言的《红高粱》、《丰乳肥臀》,叶兆言的《追月楼》,作家们在这些作品中,已经有了自己认识和书写历史的勇气,已经取代了传统的历史小说,且在后来(包括今天)慢慢成为历史小说创作的规范。"新历史小说"与其说是对历史的表达,不如说是对历史的解构,它完全放弃了对历史的理性思考,就如《红高粱》一样,在轰轰烈烈中把历史撕成碎片,只有放大的几个人物组接的若干故事。

第四,调侃文学(京味文学、痞子文学)。中国新时期文学在10年中经过颠覆、重构,并且在中国社会大格局的碰撞中似乎已经正经、理性不起来了,而人们对文学的面孔和表现似乎也有了新的期求,这不得不让文学苦思冥想如何做"人"才能让人喜欢。于是,文坛出现了以王朔及其作品为代表的调侃文学或者说京味文学。("痞子文学"是20世纪90年代很火爆的文学现象,如王朔的《看上去很美》、《我是你爸》等,王朔宣言:我是流氓我怕谁。)不可复制的语言,直白流利的行文,嬉笑怒骂的冷幽默,文学此时不再端着架子居庙堂之高,彻底被拉下马来。王朔、王小波"调侃文学"深入人心。直到今天,依然有铁杆追随者,继续着自己将调侃的文字进行到底。调侃文学使得文学的非理性化倾向达到新高。

三、身体感官:文学的感觉主义时代

20世纪90年代,中国社会明确提出建立社会主义市场经济的目标。

市场机制开始在中国社会生活的各个领域广泛发挥作用。同时,中国的发展以及进一步融入世界,使中国社会日益繁荣,物质日益丰富,消费和满足消费成为现代生活最显著的特征,物欲让世界膨胀。在生活就是一种感觉,幸福就是一种感觉,甚至健康就是一种感觉的口号倡导下,我们便全面进入感觉主义时代。似乎就是在这个感觉主义的意念下,我们正在全面构建一个可感的世界。现代科技的发展推动世界进入读图时代,声像构造成为现代社会最为突出的文化景观。现代化似乎就是各类图像的拼排。日常生活审美化则使声像构造成为现代社会的合理化需求。而市场化则使我们生活中的一切都将被纳入市场的规则之中,并且都存在着升值的机会。无疑,文学没理由也不可能逃脱市场的游戏规则。

更重要的是,文学的视野发生了惊人的变化。市场的作用不但让文学考虑怎样写,还要考虑写什么。于是,有市场有需求的东西都成了文学表达的内容。文学不再仅仅是可以理解的精神产品,也是可以感受感觉的商品。无奈,文学也进入了感觉主义时代。

第一,身体写作。如果说之前所有的概念都是"形而上"的精神层面,身体写作则彻底变为"形而下"的物质层面,崇尚人的身体感官,追逐脂粉气,铺陈身体的美艳和性感,以情感游戏和性感受作为文学热衷表现的内容。从20世纪90年代开始,身体写作以惊雷之势出现,力求以身体的突破,达到精神的突破,从而突破文学作品固有的程式,棉棉的《糖》、卫慧的《上海宝贝》最能代表,而其后更多写手的追趋则暴露了人们的猎艳心理,形成了对文学的冲击力,被人们冠以香艳文学的"美誉"。身体写作与香艳文学中某些作品的出格描写,一直为人们所诟病,备受争议。身体写作的诞生及其轰动,体现了文学自身的自由、随意和文学市场的开放。

第二,美女作家(美男作家)。美女作家这个概念,和身体写作是有些重合的,但二者还是有区别的。"身体写作"仍然关注的是写作本身,而"美女作家"以及后来的"美男作家"(如上海大学教授葛红兵的《沙床》)则完全抛弃用作品说话的规矩,对作家的外表给予了充分关注。假使套用钱钟书先生的话,可以理解为:不管鸡蛋有没有营养,下蛋的鸡漂亮就行。(她们不一定个个都是标致的美女,但她们的共同特点:①年轻、开放;②都以为自己是美女;③当然都是作家;④都很爱说话;⑤作品内容大致相似;⑥都不被官方所喜爱。如:卫慧、棉棉、安妮宝贝、春树、张悦然、颜歌、顾湘、蒋离子、苏德、周嘉宁、蒋方舟,大多是"80后"生人。)到目前,两个词已成明日黄花,说谁是"美女作家"谁就会跺着脚和你急。

第三,"80后"后。2003年,"80后"后概念来势汹汹,其作者都为80年代出生的人,大多数出自网络或者新概念文学大赛,作品因为生活阅历尚缺,更多的是对内心敏锐感觉的过度关注。韩寒、郭敬明、张悦然,虽不是凭借这个概念出名,却被公认为"80后"后的三驾马车。2004年的深秋,有越来越多他们中间的写手宣称自己不属于"80后"后。在推出了李傻傻、孙睿、春树等人之后,它已经完成了自己的历史使命。如果要概括"80后"后的风格和影响,可能只是泡沫过后的一片虚无。他们都很年轻,创作之路正长,不被概念束缚,更可以广阔天地任遨游。(第一名:蒋峰,代表作《维以不永伤》;第二名:张悦然,代表作《樱桃之远》;第三名:孙睿,代表作:《草样年华》;第四名:郭敬明,代表作《幻城》;第五名:韩寒,代表作:《三重门》;第六名:李傻傻,代表作:《红×》;第七名:春树,代表作:《北京娃娃》;第八名:蒋方舟,代表作:《正在发育》。韩寒与白烨的谩骂、论战风波;郭敬明加入作协事件。)

第四,病痛文学。在毕淑敏的备受争议的《拯救乳房》(关于乳腺癌)之后,浙江文艺出版社出版了赵玉泓的《中国第一病》(关于乙肝),上海世纪出版集团出版了台湾作家许佑生的《晚安,忧郁》(关于抑郁症)……更多的以疾病为主题的小说和纪实作品出现,共同以疾病为背景,以患者为主人公,具有深刻的社会背景,更容易引起共鸣和关注。病痛文学将是一个长期的概念,文学作品只是一种形式,更渴望达到的,是全社会对病人的关注,共同营造没有歧视的生存环境。

四、新的嬗变与文学的价值重构

新时期文学发展到今天,文学观念已经发生了很大的变化;但这并不是终点,中国当代文学还在发展,文学观念还在嬗变。以下概念是中国当代文学观念变化和文学发展的新的动向。

一是新情爱文学。新情爱文学专为对抗"身体写作"而来,它几乎没有任何两性间的肉体描写,颇似电视剧中的韩国家庭剧。它相信真爱的力量,歌颂一生一世的牵手,试图唤起读者心中对美好爱情的向往和追求。新情爱文学也有很多感情描写,但不会注重描写感官的刺激,转而是对情感世界的净化和升华。目前比较为读者喜欢的《谈谈心恋恋爱》以及中国妇女出版社的《谁帅就爱谁》都可属于新情爱文学。席绢的作品、花衣裳创作组的作品、花雨系列图书……新情爱文学如同清风拂面,热力在明年还会持续升温。

二是青春武侠。青春武侠是个有别于金(庸)古(龙)武侠以及"温(瑞安)李(凉)黄(易)新武侠"的武侠作品创作趋势,由于没有哪一个盟主站出来发表纲领性文件或者宣言,只是凑巧类似韩寒、何员外、戴漓力等新一代都不约而同地捧出了武侠长篇,才有此一说。青春武侠只在表面称谓上沿袭了老武侠们的门户帮派之说,依然有峨眉、武当、少林,却不讲拳脚招数,不涉及暴力杀戮,不设计掉下悬崖得到秘笈终成宗师等雷同情节。青春武侠代表了一种更自由更随意的创作态度,80年代生人不再拘泥于前人的道路,他们在摸索中描画着自己的未来。

文学概念的转换,已经愈发快餐化和随意化,几乎每一本新书,都可以旗帜鲜明地自己制造出一个概念来做宣传、做招牌,不要说三天两头窜出来的诸如"青春伤痕文学"、"胸口写作"这样没有生命力的跟风概念,就连大名鼎鼎的余秋雨和周国平,在各自自传出版之际,也分别抛出"记忆文学"和"心灵自传"这样谁也说不清的概念出来,如雨过地皮湿,热闹了几天,终于不了了之。

为什么文学概念的变换会如此频繁？第一是主流阶层、国家体制对文学的控制和管理放得愈来愈开,更多地尊重文学自身的发展规律；第二是社会的开放、宽容；第三是文学走出神圣,走向大众；第四是效益、利润进入文学领域,市场机制已经开始支配文学,我们从文学概念的变换中可以窥知文学对于市场反应的灵敏程度。当然,文学概念转换的背后是文学观念的变化,而文学观念的变化才是影响文学发展的根本性的因素。

所以,对于文学概念的随意粘贴我们并不十分担心,我们所关注的是文学观念的变化,关注的是中国当代文学的价值重构。新时期文学搭乘着中国现代化、全球化的快车自身不断发生裂变,如今中国的文学概念要比当代文学前30年,甚至中国现代文学的概念丰富得多,文学的精神追求以及已经形成的品格逐渐表现出开放、自由、平等,且渐趋非自律化,在此我们且不轻率地做臧否评价。但是,我们期待的是在文学概念的转换和文学观念的嬗变中重建中国文学的精神价值,以便为中国文学的辉煌和走向世界奠定基础。

第二章　20世纪80年代的文学批评

20世纪80年代,是中国文学的全面复苏期,也是新时期文学颇有建树、颇有实绩的阶段。其中,既有大量有分量、有影响的文学作品的涌现,从而让文学占据着社会话语的中心,并有效地策应着中国的思想解放、社会变革;同时也有文学批评的有效介入,通过对新的文学运动、文学现实的思考、评价,以期构建新的文学评判标准、思想、理论、价值,从而使文学批评成为新时期文学生产、文学建设的一个不可或缺的重要方面。本章旨在以《文学评论》所进行的文学批评为例,对80年代中国文学批评的显要姿态、基本走向、责任使命、学理精神、实践经验进行探讨。

一、文学的使命与批评的责任感

20世纪80年代既是拨乱反正、思想解放、社会发生重大变革的年代,又是一个新的文化启蒙时期。文学作为从"文革"中解放出来的、仍然被视为具有意识形态属性的上层建筑,被人们在社会大变革中寄予厚望,赋予重大使命。实际上,新时期文学就是伴随着拨乱反正、思想解放的浪潮出场的,完全是思想解放运动的产物。因此,文学为思想解放、社会变革效力既是时势的需要,也是一种自觉的行为。反观历史,应该说,80年代的文学非常有社会作为,当然也十分有社会地位。文学既有来自国家权力层面的高度重视,又有广泛社会层面的推崇,文学生产蕴藏着巨大的动力,文学阅读几乎成为一种普遍的社会行为。在一种特殊的社会历史语境中,文学靠近了社会的思维中心,文学话语成为社会的流行话语、中心话语,文学活动成为国家的重要活动,譬如每年的文学评奖活动都能得到社会的广泛关注;作家成为社会人们崇拜的对象和舆论追逐的新闻人物,热衷文学的人群大量存在,全国的文学青年如雨后春笋般涌现,文学的殿堂令无数人神往。

文学的崇高地位既让文学生产者产生责任感,更让文学研究者、批评者产生极大的责任感,这才是80年代文学批评最原本的姿态。正如《文学评论》1984年第4期"编前语"提出的,"文学创作和文学批评如何敏锐地感应时代变革的浪潮,与时代共脉搏,更贴近时代和人民的要求,并满足人民群众丰富多样的审美需求？这是文学界和广大读者深切关注的问题"。这里,《文学评论》杂志作为文学研究的重要阵地,邀请文学编辑座谈文学创作和批评问题,表明了自身对当代文学责任的担当,当然同时也是向文学期刊分解文学发展责任的重要姿态和仪式。其中把这种责任提高到时代的要求和满足人民群众丰富多样的精神审美需求的高度,说明了这种担当的自觉性。文学工作者在崇高的事业中"不需扬鞭自奋蹄"的辛勤耕耘可见一斑。在《文学评论》1984年第5期邀请作家和评论家的一次专题对话中,作家、评论家们对文学创作和文学批评进行了回顾后指出:"新时期以来的文学创作和理论批评,成绩显著,欣欣向荣,如果用'空前繁荣'这样的字眼来形容,似乎也不算过分。成绩巨大,但是人们不再为此陶醉了,倒是常常在发展中找差距,从成就中寻不足,力争不断地冲上新的高度。这是改革浪潮给人们的价值观念带来的可喜变化。文艺界内外对文学评论的种种议论或不满即是一例。"从中我们感受到的是文学外部对文学的关切和文学内部的关切和责任,作为作家和批评家并没有为既有的成绩而满足和自豪,而是为自己确立了"冲上新的高度"超越目标。

事实上,文学批评的实绩不是靠崇高的感觉和豪言壮语的叫喊取得的,批评家们深知文学批评的建树需要对当代文学现实进行深入研究和深刻思考。批评家们的这一共识造就了文学批评全面介入文学实践的力度,并为文学批评的深化和卓有成效奠定了基础。从批评实践看,这一时期的批评对文学创作实际和文学发展动向的关注在中国当代文学中是前所未有的。《文学评论》首先是文学批评关注文学现实的积极倡导者,仅在1984年就先后"邀请文学编辑座谈当前文学创作问题"和举行"作家、评论家的专题对话",旨在引导文学研究、文学批评时刻关注文学现实,从文学创作的具体时态、文学生产的基本走向、文学发展的总体过程中寻找话题。在文学编辑座谈当前文学创作问题时,大家共同认识到"文学创作的势头非常活跃,长篇、中篇、短篇、报告文学,以至于散文和诗,都比几年前有所前进,而且出现了一批引人瞩目的佳作和新人"。"但是也必须看到,当前的创作还存在着不足,就是说,创作同时代和生活还有一定的距离,时代精神在我们的作品里体现得还不够,比如关于整个上层建筑的改革,党的建设等内容,在我们的作品里反映得很不够。……关于文学批评,我觉得评论应该支持作家的探索。探索就免不了不周到,甚至偏差,引起一些非议。评论家应当理解作家的追求,从整个创作来考虑问题,这样才能帮助作家,推动创作。""文学批评也同样存在问题。评论家和作家存在一段距离,评论家往往只看作家的成品,然后就这个成品来发言,而对现实生活的了解和把握不够。"在作家、评论家的专题对话中,与会者提出了一个尖锐的问题:"创作多样化,评论怎么办。"指出文学批评中"问题确实存在","作家不喜欢'粗'字号的评论"。"大家觉得作家并不害怕评论文章指出他的缺点,甚至是错误;怕的是那号简单粗暴、不怎么讲道理的货色。只要你是真正的批评,说得深刻,见解透辟,用语重些也没有关系。只要评论文章确实击中了作品的要害,哪怕不是要害的中心,一个严肃的作家会懂得如何认真对待,不至于肤浅到听不得半个不字。"如何改进文学批评,与会者指出:"文学批评要前进,就不能只是停留在创作论上,要超越一般的创作论,站在历史高度评出作品的历史哲学,谈出文艺现象的哲学,谈出作品反映的文化心理结构。"

为了真正把评论家和文学批评置入当下文学行进的具体时态中去,《文学评论》在80年代初就开辟了针对当代文学发表观点的《论坛》、《我的文学观》、《新时期文学十年研究》、《行进中的沉思》、《新作品评论》等专题栏目,并召开了"中国新时期文学十年学术讨论会"、"面向新时期第二个文学十年的思考"座谈会等,使《文学评论》话题始终贴近当下的文学实际。在这种文学的当下关怀中,评论家和文学批评对文学的一些深刻思考、独到见解纷纷呈现出来。《文学评论》1983年第4期发表了杨匡汉的《论诗美的崇高感》，文中作者发出了"呼唤史诗"的呼声，主张创造具有"崇高感"的、洪钟大吕式的诗作来充实在总体的印象上表现出调子沉郁、旋律委婉、力度孱弱的诗坛。表达的是批评家对诗歌灵魂和内在品质的感受以及对新诗未来发展的中肯意见。1984年第1期王东明的《关于文学的当代性的思考》对于当代性的深刻内涵和文学创作中如何遵循当代性进行了阐释，指出"所谓当代性，是作为一种具有整体意义的有机新的特质贯穿于作家创作的全过程的。它不仅反映在这个过程的结果——作品上，而且与全过程紧密关联"。"当代性要求作家的，首先要有一种崇高的使命感和责任感，以代时代立言的严肃态度和高度负责的精神，去从事艺术创造。""文学的当代性还要求作家要有拥抱现实的热情、直面人生的勇气和开掘生活的冷静。""当代性也要求作家具有一定的历史感。所谓历史感，就是作家在把握特定时期个别形态的社会生活时所具备的一种统摄全局的、发展的历史意识。"文中的这些建设性的思考对于作家及其创作无疑具有警示性意义。而1985年第1期陈辽、陈骏涛《社会的变革与文学观念的变革》提出，"在急剧变革的社会生活面前，我们的文学观念是不是也要有所开拓，有所变革呢"的问题，并对"文学的功能"、"现实主义"、"文学典型"等问题进行了现实性的阐释，强调了随着历史的发展，文学观念变革的必要性，理论和命题在文学实践中充实、发展的必要性。如此等等，既反映了批评家的责任感，也体现了《文学评论》伸张批评立场的学术勇气。

在此我们实际上就文学界和社会对文学的忠诚度进行了考察。通过这种考察，我们能够提出了一些问题：80年代的文学家、批评家对文学的忠诚、淳厚的情感是怎样产生的？这种忠诚、责任、使命的真实性如何？将80年代的文学现实与社会历史结合起来考量，我认识到，主要有两方面的原因造就了80年代人们对文学的信念，一是"五四"以至新中国成立以来的文学传统仍然在延续；二是文学在新时期思想解放运动中承担了重要的使命。五四新文化运动以来，文学革命一直是与社会革命联系在一起的，尤其是在抗击日本帝国主义的民族战争中，文学成为社会革命的直接参与者，文学的这种社会作为在新中国成立后得到进一步发展，

"文革"前十七年文学在某种意义上即新中国革命和建设史。80年代文学的参与者主要由三部分人群构成:从战争年代走出的作家、新中国十七年涌现的作家和80年代出现的作家。无论是哪一部分的作家,要么是革命文学传统的创造者,要么是革命文学传统的接受者,革命文学传统在他们思想上都可能保持着强大的惯性,虽然经历了"文革"的沉痛教训,大多数作家对文学与政治的关系有了深刻的反思,开始了真正文学意义上的自觉行动。然而,正因为这样,包括批评家在内的文学工作者需要用有效的作为洗清"文革"中对自己指认的是非曲直,证明自己的忠诚、选择和判断的意义和价值。文学的复杂性在于,愈是对社会政治现实有了清醒的认识,愈是难以逾越社会政治现实的语境,所以,80年代文学不可避免地参与到了社会变革的互动之中,在思想解放运动中扮演了重要角色,得到了国家权力层面的高眼相看。其中有意味的是,对于很多作家来说,其本意是要做出真正的文学建树,客观上却成就了它们的社会作为。无论如何,80年代文学工作者的成就为文学赢得了荣誉和地位,尽管这种客观的效果与主观的愿望是否完全一致需要深入考证,但是,一个年代文学发展中所蕴涵的经验还是值得总结的。

二、批评的敏感与社会及权力层面的苛求

20世纪80年代,波及全社会的思想大解放运动于文学界的最大功效是,最大限度地纾解了作家和批评家的思维,催动作家和批评家充分发挥精神上的能动性,满怀豪情地憧憬和规划文学,信心百倍地创造文学,豁达坦然地评价文学,勇敢无畏地批评文学。在一个崭新的文学的历史畅想和行进中,作家和批评家的思维呈现出异常活跃的态势,对文学的期望是激进的,对文学的批评是尖锐的,对理论的探讨是大胆的、无忌的。文学的快速行进要求文学就像蝉的蜕变一样迅速摆脱附加在身上的束缚,以使文学获得一个"自由自在"之身。作家和批评家很快从文学的外部进入到文学的内部,不但清楚地看到文学自身存在的问题,而且逐渐意识到了问题生长的外在和内在机理,于是就可能焕发出疾恶如仇的批评,

就可能产生急疗猛药式的药方。

  毫无疑问,批评家的嗅觉是灵敏的,精神是坚韧的,其中不乏钻牛角尖的执着,因而某些偏颇可能也是难免的。总体而言,80年代的文学批评是犀利的、机警的,是敢于触及问题并敢于面对诘难的。"文学是人学"是80年代文学批评追寻的一个重要话题,这也是文学理论建设无法绕开的基本命题。抹去覆盖于这一命题之上的尘埃并深入揭示出其清晰的面貌和深刻的理论蕴积,可能会为文学批评和文学理论的研究奠定重要的基础并创造新的途径和契机。与"文学是人学"问题密切相连的则是关于文学中的"人性"和"人道主义"问题,因为尽管与"文学是人学"命题一样,"人性"和"人道主义"虽然都是西方关于人的理论中的基本命题,但如果我们认可了"文学是人学"的原命题,文学中的"人性"和"人道主义"就可能是该命题自然而然的理论逻辑的延伸,这就是"人性"和"人道主义"为什么会迅速成为80年代初期文学理论和批评领域的炙手可热的探讨话题。钱中文认为,"人性,主要指共同人性而言,它和阶级性一样,是现实的人的根本特征。从社会历史文化的演化来看,人经历了大致相同的阶段,在物质生活的需求、心理、感情、审美意识等方面积累了共同的因素,并保留至今天。共同的人性也是社会现实关系的组成部分,人并不只生活在阶级关系中,除了阶级关系,还有伦理、道德、宗教等非阶级关系,它们虽然受阶级关系的制约,但并不等同于阶级关系。对人性共同形态的描写,可以从真实的、历史的、道德的要求进行评价"(《论人性共同形态描写及其评价问题》,《文学评论》1982年第6期)。刘锡诚认为,"新时期文学创作中人的主题的出现,从关注人的尊严和人格开始,后扩展到关注人的价值、人性和异化等问题,这是我国当代文学中的社会主义人道主义的全面发展"(《谈新时期文学中的人道主义问题》,《文学评论》1982年第4期)。俞建章的《论当代文学创作中人道主义潮流》(《文学评论》1981年第1期)力图在当代文学创作中找到"人道主义"理论思潮勃然涌动,或升挂起"人道主义"的旗帜,把"文革"后一些反映当代生活,较为深刻细腻地揭示现实生活中人物的思想感情以及人物之间的各种关系,形象比较丰满,歌颂了人们美好心灵,鞭挞社会现实中的丑恶灵魂的作品,指称为"人性"、"人道主义"的追求。文中反映了作者的理论敏感和学术向往,但是,作者的判断确实显示出某种程度上的简单化。因为,作为源于西方的人道主义思潮,如若在中国形成一种文学创作的潮流,肯定非一朝之功,且没有特殊的社会历史背景和条件就难以成为现实。事实证明,30年过去,中国当代文学创作中并没有真正出现大规模的人道主义潮流。只不过,作家的"人性"、"人道主义"意识、作品中的"人性"、"人道主义"表达从此则一直或明或暗地存在着、延续着。

越来越凸现在批评家们面前的敏感话题还有,如马克思主义文学理论的价值、地位、作用问题,毛泽东文艺思想与新中国文学关系的评价问题,现实主义与社会主义现实主义问题,文学批评中反继续"左"的问题,创作自由和批评自由问题,批评的方法问题,等等。

马克思主义文学理论是新中国文学发生的基本依据,甚至在20世纪中国文学中都发挥着指导性的作用。在改革开放之后新的文学现实中,马克思主义文学理论的阐释能力、发言权和指导性如何发挥,值得深入研究。在推动马克思主义文学理论的研究上,《文学评论》自1986年第4期开辟了"发展马克思主义文艺理论笔谈",《编者的话》标明其意图是:"通过这一专栏,如何发展马克思主义科学的文艺观,推动马克思主义文学理论的发展。"并指出:"本专栏值得探讨的问题很多,如何理解马克思主义文艺的基本原理,新的现实和文艺实践淘汰了哪些局部的理论,提出了哪些新的问题,理论与实践的辩证观,方法、观念和体系的继承与革新,文艺理论的开放与改革,走向世界的文艺观,等等。一些有争议的理论问题的讨论,也是其中的内容。我们鼓励而不是压制探索精神,我们也尊重各种不同的学术观点。"《文学评论》的作为为马克思主义文学理论的讨论提供了阵地和平台。洪永平在《马克思主义与文艺规律问题》(《文学评论》1986年第4期)中否定了文艺是政治经济的形式的判断,强调"文艺学也是有规律的,但这里的复杂性更大一些。其复杂性主要在于,马克思主义的创立者们是专门研究哲学、政治经济学、社会学以及部分自然科学的,在文艺理论方面他们只留下了比较分散和简短的论述,例如关于意识形态的属性,审美感觉的历史发展和艺术发展的不平衡性、现实主义、悲剧与喜剧、文艺与党的关系、与人民大众的关系,等等。这些都仍须加以整理。况且,其中许多的部分是用文艺的实例来阐发辩证唯物主义和历史唯物主义的基本原理的,相形之下,阐明文艺自身内部规律的内容就要少得多。……也正因为如此,在文艺领域发展马克思主义的任务是更为繁重的"。而同期杨春时的《论文艺的充分主体性和超越性》认为:"从马克思主义的主体性实践哲学出发,就应当承认,文艺像其他一切产品一样,对象化着人的本质力量,打上了主体性的印记。文艺的特殊本质在于,它是'自由的精神生产'的产品,体现着充分发展的人的本质力量,因而具有充分的主体性。充分的主体性必然导致充分的超越性,文艺超越现实,直接进入自由的领域。""文艺的本质,从根本上说是充分的主体性和超越性。从现实主体(现实个性)向文艺主体(艺术个性)升华,就是文艺的内部规律。无论社会历史条件如何变化,这个本质和内部规律不会变更,文艺的自由品格不会消失。社会历史条件通过现实主体来影响文艺主体,这是文艺的外部规律,它不能取消和取代文艺的本质和内部规律。"

关于毛泽东文艺思想与新中国文学关系的评价问题,批评家们首先以《在延安文艺座谈会上的讲话》(以下简称《讲话》)作为研究的起点。(1987年第4期)《文学评论》编辑部《纪念〈讲话〉发表45周年座谈会纪要》提出,"重要的问题不仅是纪念《讲话》,而是科学地研究《讲话》。首先,应当正确评价《讲话》。针对以前出现的绝对肯定和贬低《讲话》的两种意见,我们应从实践是检验真理的唯一标准出发,运用历史唯物论辩证地分析《讲话》的合理性及其历史性。……其次,《讲话》的精神尚需进一步深入研究。……再次,结合历史时代的需求和具体实际情况,坚持和继续发展《讲话》的精神和原则"。夏中义的《历史无可避讳》(《文学评论》1989年第4期)认为,"坚持文艺的政治实用功能是毛泽东文艺思想的内核",指出"文艺在政治迷宫中失落其审美性,这对文艺发展的负效应是在建国后才显得沉重的"。他把毛泽东文艺思想指导下的新中国文学理论划分为前迷失期和后迷失期,进而主张对毛泽东文艺思想进行重估,"一、对毛泽东文艺思想而言,其历史重估已被深化到了学术层次,而不像某些国粹仅仅是被'五四'运动所简单抛弃;二、对新潮文论而言,它显然唤醒了理论的独立品格或尊严意识:即文论作为一种关于文艺的科学思辨,它除了描述和揭示与对象有关的形态、规律或现象外,不应曲意承接政治订货,再去作那种奴颜媚骨式的注释、攻讦或辩解"。张炯的《毛泽东与新中国文学》(《文学评论》1989年第5期)对夏文的观点提出了批评,认为夏文"肆意曲解和贬低了毛泽东文艺思想",毛泽东不只是重视文学艺术的政治功能,"只要认真阅读《在延安文艺座谈会上的讲话》的读者,都不难看到毛泽东十分重视文学艺术的审美性。他说过,现实生活和文艺作品'虽然两者都是美,但是文艺作品中反映出来的生活却可以而应该比普通的实际生活更高,更强烈,更有集中性,更典型,更理想,因此更带普遍性'。不错,毛泽东确实强调现在世界上的文艺都从属于一定的政治,但他丝毫没有忽视文艺作品的艺术性"。张炯承认,"在新中国文学发展过程中,确有迷失审美本性的公式化概念化的文学作品,作为一种倾向甚至长期相当严重。但这并不是毛泽东文艺思想本身的'迷失',而是人们对毛泽东文艺思想庸俗理解与片面实践所产生的'迷失'"。

关于现实主义与社会主义现实主义问题,钱中文在《论当前文艺理论中的现代主义思潮》(《文学评论》1984年第1期)中,针对《崛起的诗群》等文"认为现实主义早已过时,社会主义文学非走现代主义文学的道路不可"的观点,指出,"现实主义原则已为文学史证明是个卓有成效的原则,它所建立的审美纪念碑多于其他流派的艺术品"。因此,应当提倡社会主义现实主义。

在可以理解的范围内,对以上诸类问题的探讨和批评,带有批判性意味和否定性倾向,有些时候可能是偏颇的、简单的,能够引起社会以及权力层面的关注和干预是可以想见的。这就导致了1983年清除精神污染中对"人道主义"、"人性"在文学界和理论界涌动的批判,1989年政治风波后对《文学评论》编辑倾向"自由化"的批评以及整顿。历史地看待这一过程,在当时的社会历史情境下,批评家们带着一种向往和冲动甚至偏激走进文学批评的角斗场,勇气和精神是可嘉的,理论行为上的偏差完全可以通过常态化的批评、探讨予以校正,以批评以外的办法进行干预不一定能够收到最佳效果。值得肯定的是,20世纪80年代的批评一般是率真的、直露的,鲜有明哲保身的批评;批评的锋芒毕露,目标明确,主要针对学术观点,不随意涉及个人学术之外的问题,体现出较好的批评风气。

三、历史的建构与若干基本理论的形成

20世纪80年代文学批评的一个重要贡献,就是对理论的思考、拓展和建构。怀有文学崇高感、责任感的批评家们不仅仅把眼光、视野局限于具体的文学现象、文学实践,而是以文学现象、文学实践作为起点,任思维在文学领域恣意驰骋,力求为文学批评寻觅更广阔的精神视野。与迅速发展的文学现实相适应,批评家们立足于文学理论的建设,对已有的理论进行新的梳理,对文学发展实践中蕴含的新的理论征兆、理论矿藏进行大力的开掘。正如《文学评论·当代中国文艺理论新建设》栏目"编者简短说明"表白的:"文艺理论界的辛勤探索、争鸣讨论,至今仍是方兴未艾。这正是新时期以来我国文学艺术不断繁荣发展的标志之一。永不停息的探索,目的正是为了建设具有当代精神、中国特色、足以和世界文艺思潮相对话相抗衡的社会主义文艺理论。"(《文学评论》1987年第2期)

刘再复毫无疑问是80年代在理论开拓中最执着的批评家之一。他先后提出了"人物性格的二重组合原理"和"文学的主体性"等重要的理论命题。进入20世纪80年代以后,刘再复有感于"在一段历史时期中,我们的土地上发生了种种奇异的精神现象,其中有一种就是竟然把天底下最复杂、最瑰丽的现象——人,看得那么简单,英雄像天界的神明那么高大完美,'坏蛋'像地狱中的幽灵那样阴森可怖。这种人为地把人自身贫乏化,导致了文学的贫困化,也导致了民族精神的僵化"[①]。提出"人物性格的二重组合原理"。刘再复认为:"人的行为方式千变万化,心理特征也千差万别,因此,人的性格本身是一个很复杂的系统。每个人的性格,就是一个独特的构造世界,都是自成一个独特结构的有机系统,形成这个系统的各种元素都有自己的排列方式和组合方式。但是,任何一个人,不管性格多么复杂,都是相反两极所构成的。……性格的二重组合,就是性格两极的排列组合。或者说,是性格世界中正反两大脉络对立统

[①] 刘再复:《性格二重组合论》,上海文艺出版社1987年版,第9页。

一的联系。但是性格的这二重内容都不是抽象的。它是具体的、活生生的各种性格元素构成的。这些性格元素又分别形成一组一组对立统一的联系,即形成各种不同比重、不同形式的二重组合结构。"作者强调:"人物性格构成的二重组合,作为文学创作的一种美学原理,它首先是承认'文学是人学'这样一个经典性的命题。""作为社会的人,其心灵世界是极其复杂、极其丰富的。……因此,尽管每个人的性格组合成分和组合方式有很大差别,但是,他们却有一个共同的特点,这就是他们的性格世界都是一个张力场。也就是说,都是存在着正与反、肯定与否定、积极与消极、善与恶、美与丑等两种性格力量相互对立、相互渗透、相互制约的张力场。两种力的相互冲突、因依、联结、转化,便形成人的真实性格。""人物性格的二重结构,是一个有机的整体。它既不是单一结构,凝固结构,也不是分裂结构。性格二重组合原理,一方面要求作家应当表现人物性格的丰富性、复杂性,另一方面又要求性格的整体性,即在性格的二重组合中保持一种统治的定性,一种决定性格运动方向的主导因素。"(《文学评论》1984年第2期)"人物性格的二重组合原理"是针对作家的创作实践而立论的,"文学的主体性"命题则是基于读者的鉴赏而引发的,这恰恰组成了刘再复关于文学理论建构的完整性。他在《论文学的主体性(续)》(《文学评论》1986年第2期)中指出:过去的鉴赏理论存在着两个基本缺陷,一是过分强调了艺术鉴赏的认识论性质,二是过分强调艺术的思想灌输功能,从而造成接受主体性的削弱或丧失。艺术接受的本质是把人应有的东西归还给人,使人变成完整的全面发展的人。接受主体性的实现包括两种基本途径:一是通过接受主体的自我实现机制,使欣赏者超越现实关系和现实意识,以获得心灵的解放,从而实现人的自由自觉本质(即人性的复归);二是通过接受主体的创造机制,即通过欣赏者的审美心理结构,激发欣赏者审美再创造的能动性。批评家作为艺术接受者的高级部分,它的主体性实现,必须包括三级超越:一是与一般鉴赏者一样,必须超越现实意识,把自己升华到审美境界;二是在充分理解作家的同时超越作家的意识范围,发现作家未意识到的作品的价值水平以及作品的潜在意义,并以独特的审美理想进行审美再创造;三是通过'同化'和'顺应'两种机能,超越自身固有的意识,实现批评主体结构的变革即实现自身的再创造;最后,批评从科学境界升华到艺术境界。

其他批评家也表现出了与刘再复相同的理论勇气和理论开拓精神。反思已有理论形态成为理论创造的基点。反思的目的是为了实现一次蜕变,寻求新的理论话语和理论命题,从而开拓新的理论领域。理论的反思主要体现在两个路径上,一是对新中国建立以来文学理论的审视,这其中就包括刘再复的性格二重组合原理和主体性理论,他的思维动机也出于对原理论的缺陷和不足而进行言说的。其他批评家面对问题的沉思也都呈现各异的理论光点。王春元的《现代文学理论体系的三维结构》(《文学评论》1987年第1期)指出:"从上个世纪末到本世纪八十年代,在将近一个世纪的时间里,西方文学理论和文学批评进入了极为活跃的时期,人们竞相标榜,自立门户,组建成一个个各具特性的理论流派,而各流派又党同伐异,往往以评判别的流派来界定和确立自己的体系。……现在看来,被我们运用了半个多世纪的那样一种文学理论体系,已经不能适应文学实践的需要和世界文学理论发展的内在需求了。因此,摆在我们面前的有三个课题:(一)对我们过去的那个文学理论体系究竟应该怎么认识?(二)对引进的各种文学理论我们应持何种态度,应该如何评价?(三)今后比较理想的文学理论体系又可能有怎样的设想?"作者认为,这些问题的解决,"首要的是文学观念的更新、文学理论观念的更新、文学研究观念的更新"。作者剖析了作品的构成元素,分析了文学理论体系构成中另外动态的两个重要方面:文学理论体系的历史构成和文学理论体系的反思构成,强调首先必须确认文学批评独立存在之可能性,文学批评观念的易变性是现代文学批评的重要的思想特征,现代文学批评承认文学文本的多义性和文本审美价值的可变性。"因此,我们对于文学理论体系的构成,可以归结为这样一个大的框架:逻辑构成;历史构成;反思构成"。金惠敏的《马克思主义文艺批评论纲》(《文学评论》1987年第4期)试图结合社会主义文学实践经验,拓展出马克思主义文艺批评理论的基本面貌。作者对马克思主义批评的文艺观念、阐释原则、评价原则、美学观点、美学和历史、政治—文学批评体系等重要问题进行了精细的梳理,结论认为:"艺术与社会永远具有母子般的血缘关系,文艺的阐释、评价必须结合着它所产生的社会。但是,同时也要看到它的局限:不能仅仅从认识论角度,把艺术看做现实的反映;也不能单单从历史唯物主义的角度把现实作政治化的解释,现实可以有更广大的内容,而阶级斗争不过是其中的一个重要方面。"陈学超《典型的迷惘与重建》(《文学评论》1987年第6期)对"我国文艺理论建设的重要课题和文学批评的主要武器"的典型理论进行了历史和现实的考察,指出,"典型的迷惘,一方面表现了对以往典型理论的缺陷的否定,另一方面也是一种理论上的盲目性的表现"。提出,"要使典型保持其生命的活力,就不能老将它囚禁在以往那些陈旧的、凝固的美学原则里,必须不断克服自身的理论局限,不断地调整自身的理论建构"。第一,明确艺术典型的美学范畴;第二,重视艺术典型的主体性研究。强调"我们调整和重建典型理论,就是要使它适应新的文学时代"。要求"典型向人的精神意识伸展","典型化过程中再现与表现的结合",典型塑造中注重象征隐喻手法的运用。

二是80年代的文学批评对80年代文学现实作了学理判断。新时期文学蓬勃发展,新的文学实践蕴含着许多新的话语元素,原有的理论已经不能完全概括和言说,展现新的理论思维和做出新的理论判断成为一种必然的要求。而且,这种理论思维和理论判断已经进入到了一个十分广阔的背景。宋耀良的《意识流文学东方化过程》(《文学评论》1986年第1期)考察了意识流这一文学概念在中国发生的过程,认为意识流东方化的过程分三个阶段。第一个阶段是"最初对西方意识流文学的借鉴,往往更多地着眼于技巧的模仿和搬用,这是一种横向的手法的移植"。第二个阶段是"既进入心理意识之内,又步入外部社会现实之中,将两者有机地糅合在一起,形成中国所特有的文学表现形式——心态小说"。第三个阶段"由注重表现心态进入到注重民族文化心理之中"。指证意识流在中国具有"心灵之感与自然之象的融合","情节发展与情结的开释相交织","当代意识与民族传统文化心理相贯通"的"东方化的特征"。并确认,"中国式意识流小说一经出现,便参与了当代文学当代性的改造"。促进了小说传达视角度的转换和心理时空系统的确立。陈思和《当代文学中的文化寻根意识》(《文学评论》1986年第6期)则从中国传统文化深处着眼,从理论上研究了当代文学中涌现的"文化寻根意识",指出了"文化寻根意识不但在人生态度上突破了传统模式,而且在文学创作的思维形态上也带来了最大突破","当'文化寻根意识'作为一种文学思潮产生的时候,无论它在人生态度还是思维形态上的创新,都只能以审美的形态表现出来——文学语言、文学意象、文学形式以及作家独特的创作个性"。鲁枢元的《试论文学语言的心理机制》(《文学评论》1985年第1期)回顾了原始语言与文学语言的心理发生,分析了文学家的语言与言语活动的深层心理结构、文学家的言语知觉与文学创作中的形象思维,指出,"文学创作中的形象思维活动必然是应当伴随着文学家的语言活动的,把形象思维看作是非语言思维是不对的"。金健人的《小说的时间观念》(《文学评论》1985年第2期)探讨了时间的叙事意义,分析了小说中时间的处理方式和文学作品中时间的多种层次,揭示了时间对于文学的意义,"对时间的把握向来标志着对世界的认识的深度。小说创作是人类对世界审美认识的一个方面,所以,对时间因素的处理技巧,在小说创作中日显重要"。吴秉杰《论新时期小说创作中的"假定形式"》(《文学评论》1986年第4期)提出了叙事文学中的"假定形式"概念,指出:"假定形式是相对于生活本身的形式而言。""生活本身的形式与假定形式如同光谱的两端,而抒情形式则在此两端之间滑移。……如果说,按生活本身的形式反映生活,优势在于它有一种真实的面貌,以再现生活的逼真让人信服,努力使自己笔下种种成为同类事实的典型;那么,用假定的形式反映生活,其力量便在于思想的说服力,它以一种内在潜隐的逻辑力量让人信服,使人产生超出作品事实的广泛联想。因此,假定形式便是从再现生活到虚拟生活,从要求形似到追求神似,从写实走向写意,从而形成了一种不同于神似本身形态的新的艺术概括方式。"许明的《理性的自由:文学主体意识界说》(《文学评论》1986年第5期)对文学的主体意识进行了哲学意义、审美意义上的研究,指出:"文学的主体意识,也即文学活动中的主体意识。所以,理解文学的主体意识,只有建立在对文学活动的理解上。文学活动作为一种特殊的审美活动,内中的主体意识,当然就是主体的美感意识。所以,讨论文学的主体意识,必须上升到美学。揭示文学的主体意识的内涵,也就是揭示主体美感的内涵,这两者是同质的。"作者认为,"自由的、社会主义的文学所应有的当代意识的内核,就是上述提出的主体意识——理性的自由意识。它既是作家的主体意识,也可以通过作家在作品的各个方面得到体现"。而吴兴明的《精神价值论——文艺研究的逻辑起点》(《文学评论》1987年第2期)提出的则是文艺的精神价值的命题。作者认为:"艺术不是提示认识内容的符号系统,而是一个灵魂的栖息的空间、精神生活的世界;创作不是反映旧的世界,而是建构新的世界,欣赏不是理解和旁观,而是经历和投入;批评不是外在地分析和评判,而是对自身经历的诉说。""人们把自己的生命活动投入那个世界,那就是去生活,去延伸自己的生命,实现自己的精神自由。艺术作为对现实世界的超越,召唤和呼吁着人类,它让人们的精神先行于现在这个世界,于是,精神需要得到肯定,主体人格得到高扬,心理结构得到完善。为了现实地完成自己,人们进而用完善了的心灵来包笼这个世界,从而促进现实的人的全面发展。这就是艺术的价值。"

四、多样化的追求及其延续、演化

以《文学评论》杂志呈现的批评行为为例,研究80年代文学批评的基本面貌、基本脉络和基本精神,应该说,大体能够反映20世纪80年代中国文学批评的基本样态。因为《文学评论》作为批评界最有影响的刊物之一,荟萃了80年代一大批最有力度的文学批评成果,它们展露了那个年代文学批评的锋芒,代表了80年代文学批评的整体形象。

我们认为,80年代的文学批评既成了突出的成就,具体表现为,既有重大的理论建构,又有大量的具体理论问题、具体作家作品、文学现象、文学思潮等多样化的研究、探讨;既有严肃的学理性的逻辑论证,又有论坛式的、讨论式的辩难、争鸣,特别是相伴其中的批评与反批评更能显示出文学批评的品性和精神,且文风也多样、活泼。这些都是80年代文学批评呈现的特有景象。

关于若干重要理论的建构,前面已经论述。这里仅就80年代文学批评多样化的追求及其延续、演化再进行回溯。

第一,文学批评中的多种声音。可以这样认为,80年代文学批评界从业者的批评姿态是平等的,发话(话语权)的机会是均等的,批评的总体氛围也是正常的。既可以批评,也可以反批评,话语和笔锋基本局限于理论、学术、问题讨论的范围,不涉及个人问题,不存在因批评和反批评而引发(诉讼)的笔墨官司。所以在《文学评论》上出现了对刘再复"人物性格二重组合论"和"主体性理论"比较尖锐、集中的批评,钱中文对徐敬亚《崛起的诗群》及文艺理论中现代主义思潮的批评,以及众多的批评和反批评。在这些批评中,批评家们的胸怀是坦荡的,其中只有学术的见解,没有世俗的功利是非;批评家的思维是冷静的,笔锋是犀利的,而字里行间却是平静的。譬如钱中文在批评中体现的立场非常明确:"有人嘲弄、取消现实主义的那些做法,我不同意,这并不是说我只主张一种创作原则。我主张创作原则(方法)多样化。"(《文学评论》1984年第1期)这里没有模棱两可、含混不清的表达,有的是态度的鲜明,磊落光明的批评品格。

第二,批评话语的多样化。批评在伴随文学实践发展的进程中表现出对多重话题的关注。理论问题是其中的一重。理论问题既是文学事业发展的基本问题,更是文学批评进步的根本问题。因此,批评关注理论问题是应有之义。在对理论问题关注中,对重大理论问题的探索是80年代文学批评的显著特征。如前所述,仅就《文学评论》所刊发的批评文章而言,这一时期文学批评所涉及的理论话题几乎涵盖了文学理论所有的重大问题,这说明,批评界对文学理论的众多基本问题进行了一轮历史性的重新审视,这也成为了理论重建的一个必备程序。除却对重大理论问题的执着追寻,批评家们还把他们的触角伸展到理论领域的细微之处,试图结合文学实际,在对理论进行宏观把握的同时达到对理论的微观把握。譬如徐侗的《试论幽默》(《文学评论》1984年第2期)主要就幽默的属性、范畴和艺术形式、表现手法进行了探讨;纪众的《外观描写琐谈》(《文学评论》1984年第2期)则集中对文学作品中的外观描写技巧进行了研究;时汉人的《高晓声与"鲁迅风"》(《文学评论》1984年第4期)梳理了高晓声创作与鲁迅作品精神上的联系;还有《小说的时间观念》、《小说节奏论》、《小说"写意"手法枝谈》(《文学评论》1985年第2期),《"变形"艺术规律探索》(《文学评论》1985年第3期),《形象思维的语符化过程——作家的文学思维》(《文学评论》1987年第6期),《潜感觉论》(《文学评论》1988年第2期)、《语言问题与文学研究的拓展》(《文学评论》1988年第1期)等等,均深入到了文学理论中的具体细节问题,当然也是对文学批评中重大理论表达的某种超越。理论关注的第二重是对作家作品的研究。对于古代和现代作家作品的评论暂且不论,批评界对正在进行时的当代作家作品的批评最能体现批评的锐气和理论的维度,因为理论的潮涌总是与文学的最新发展动态紧密相连。在《文学评论》整个80年代开展的批评中,对当代文学的评论、研究所占的分量最重,这些研究主要分具体作家作品的评析、批评,文学创作成绩和问题的检讨,文学创作、文学发展的动态走向等几类,其中呈现的突出特点是,作家作品研究不再严格恪守原有的理论套路和批评原则,譬如现实主义原则、浪漫主义技巧、社会历史分析的方法等,而是力求在新文学实践和现实语境中确立新的批评话语,创造新的批评资源。尤其值得注意的是,有些批评家开始运用西方的理论、方法进行当代作家作品批评,譬如颜纯钧的《张承志和他的地理学文学》(《文学评论》1987年第1期)、苏丁的《近年来小说中三种人生主题比较——兼论中西方文化在当代文坛的冲突》(《文学评论》1987年第3期)、任洪渊的《当代诗潮:对西方现代主义与东方古典诗学的双重超越》(《文学评论》1988年第5期)等。原则、方法的改变自然带来了批评面貌的变化,批评主要关注作家的精神世界、创作状态和作品文本自身的蕴积,这是文学回归自身、回归文学内部的一种路径。第三重是对文学思潮的研究。主动、自觉地徜徉于文学行进的行列,从文学实践中提炼、升华理论,是文学批评、文学研究有所作为的重要方式。《文学评论》在对当代文学思潮批评中颇下功夫,在《新时期文学十年研究》、《论坛》、《我的文学观》等栏目中,为批评家们提供讨论的空间,对"伤痕文学"、"朦胧诗"、"知青文学"、"寻根文学"、"新潮小说"、"先锋文学"以及"意识流"、"蒙太奇"等文学思潮和动态,都进行了有力度、有深度、有覆盖面的研究,在应有的条件下引领了文学发展的进程。

  第三,文学批评的一个重大变化——"文体革命"。"八十年代,我国文学批评与文学理论发生了一场重大的文体革命。""文体一是指外在的表层的语言秩序;二是指这种语言秩序所负载、所蕴含的深层的思维格式,即思维方式、论述方式和批评风格等。因此,批评文体实际上是指批评语言体式、思维方式和批评风格融合而成的批评文本结构。对批评文体的把握，就是对文学批评本体的把握。""八十年代我国文学批评界所进行的文体革命包括两项内容：一项是在很大程度上改变了文学批评的语言符号系统，开辟了新的概念范畴体系；另一项是改变基本思维格式。这种思维格式包括思维结构、思维方式和批评的基本思路等。"[1]文体革命经历了三个阶段：第一阶段是配合政治上的拨乱反正，重新审视旧文艺理论体系的有关命题；第二个阶段是引进西方文学批评思潮和方法，以寻求文艺理论的新突破；第三个阶段是把理论的触角深入到文艺学的哲学基点的层次，开始注意批评的主体意识，并尝试建构新的文艺理论框架和文艺新学科系统，相应地，批评文体意识和理论文体意识进一步觉醒。

1989年春夏之交的政治风波引发了对《文学评论》的批评思想、批评方向的清理和整顿，这是对《文学评论》原有批评思路的一个重要校正。毫无疑问，经历了这样一个重大的历史事件，《文学评论》的批评思想、批评策略、包括批评技巧需要有一个重要的调整。但是，我们看到，文学批评并没有走向自闭，在与历史同步的发展中仍然走向开放、多元、多样。这是一种走向开放的中国之文学理论的必由之路。正如钱中文在《主导·多样·鉴别·创新》(《文学评论》1992年第3期)指出的，"十年改革开放，给我国文学理论的发展带来了活力"。他认为其中一个重要的表现就是多样化。"所谓多样，就是在主导思想指导下，要看到文学理论的形态是多样的。一是有各种各样的文学理论。""二是文学理论问题本身也是多样的，它们的内涵各不相同。""文学作品现象十分丰富，并且文学的发展富于动态性、实验性。""这样，我们的文学理论既有主导特色，又汲取了不同理论的长处，成为一种丰富、深化、创新、发展的文学理论，而不是停滞不前的文学理论。"

---

[1] 刘再复：《论八十年代文学批评的文体革命》，载《文学评论》1989年第1期。

第三章 当代文学的历史视野和哲学视野

文学进入了当代真是多事之秋,当代文学实在是一个多义的话题。你说文学边缘化了,却有许多人拿文学说事;你说文学萧条,每年却有一千部以上的长篇小说问世,难以计数的短篇小说、散文、诗歌、报告文学、随笔、小品文等更不在话下(还不说每年一万二千多集、三百多部的电视、电影生产)。与文学史上任何一个时代相比,特别是与新中国成立以来的其他时期相比,不能说文学的生产不繁荣,也不能说文学所带来的利润和"剩余价值"不丰厚。只不过,"繁荣"的文学可能不再神圣,人们对"繁荣"的文学不再崇敬。为什么会存在这样的反差和悖论?除了文学的生产扩大之后文学不再成为"文革"期间的稀缺资源之外,可能的解释只能是文学失却了应有的高度和深度,文学已经沦落成为市场经济中的普通消费品,不再让人惊奇和感动。

一、文学的深度和高度是怎样确立的

一般而言,文学的深度和高度是由作家的思维高度、胸襟宽度、视野广度和作品内涵的丰富性、阐释的多义性、审美的永久性(不间断性)而造就的。这一判断包含的两个须臾不可分离的相关义项中,作家的思维高度、胸襟宽度、视野广度毫无疑问决定着作品内涵的丰富性、阐释的多义性、审美的永久性,作品内涵的丰富性、阐释的多义性、审美的永久性反映着作家的思维高度、胸襟宽度、视野广度。实际上，作家的思维高度、胸襟宽度、视野广度是一个超级标准，并不是所有的作家都能完全达到，甚至部分达到；相应地，无论哪个时代，并不是所有的文学作品都能成为具有内涵丰富性、阐释多义性、审美永久性的经典。但是，从升华文学史和构建文学盛典的宏观高度要求，需要文学家达到这样的境界。而古今中外文学史上不朽的经典作品都是作家思维高度、胸襟宽度、视野广度的三维空间中智慧和灵性的凝结。无论是屈原的《离骚》，司马迁的《史记》，曹操、李白、杜甫、白居易等的诗作，曹雪芹的《红楼梦》，吴承恩的《西游记》，鲁迅的《阿Q正传》《狂人日记》，还是莎士比亚的《罗密欧与朱丽叶》，巴尔扎克的《人间喜剧》，雨果的《巴黎圣母院》，托尔斯泰的《战争与和平》，泰戈尔的《草叶集》等，无不是这一判断的典型标本。

　　作家的思维高度、胸襟宽度、视野广度是怎样形成的？如果我们站在文学史的高度和思想史的深度考量，这与作家的历史视野和哲学视野有关，当然也与作家的世界观、价值观有关。所谓的历史视野和哲学视野，就是考察问题的眼光、角度和方法，实际上强调的是用历史学家的冷静和客观历史地、纵深地考察现实和当下人们的生活，用哲学家的睿智和敏捷入木三分地透视现实的矛盾和问题，揭示生活的哲理。这一要求也许过于苛刻，但文学是人学，是对人类社会生活的高度地、集中地观照，而人是复杂的，人类生活是纷繁的，无论是人的发展还是人类生活的展现，既是线性的历史性的轨迹，又是横断的共时性的展图，因此，文学对于人的现实生活的形象性表达应该是一个具有高超技术性、策略性和艺术性的技能。可以毫不避讳地说，人类的生活既有委琐、罪恶，又有可以成为史诗的壮举，既有悲凉和凄苦，又有值得仰天长笑的欢歌，当然还有个性的特殊和共性的雷同，文学如果简单地、粗糙地、原封不动地把生活的片段和某些内容照搬给人们，那无异于蹩脚的人们生活经历的讲述者和代言人。文学既不是实录生活，也不是转达生活，文学是生动地表达人类生活的一门艺术，毫无疑问，文学不仅具有娱乐性，更具有认识价值，人们可以通过文学看到人类生活的是是非非、真善美和假恶丑，从而达到对人类前进步伐的鞭策和激励。饱含着重要认识价值内涵的文学肯定需要作家对历史、对现实、对人类复杂纷繁的社会生活作出判断，而这种判断是主观的还是客观的、是深刻的还是肤浅的甚至是片面的,则完全取决于作家考察问题的眼光、角度、方法和对历史与现实的穿透力,说到底就是作家自己对历史和现实的认识能力。

作家的认识能力是需要高度的,即历史学家的冷静和客观、哲学家的睿智和敏捷,这是伟大作家的必备品质。历史学家、哲学家观察和思考问题既注重一时一事,又不被一时一事所遮蔽,他们以冷静、客观、深邃的态度和眼光看到的是全面的、发展的、本质性的东西,是浮现于历史长河之中的规律,是潜藏于现实纷繁复杂物象背后的哲理,不以人的某些丑恶而泯灭善良,不以历史中的曲折而丧失信心,以微观的思维关注生活,以宏观的眼光善待历史。这就是历史的视野和哲学的视野。当然,我们提出作家要有历史学家的冷静和客观、哲学家的睿智和敏捷,绝不是忽视作家情感的丰富性和细腻性,因为情感是文学表达的关键性要素,失去了丰富情感的注入,文学可能会趋同于历史或哲学作品。我们想强调的是,作家在丰富情感中注入冷静和客观,在观察生活时增加些睿智和敏捷,让感性和理性达到高度的统一。

二、当下文学的历史视野

不能不承认,当下文学处在一个超量生产的时期。一方面是传统意义上的文学作品批量生产,如长中短篇小说、诗歌、散文、报告文学、随笔、小品文等;一方面是泛文学或类文学作品大量涌现,如电视剧、动漫、网络文学、广告词等现代意义的审美消遣产品。尽管各文类品种的发行量和销售额可能有巨大的差别,但似乎并没有从根本上影响各自的生产动力,譬如即使纯文学的杂志发行量和传统意义上的文学消费在多年锐减的底线上一直没有多少起色,但文学的创作量和作家的绝对数量却有增无减。可以做出判断的是,在一个超量生产、类似于经济危机的"文学危机"时代,却没有出现足以让人们认可和信赖的"高精端"的文学作品,这可能一直是当下文学的不弃之痛。

当然,当下的文学之痛主要应该来源于文学自身。因为无论现实因素如何牵制、感染文学,如若文学自身身强力壮、有足够的自持力,文学就不会被撼倒,仍然可以表现出不凡的作为。考察新时期以来中国文学的视界和作为,我们完全可以为当下的文学之痛找到病因。20世纪70年代末至80年代初,在历史的拨乱反正中新时期文学启动了崭新的步履。应该说,伤痕文学、反思文学、知青文学、包括寻根文学等基本站到了当时的历史视点上,因为这些文学总体上发端于对历史的反思和叩问,作家已经脱离了历史发生的现实情境,完全可以比较超脱地、清醒地站在时代高处俯瞰历史,因而能够相对自由、充裕地选择视角。对于作家而言,无论是表达一代人、一个民族的痛苦经历还是一个人的梦魇般的过程,都可能不再仅仅囿于一时的个人感受,而是与社会历史的总体脉络相连接。寻根文学的历史视点更明晰一些,因为它的立足点在于对历史纵深处的勘察。

但到了拿改革说事的改革文学已经很难站在应有的历史视点。因为改革大潮的蓬勃涌动的确催人兴奋,但改革为现实提供的话语标准并不是成体系的、统一的,作家是站在潮头还是站在潮尾方是最佳位置、最佳视角,作家和文学的判断能否准确把握改革大潮的内在动力和运动方向,其中存在着很大问题。事实上,改革文学很多情况下只能是就事论事地对改革的热闹场景和过程进行描述和烘托,就社会现实效应上起到了文学策应社会改革的作用。

20世纪90年代,中国社会明确提出建立社会主义市场经济的目标。市场机制开始在中国社会生活的各个领域广泛发挥作用。同时,中国的发展以及进一步融入世界,使中国社会日益繁荣,物质日益丰富,消费和满足消费成为现代生活最显著的特征,物欲让世界膨胀。在生活就是一种感觉,幸福就是一种感觉,甚至健康就是一种感觉的口号倡导下,我们便全面进入感觉主义时代。似乎就是在这个感觉主义的意念下,我们正在全面构建一个可感的世界。现代科技的发展推动世界进入读图时代,声像构造成为现代社会最为突出的文化景观。现代化似乎就是各类图像的拼排。日常生活审美化则使声像构造成为现代社会的合理化需求。而市场化则使我们生活中的一切都将被纳入市场的规则之中,并且都存在着升值的机会。无疑,文学没理由也不可能逃脱市场的游戏规则。生活被消费、金钱、物流、声色、图像缠绕,人们的思想已经难以进入理性,历史感、深度、广度等逐渐从我们的思维中流失,作为人类精神现实的文学准确无误地体现了当下的社会现实。新写实小说使文学走进鸡毛蒜皮时代,而先锋文学则主要让文学进行形式上的探索和实验,在认知和历史性思考上并不追求突破。新历史小说更是无历史可言,完全是对历史的解构,而调侃文学(痞子文学)不但不再讲究历史规则,即使现实规则也完全颠覆,在这些作家锁定的视阈,大有顺我者昌,逆我者亡的精神。文学真正被现实的凌乱给肢解活剥了,作家开始对历史失忆,只见树木不见森林,当下的"丰富图景"让作家流连忘返,回归历史成了空话,不少文学作品成了现实乱象的图片展览或冗繁话语的连接,稍作浏览倒也生些刺激,细作品味则可能出现思维空白。且不说那些小报作家、流行作家、通俗作家们批发给市场的消费作品,即使像贾平凹这样被认为有文化积淀、有历史深度和厚度的严肃作家,也令人匪夷所思地构筑了一个足以让我们拍案的《废都》,从而彻底展示了严肃文学轻易不露的视野。

《废都》给历史和文学带来了什么?庄之蝶作为一个特定身份、特定符码的作家,似乎在消费社会完全丧失了精神的维度,他的生活已经不是文学活动,不是在精神运动中消耗脑力,而是沉湎于几个女色之间开展物理运动,消耗性和体力。有意思的是,庄之蝶俨然成了消费社会(现实社会)的产物,已经不会严肃思考和严肃对待历史,所以面对自己以法定婚姻制度形成的夫人却提不起精神,而对于非婚女人则"性"致勃勃,就像现代人在家里、在单位索然无趣,到了餐馆和商场则兴趣盎然。作家完全被现实"废"了。庄之蝶既迈不上历史的视点,又难以深入地洞察现实,在性消费中游弋成为不可舍弃的选择。

还有颇负盛名的刘震云的《一地鸡毛》、《手机》和池莉的《烦恼人生》、《来来往往》等。刘震云、池莉是当代作家中比较有才气的作家,应该说,他们对现实都有相当敏锐的感知。但是,他们的感知似乎都是同一个时空都市喧闹场景的同一个感知,既没有历时性的起伏,也没有共时性的不同场景、不同生活状态的特殊性。《一地鸡毛》中现代都市小职员的处境和冗繁生活与《烦恼人生》中都市世俗的婚姻、家庭生活都是一个"烦"字,从本质上没有什么区别;而《来来往往》中现代市场财运亨通的老板康伟业与现代女性林珠、时雨蒙的感情游戏和肉体摩擦,与《手机》中现代都市文化人的貌似体面正经实则男盗女娼的生活从本质上也没有什么两样,感性浮现于作品的语言和文本中,理性和深度则是难以窥视的元素。由此我们不难理解,作家居于相同或相似的场景之中,站在同一个视界点上,对现实生活的感受和理解就可能是相同或相似的,甚或是浅层的、单向的。设若作家变换一下生活场域,或者勇敢地变换一下焦距和视点,把现实图景拉远一些或者换一个侧面观察,放在既往与将来不断流动的历史时空中,也许会产生更多的联想和更深的理解。

三、文学的哲学思考

文学虽然不是哲学作品,不是思想史,但是文学也是人类的精神产品,是人类的社会实践活动见之于思维活动的产物。因此,文学中所蕴涵的思想和精神一直是文学的灵魂。"好作品的'根'是哲学性理解而不是观念。""哲学性理解之所以不是一个简单观念,是因为任何观念都可以抽离出这个艺术形式,换一种艺术形式和内容去表达,而哲学性理解之所以是'根',是因为换一种艺术形式和创作方法,就已经不是原来的'根'。"①所谓的哲学理解,实际上是作家对历史和现实哲学思考的结果。丰富多彩的人类历史和现实生活内容毫无疑问是作家的创作资源,当然也是文学作品的构成元素。但作家必须善于感悟和发现其中的理性脉络、原发意义和后承价值,并匠心独运地用自己的形象思维和文学语境把它们贯穿起来,成为一种历史和现实的必然逻辑,让世人从中受到启示、教益和顿悟。我们习惯于把伟大的作家称作伟大的思想家,就是因为他们的作品中蕴涵着深刻的思想内涵和伟大的人文精神。无论是叙事文学,还是抒情文学,既不可能是简单地构筑一些情节,讲述一些故事,也不可能是空洞地抒发一些闲情,都可能与人类的命运、人类发展的历史和人类拼搏奋斗的精神紧密地联系在一起。弗利德利希·希勒格尔认为:

---

① 吴炫:《什么是真正的好作品》,载《文艺争鸣》2007年第5期。

"在记忆所构成的背景中,较为崇高的形象十分突出,遮蔽了许多无意义的和丑陋的东西。然而一位真正的诗人却有能力去征服具有这类性质的种种困难;他的职责就是使日常生活中的平凡事件发出光辉,赋予它们以一个较高的价值、一个较深的涵义。""真正的诗人体现他自己的年代,也在刻画以往的年代时多少体现自己。"①否则,文学就难以承载起文学的声名。

巴尔扎克指出:"作家的法则,作家所以成为作家,作家(我不怕这样说)能够与政治家分庭抗礼,或者比政治家还要杰出的法则,就是由于他对人类事务的某种抉择,由于他对一些原则的绝对忠诚。"②检视当下中国文学,其行为系统的偏向不可避免导致思想和精神的失重。自20世纪90年代以来,文学透视社会历史的兴趣越来越淡漠,与时代同行的勇气不断萎缩,不愿意对社会重大历史问题进行深度思考并寻求超越,逃避时代主旋律和舍弃重大主题成为文学家的共同选择。于是,文学失去了应有的想象力、创造力,文学的思想愈来愈空洞和贫乏,文学精神进一步孱弱和萎靡,文学的思维体系和表达体系不但表现不出社会哲学的鲜明品格,而且越来越难以体现出生活哲学、人生哲学的必备品质。如果说90年代初的文学已经显露出疏远社会历史的倾向,那么王朔的"痞子文学"的出场彻底颠覆了文学的思维逻辑和表达体系,文学游离中心,文学自贬自戕,不但不再崇高,而且流俗并落入风尘,甚至成为泼妇大开骂戒,"我是流氓我怕谁",文学靠撒泼制造轰动、吸引读者,恰恰说明文学实在是缺乏思想,缺乏灵魂。自此以后,文学似乎已经正经不起来了,首先是作家已经不再把文学作为神圣的事业,文学再也不能承受自律、崇高和审美等使命的如此之重。由于思想也烦,生活也烦,现实中似乎已经没有多少有价值的东西值得文学表达,文学仅仅撷取一些无关痛痒的琐事逗你玩儿。其次,大众对文学则是"哀其不幸,怒其不争",在期待、失望中疏远文学。面对文学的窘境,文学自身并没有真正地振作起来,没有着力构筑自己的精神之塔和价值体系,反而在自虐的道路上越走越远。为了让人

---

① 伍蠡甫:《西方文论选》,上海译文出版社1984年版,第326页。
② 伍蠡甫:《西方文论选》,上海译文出版社1984年版,第169页。

们看文学一眼,文学撕下了最后的遮羞布,所谓的美女作家(包括美男作家)玩起了下半身写作和身体写作,虽然一时轰动,但并不能给当下文学积累什么有价值的资源,只能成为人们一时的笑谈和鄙视文学的依据。至此,文学彻底堕落,精神彻底溃塌。

进入新世纪以来,文学界似有精神上的觉醒,但文学的作为并没有彻底的改观。以2005年的文学为例,这一年文学创作应该说成绩不凡,林白的《妇女闲聊录》、贾平凹的《秦腔》、毕飞宇的《平原》、阿来的《空山》、范小青的《女同志》、东西的《后悔录》、余华的《兄弟》、王安忆的《遍地枭雄》等集体亮相,作家们试图回归到历史和现实之中,并以自己的审视力、想象力挖掘时代的精神价值。但"由于精神的幅宽有限,某种观照现世的复合性眼光,以及与悖谬世界相抗衡的复调思维尚未形成。尽管作家们受过先锋写作的技巧训练,但是精神格局的促迫使其在与'真实'相遇时,要么服从既有的社会结论,要么服从自己无力的异想天开,那种由自由意识所驱遣的游戏精神总是难以萌生"①。文学的豁达与优裕没有显现,而那种超拔境界——圣贤气象更是远没有到来。作家熊召政有感于当下文学的现状指出:"相比于时代,我们的文学显得有些滞后。虽然,我们已经创造了一些格调高雅品质浑厚的作品,但相比于狂飙突进多姿多彩的时代,文学的声音尚未达到黄钟大吕的效果。就我的阅读经验,衡量盛世文学的标准,应该感情充沛却绝无矫揉造作;虽有儿女情长却更具英雄气概。大凡一个气势雄健的时代,文学的园林里绝不可能是一片窃窃私语。脂粉气、浅笑与哀愁,不可能成为文学的主流。""精神气象是衡量盛世的重要标准,文学恰恰就是一个民族的精神气象的具体体现。文学不可能像政治与经济那样直接作用于社会,培植国力,但增强民族的凝聚力,却是文学不可或缺的功能。"②因此,"文学在今天,完全可以提出这样的话题:文学,更应该关注当代社会生活现实和经济、文化的发展动势,更应该开掘社会诸多方面的主流倾向、价值意识,也更应该多层次、多

---

① 李静:《2005年文学的面孔》,载2006年1月13日《新京报》。
② 《华夏呼唤盛世史诗——三作家谈文学的时代抉择》,载2007年8月24日《人民日报》。

侧面、多样性地揭示社会与人性的这一庞大的'桶状物',在社会文化内里不断勘探、在人性深处持续爆破,将真善美、假恶丑历史地和审美地熔铸成形态更具前倾张力、更具清新跃动的文学。文学,应是具有自律性的审美范式,应对社会文化乃至社会总体的发展释放自己的驱动力量,从而成为社会历史的美的表述和人性流变的美的揭示"[①]。只有这样,文学才能真正具有厚度和分量,才能有伟岸的身躯和闪亮的形象,才能实现中国文学的真正崛起。

---

① 方伟:《论文学的根基与走向》,载2004年10月14日《光明日报》。

第四章 文学的本真问题

中国当代文学的概念自使用以来已经经历了50多年的历史。50多年来,当代文学有过炫目,有过暗淡,有过多的褒扬,也有太多的争议。探究其原因,大概在于附加在中国当代文学身上虚妄的东西太多。就改革开放以后的新时期文学而论,应该说,新时期文学是中国当代文学发展的重要转型,在成长过程中应该摆脱此前当代文学身上的虚妄因素,但是,从实际看情况并没有根本的改观。于是,我们有理由相信,中国当代文学意义和价值上的真正突破,只有全面回归文学的本真。

一、关于文学的本真

这里提出文学的本真,或许会有人以为笔者生造新概念。其实不然。所谓文学的本真,笔者认为就是文学的原本形态、真实自我,或者简称为真我。

什么是文学的原本形态?我们有必要从人类的原始记忆考察文学。众所周知,文学是人类形象思维的产物,这就意味着文学产生是与人类的所观、所感、所思密切相连。我们不能否认文学发展到成熟形态之后与人类复杂思维的关联性,但人类早期的文学作品的原始、粗糙、质朴是不难想象的。因此,无论是人类学家、历史学家还是文学史家都得出了基本一致的结论,早期人类生存的呐喊、劳动号子等等可能就是人类原始形态的文学作品。不管人类早期的文学作品多么原始、粗糙、质朴,或者存在于人类的口头,或者表现为人们的行为,甚或存在于人们思维刹那的闪现,但它是人类生存实践的真实感受、真实再现、真实表达,是人类文学艺术的原生态,具有无限的真实性。即使文字符号产生之后,文字形态的文学形成,文学所体现的人类的生存实践、真情实感仍然几近原汁原味,非常接近原生态。应该说,无论文学呈现为何种形态,感染力是文学的本质属性和魅力所在。

以我国文学史上第一部真正意义上的文字文学作品《诗经》为例。《诗经》中的许多作品均采自于民间,因此,作品表现出当时中华大地各地劳动民众生存的原生态,表露的是下层人民的真情实感,内容朴实,语言平白,喻体浅显朴素,形式单纯,绝少雕琢修饰痕迹,但《诗经》却如原醪醇正甘美,沁人心脾,引发人们原生态的感受和审美意蕴。再如屈原的《离骚》,以香草喻美人,比物言志,虽反复铺排,但所言之物皆可观可感可言之物,真实可现,比比可述,人人能解其旨,真切地表达了屈原矢志报国、九死不悔的复杂思想和顽强心志,能够产生的审美旨趣详实、旷阔、深邃、隽永。应该说是屈原铺排的具体物象而不是辞藻编缀成了《离骚》美轮美奂的审美花环,而作品中的真实物象使屈原不可感的精神感受具象化。

中国文学批评史上历来拒绝对文学作品虚妄地修饰、雕琢,所谓的"清水出芙蓉,天然去雕饰",强调的就是文学的原本形态。中国文学史上优秀的文学作品和文学形式一概遵循了这一原则。譬如唐诗宋词都反对雕琢、堆砌、过分用典、艰涩拗口,而李白的"君不见,黄河之水天上来,东流到海不复回",写黄河顺流而下,完全自然之态,毫无雕琢。杜甫的"好雨知时节,当春乃发生;随风潜入夜,润物细无声",言春的悄然而至;"无边落木萧萧下,不尽长江滚滚来",表秋的萧瑟迅疾,亦是极近于自然的生动描摹;而"朱门酒肉臭,路有冻死骨"则直指社会的黑暗,毫无遮蔽和掩饰。苏轼的"大江东去,浪淘尽,千古风流人物"是对历史、人生的真实、本质性的抒写。他们创造了文学的原本形态,同时也成就了中国的文学。

文学的原本形态表现为:(1)作者真诚、非功利化的创作动机。对于文学的生产来说,作者的创作动机对文学作品的质量、规格、内涵、面貌等无疑是至关重要的。作者创作态度真诚,作品形成的品格自然真诚、坦然,浩浩乎存天地之正气;反之,作者创作态度太多虚妄、过于功利化,作品的品格很难纯正,很难具有深厚的原发的感染力。(2)真切的感受(思想、情感)。文学作品所蕴藏的思想、情感是其审美价值的基本构成要素,也是作品产生感染力的基本要素。但是,文学作品包含的思想、情感应该是真切的,而不是虚假的或者不符合日常生活逻辑的,虚假的或者不符合日常生活逻辑的思想、情感必然丧失文学的原本面貌,因而不可能产生恒久的感染力。从文学创作的路图寻索,文学作品所蕴涵的思想、情感首先是作家自己的感受,因此,作品的思想世界、情感世界真切与否,说到底还是看作家的思想、情感是否真切。(3)本真的内容。本真的内容并非要求文学作品完全真实地、滴水不漏地记录生活,而是指文学作品表达的内容符合人类的本质规律,人性化、感性化,能够让更多的人从文学作品的内容中感受到自我,寻找体味到人类本真的东西。(4)本真的语言。本真的语言实际上就是符合文学作品真切的感受、本真内容表达的语言,这种语言是一种多样化的、来自于社会生活原生态的、能够满足作品多种表达的、较少雕琢修饰的语言。(5)本真的形式。一般来说,内容决定形式,本真的内容必然要求本真的形式。毫无疑问,有效的形式对文学作品的表达能够起到重要作用。因此,文学作品对形式的重视是必要的。但是,什么样的形式对文学作品是最有效的则是值得研究的。实际上,文学的本真就是要求文学在原本形态下自然而然地向人们传达本真的思想、情感,让人们加深对生活的体味、感悟、思索,让人们在审美中增强对生活的向往和期待。为了这个目标,文学有必要更多地追求自然的本真,让文学的形式成为人们进入文学的更便利的途径,没必要过分讲究,让人们在文学面前无所适从,望而却步。

二、关于当代文学的失真问题

中国当代文学当然是在世界和中国的大背景下产生的。20世纪的世界发生了太大的变化。两次世界大战毁灭了数以亿计的人的生命,让人类经历了梦魇般的岁月,世界秩序由此发生了根本性的改变。进入20世纪下半叶,全球的发展出现奇迹,新技术革命、现代化的浪潮席卷各国,全球化、一体化更是势不可挡,世界秩序继续发生深刻变化。1949年,中国新民主主义革命胜利,新中国诞生,国家体制和社会秩序发生根本变化,中华民族进入了全新的时代。1978年以后,中国实行改革开放,中国进入经济和社会发展的新时期,并开始了向现代化迈进和走向世界的历史进程。

20世纪世界和中国的巨大变动给人们的物质生活和精神生活带来的最大改变是,一方面,物质的极大丰富让人们由来已久的夙愿和梦想变成了现实,譬如飞机的上天、卫星的巡天,人类登上其他星球,电的普及以及对人类生活的改变等,没有理由不让人们兴奋、亢奋甚至忘乎所以,于是乎人类俨然是世界甚或宇宙的上帝、主宰,世界的一切似乎都不在人类的话下,自然的、非自然的、物我皆要掌握在肱股之间,人类的自大达到了难以抑制的程度。另一方面,现实的变化超出了人们的想象,就像刘姥姥进了大观园,并没有充分的思想和心理准备,物质的丰富让人们眼花缭乱,世界的变化让人们心神不定,原有的心理定势被打破,梦醒之后一片懵懂,甚至周围世界是否真实即难以界定,于是人们就很难走进理性世界。

中国当代文学就是在这种情景下发生发展的。我们说文学是一个时代人类经历的历史记忆,这样的历史背景造就的中国当代文学的失真是不难理解的。

当然,我们说当代文学的失真是一种整体倾向、整体水平上的失真,不是指某一个体的失真。叩问已有50多年历史的中国当代文学,为什么轰轰烈烈、热热闹闹却产生不了类似于《红楼梦》、《三国演义》、《水浒传》和在世界上产生影响的作品,甚至不能取得像中国现代文学史上那样的成就,除了本文不便言说的其他原因之外,其中一个十分重要的原因就是文学在某种程度上丧失了自己的本真。

首先是作家的失真。所谓作家,说到底就是专门从事文学营生的创作家。作家是一种职业,是一种从事精神生产的职业,创作文学作品是作家的职业目的。文学作品虽然不能完全等同于物质产品,完全听从于市场规律的摆布,但是,文学(包括其他艺术产品)毫无疑问也应该有自己的市场,有进入市场需要遵从的规则,对于一般的文学作品,完全可以进入市场听从于市场的选择,对于重要的有分量作品,如果市场选择机制失灵的话,国家可以采取购买等方式干预和调控,这样,文学自然会形成自己特有的市场秩序,作家的作品自然能够生成利润和价值。然而,新中国建立后,文学作为社会主义事业的重要组成部分,被党和国家纳入到社会主义制度的体制之内,原本以文谋生的作家成为享有国家俸禄的公职人员,地位发生了重要变化,特别是重要作家,不少成了国家的官员,如郭沫若、茅盾、周扬等,作家们有了职务和行政级别。当代文学的制度、体制、秩序完全建立起来。应该说,作家获得了应有的地位,有了稳定的收入,文学有了体制的保障,能更好地激发作家的自我能量和文学的创造力,更有利于文学的生产。但是,事情好像并没有按照应有的逻辑发展。文学和作家被制度收编之后似乎一下子找不到了自我。就作家而言,应有的身份是作家还是公职人员,创作是一种自在的行为还是一种完成职务的作为。这样,作家文学创作的动机就存在着多种可能性。而在更多的情况下,作家的这种身份和行为的确难以界定。

其次是作品内容的大面积失真。作家身份的改变意味着作家立场的改变。作家原本也是自由生产者,或者说是现代社会大生产的产业人员,生产的艰辛,市场的变幻,劳动的回报,在社会的精神领域和物质流通市场寻求生存空间,作家必然会有一种谋生者的压力和动力,当然更会有普通劳动者谋取生活资源过程中的全面感受,这种感受进入作品之后将难以出现半点虚假。而作家身份改变成为公职人员之后,立场必然发生变化。我们不能说作家们完全没有了普通劳动者的感受,但至少缺少了普通劳动者谋生的全真感受。缺少了普通劳动者的全真感受,就很难彻底地、设身处地地从普通劳动者的立场说话,或者说不可能完全进入普通劳动者的语境。尤其进入当前的环境,毋庸讳言的是许多当代作家已经贵族化,他们享受着国家的工薪衣食无忧,然后再操作出一些无关紧要的作品挣取额外收入。最重要的是作家身份的改变使他们的生活领域固定化,作家们形成了自己的生态链,从根本上丧失了进入社会丰富、复杂、多样生活的原始动力,对于社会的苦难、生存的艰辛、复杂纷繁的矛盾,他们很难生发出介入的勇气和斗志,即使介入进去,一旦利害关系显露,也可能会在错综复杂的利益纠葛中患得患失,知难而退。因此我们就不难理解为什么在当下的文学作品中那么缺乏社会底层诸如工人、农民等弱势群体的话语,那么缺乏无产阶级的深层表达。考察当下的文学作品(包括影视作品),充斥其中的大多是官场生活、高收入的准贵族个人图景、小资情调以及从历史中演绎出的宫廷斗争。毫无疑问,这不是中国绝大多数人真实的生活内容和生活感受。对于大多数中国人来说,生活没有他们那么轻松,有滋有味,甚至不可能拥有他们那样的烦恼。无论是国家还是普通民众,由温饱向小康迈进仍然是一个艰难的过程,其中不乏苦难、不乏艰辛,甚至沉重的代价,这些更多要由广大民众承受,文学如果把大多数人的生活状况、生活感受放在一边不予理睬,就很难让人们相信这是当代中国人的真实生活和真实感受。

再次是语言的失真。文学尤其是小说最早源于民间,源于大众。中国的小说最早称作话本,实际上就是说话、讲故事的脚本,也许可以理解为一种说话的方式或表达的方式。因此,文学说到底是语言的艺术,缺乏鲜活、富有感染力的语言就难以产生优秀的文学作品。无论是从语言学还是从文学的角度考察,最新鲜、最活泼、最有生命力的语言都在民间,在人民大众之中。文学作品的语言要富有感染力就必须从社会大众中吸收大量鲜活的语言,质言之,作家就必须沉到基层、沉到民间向广大民众学习说话、学习表达,真正掌握他们的思维,掌握他们的言语方式,掌握他们喜怒哀乐的表达途径。现实的情况是,当代大多数作家浮于上层,行走于都市,消遣于星级酒店、高级别墅、风景胜地,在作家文人圈应酬,在富人圈应酬,在官员圈应酬,哪里能够目睹到芸芸众生的俗象,倾听到老百姓鸡毛蒜皮的诉说,体味到基层民众的酸楚和艰辛。近墨则黑,近朱则赤,作家的生态环境决定了作家的语言必然是圈子语言、富人语言、官场语言。这不能说不是当代文学界产生不了《红楼梦》、《水浒传》、鲁迅、茅盾、老舍、赵树理,甚至不能产生孙犁、沙汀的重要原因。不客气地说,当下的大多数文学作品筹措的语言不伦不类,更多的是知识分子语言,就如普通话,全国一个"腔调",没有什么作品的个性特色;有些作家有点借用地方语言的意识,但由于缺乏对地方语言的深入研究和体味,往往是非驴非马。因此不但具体作家的作品缺乏自己的语言特色,而且作品中的人物也都一个腔调,没有个性特色。尤其是有些作家趋于追求和适应全球化、时尚化,刻意对语言进行包装,以讨取都市小资阶层的欢心,文学作品的语言几近成为世界语言。这些都不是老百姓表达思想、情感、述说生活的语言,更不是他们喜闻乐见的语言。语言是进入文学作品的路标和审美的基本元素符号,文学语言的贫乏和空洞是文学作品丧失审美价值和生命力的重要因素。

三、关于当代文学本真的回归

中国当代文学的失真是一个客观事实,这已经成为中国文学发展中不可更改的历史。重要的是人们期待中国当代文学就像中国整个社会事业的发展一样,取得可以告慰民族,告慰历史,告慰未来,令人瞩目的成就,中国当代文学就不能不从深层次发生改变。在笔者看来,真正对中国当代文学发展现状的改变,在于回归文学的本真。

第一,重构中国的文学体制。首要的是要矫正对文学的认识,不能把文学作为一个贵族阶层享用的专有物品供奉起来,不能用制度、用投入把它重重保护起来,要把文学真正作为一个产业,把作家作为有一定特殊性的精神产品的生产者,让作家完全进入自由自在的创作环境和写作状态。以此为基本视点建立文学作品流通的市场,建立文学发展的内部和外部机制,让作家生产的产品主要由市场进行优劣选择,让更广大的基层民众参与进去有发言权和评判权,而不是主要由官方和主流社会进行评判,进行选择。这里强调的建立文学的市场流通机制,并非要国家完全放任文学生产,而是要改变国家对文学的调控方式,通过政策法律管理、有选择有重点地投入、国家购买、奖励等手段,起到引导生产,引导流通和消费的作用,实现国家宏观调控的目的。建立这样的文学市场机制,作家的身份是否需要改变,是否依旧作为国家公职人员享有国家俸禄值得认真研究。作家如果仍然作为国家公职人员,那么创作的文学作品就应该是职务行为,就不能拥有完全的知识产权,因而就难以完全进入市场流通。

第二，文学进行自身清理。老实讲，文学一行杂芜丛生，其中非文学性的因素太多。这里我们并非要求清理文学门户，而是旨在清理文学界存在的非文学性的东西。毫无疑问，文学创作是一项崇高而神圣的事业。但这种崇高和神圣是由文学的本质特征决定的，是由文学本身的成就和作用塑造的，而不是凭空吹捧出来的，也不是靠那些非文学性的因素建立起来的。文学的生产当然也不完全是文学家的专利，任何人都应该有进行文学创作的权利，但任何人进行文学创作都应该尊重文学的本质属性，尊重文学承担的责任，遵循文学创作自身的规律。如果说文学创作也存在功利性的话，那么这种功利性的体现就是生产了为人们和社会消费和享受精神产品，以及在市场机制的条件下为创作者挣得的必要的生活资源，还有由此造就的文学家。因此，我们不否认文学的某些功利性要求存在，当然也不抹杀文学创作者对功利性的正当追求，我们强调的是，创作者能够在自己的作品中真正确立文学的崇高地位，完成文学承担的责任，达到文学的目的之后，实现自己的功利性追求。然而，当代文学界的现实情况与这种基本要求相距甚远，功利性、急功近利的风气弥漫整个文学界，雕虫小技、应景之作比比皆是。因此，整个社会都在发出文学没落了，文学衰败了的感叹。但深居业内的文学界却没有真正地深刻地自省，不少人仍然稳居于都市的显要地带，为了摇曳在眼前的名利炮制着平庸的应景的作品，还有些人为了维护文学界以及个人的既得利益在后面摇旗呐喊，热誉吹捧，以便制造不是文学现象的"文学现象"，为萧条的文学市场掀起些波澜。这种畸形的现象之所以能够产生，当然仍然与现有的文学体制、与文学市场的畸形、与文学的评价机制不健全有关。因为文学的生产者属于国家公职人员，没有进入这个行列的人便在现有的文学制度下，创作出能够为现存的文学评价体系认可的作品，实现准入。进入到圈内的人基本上有了"铁饭碗"，至于能不能创作出有分量、有实绩、有市场的作品似乎无关紧要。于是，对于那些不能从自身的良心和灵魂深处自我产生责任感的作家来说，干脆在办公室、宾馆酒店、别墅雅室呆着，不可能下驾到社会底层关注民生，关注苦难，关注矛盾。因此，文学必须打倒社会贵族，必须清除世俗的功利性，必须让作家回到人民中来，回到社会底层来，从而让文学真正反映最大多数人的生存状况，关注民生，关注人性,关注自然,关注历史的足迹和民族的灵魂,有血,有泪,有哭,有笑,粗粝,质朴,进入人的灵魂能划出一道痕迹,一句话,让文学回到自己的本真状态。

第五章　生态文学的价值

　　自蒸汽机的诞生，人类便朝着一个新的文明——工业化方向迈进。这种追求的结果使人类与自然的距离越来越远。更为甚者是以吞噬、毁灭自然资源来换取工业文明，人类生存的环境出现严重危机，现代化的大厦隐藏着动摇根基的巨大危险。21世纪，人们深深地认识到应该是人类重新走进自然的世纪。实际上，人既是社会的产物，更是自然的产物，社会与自然的和谐统一才是人类真正需要的生存环境，工业文明把人类逐渐装置在阁楼无疑是人类自身的悲哀。与此相适应，人类的文化也渐次步入工业化的轨道，文化的内容被工业化的浪潮充斥，越来越缺乏自然生态的宁静、和谐与深刻内涵，于是，人们面对拥挤的空间、滚滚的浓烟和铺天盖地的嘈杂焦虑，面对被工业化炉火烤焦的文化困惑。它使我们认识到，文化要重新获得活力和丰富内涵有必要对工业化进行反叛，回归人的本性，回归自然。

一、文学的视野

　　文学自产生以来，人们对文学的思考、界说可谓汗牛充栋。文学是什么？权威的概括是，文学是人类社会生活的反映。当然，这种反映应该是生动的、深刻的。问题在于，文学究竟应该反映哪些社会生活？长期以来，我们十分重视文学的社会属性，而有意无意地忽视了文学对自然的深刻关注，即文学过于关注社会现象，对自然界现象的关注明显不够。文学是社会生活的反映这种表述没有问题,但人类的社会生活是全景式的,作为整体的文学概念,文学反映的应该是人类社会的全部生活,而不是残缺的生活。

自从有了人类,自然与社会既是矛盾体,又是关系体。而自然和社会的关系问题始终是涉及人类生存和发展的重大问题。人类生存的环境有社会环境,还有自然环境,而社会环境对自然环境的依赖性很大,自然环境的改变可以随时改变社会环境。因此,虽然我们不否认社会环境对自然环境的影响,更不否认人类对自然改造的能动性,但人类的生存和发展最终还是要受到自然环境的制约。说到底,社会与自然的关系问题实际上还是人与自然的关系问题,人们在社会环境中生存,最终还是要归类于在自然界的生存。其实,人类在历史的早期就已经十分重视人与自然的关系。从人类早期对自然的崇拜看,各民族都曾经把自然作为主宰人类命运的神秘力量,因而高度关注自然界的变化,以各种方式祭祀、祈祷、许愿,希望自然界能遂人们的意愿,带给人们安康和幸福。中华民族更是高度重视自然对人类生存的意义,除了对自然物象的崇拜之外,追求"天人合一",人的生存状态和自然的存在状态的和谐。当然,早期人类对自然的认识和期待是建立在生产力水平十分落后和科学技术还没有重要起步的基础上,不可能达到科学的、理性的高度,但是,重视自然对于人类生存的意义,把自然作为人类生活十分重要的组成部分,应该说今天仍然是正确无误的。

近代的工业革命改变了人们的自然观。科学技术的进步撩开了自然界的神秘面纱,自然的重要性不再是作为人们生活的一部分,仅仅是工业发展的资源和构筑现代化的材料,因而不需要再崇拜、护佑,只需要掠夺和索取。于是乎,自然的主体性在人类的视野中已经完全丧失,人与自然的关系俨然成为征服和被征服的关系。西方以人为中心的哲学基础和价值倾向更强化了这种意识。而且,由于工业化、现代化在西方国家的率先发展,使得这种意识在世界范围内蔓延,严重阻碍了人类通往自然的思维之路。以现代科技支撑的工业革命可以改变一切、造就一切,甚至可以造就第二自然。在现代科技面前,自然是苍白的、软弱无力的,人们需要它时,它便是资源,不需要它时便无关紧要,自然的灵性完全被泯灭。现代工业造就的景观成为人们生活中的一切，人们在对它津津乐道的同时，思维的活动就不可避免地为其所左右。于是，我们看到了文学中的现代工业和现代工业中的文学，文学在现代工业的熏染中原有的清纯的自然美越来越难以看到，充斥其中的是越来越多的浓烟、嘈杂和人们心头永远抹不去的无休无止的焦虑。

当然，文学为现代工业的这种献身似乎也是出于无奈，一则文学要反映现实生活，现实生活如左，文学就不能如右；二则就如现代工业为社会创造金钱一样，现代工业也同样为文学奉献金钱，因而文学就不能离开现代工业。不过，文学如果一味这样被动地依附于现代社会，文学的价值和生命力就无从谈起。就如我们一贯强调的那样，文学反映的社会生活应该是人类全部的生活，而不应该是某一部分社会生活，文学关注的应该是人类所有的生存状态，过去的、现在的和未来的发展环境。同时，文学反映社会生活是能动地反映，不是被动地反映，文学应该有自己的立场，有自己的思维空间。文学犹如社会的一面镜子，既能映照辉煌和美好，又要透视悲惨和丑恶，既要看到历史的可能，又要能看到历史的不可能。因此，文学作为人类人文理想的结晶，既要充满强烈的热情，又要保持理性的批判精神，甚至应具有深刻的洞察力和巨大的穿透力。一句话，文学应该拨开、穿透社会生活中的污泥浊水，展示人类纯美、洁净的生存空间。面对现代工业社会畸形发展中漠视人性和人文精神，膜拜工业文明的历史盲点，文学的任务应该是透过工业社会的纷繁，始终关注人性和人文精神，追寻人类真正的诗意生存空间，满足人类的生态期待，为人类提供绿色的审美意象和审美意境。这才是文学应有的视野。

二、文学的生态表达

实际上，文学对于生态的表达即是对人自身的表达。从生态学的角度讲，我们生存的地球是所有生活在这个星球上的生物的地球，人类不能独占，而只能与其他生物共享；同时，人类与地球上的所有生物共同组成地球上的生态系统，这个系统是一个多元生存相辅相成的系统，既不是唯其他生物需要人而人不需要其他生物,也不是唯人需要其他生物而其他生物不需要人,任何一种生物的存在都是这个系统平衡的砝码,失去任何一个砝码就会对整个系统产生影响。因此,人类作为一个存在的种类是地球上自然生态的一个组成部分,其他物种也是人类生存不可缺少的生态要素。人类早期虽然不能站在这样的高度这么理性地认识人与自然的关系,然而在人们朦胧的意识里,对待自然却比现在的人们看得更重,以至于达到神秘膜拜的程度。自然就是天,自然就是地,人类须臾不能离开。自然是人类生存的一切,没有自然就没有了人类的生存。

因此,人类启蒙之后就虔诚地崇拜、祭祀自然,热情地讴歌、礼赞自然。文学作为人类精神情感的花朵,是人类讴歌、礼赞自然的主要形式。譬如中国的夸父逐日、女娲补天、精卫填海,西方的亚当、夏娃等神话故事,应该是文学对自然生态最早的关注和表达。其后,随着人类对自然的认识的加深,人们在实践中对自然的行为感受和心理感受的丰富,文学对自然的面貌、情态、智性、灵性的表达逐步深入、细腻、拟人化、审美化。中国最早的纯文学作品集《诗经》就不仅有对政事、世风、民情的记录,更有对自然风光的生动描绘和深情赞美。如《蒹葭》:

> 蒹葭苍苍,白露为霜。所谓伊人,在水一方。溯洄从之,道阻且长。溯游从之,宛在水中央。/蒹葭萋萋,白露未晞。所谓伊人,在水之湄。溯洄从之,道阻且跻。溯游从之,宛在水中坻。/蒹葭采采,白露未已。所谓伊人,在水之涘。溯洄从之,道阻且右。溯游从之,宛在水中沚。

诗中咏人咏物咏情咏景,以物喻人,以人应物,物美情长,人物情景交融,具有深美隽永的审美境界。

屈原的《离骚》虽然在反映现实的黑暗的同时表达作者的爱国之情和对理想不懈追求的精神,但作品整篇铺采,以香花喻美人,以物象喻情志,人性与物理、人品与物品合一,可谓开人物互喻之先河。自此以后,对自然生态和自然神韵的表达便如初日之朝霞,蔚为大观。曹植的《洛神赋》借神话传说,极尽描摹、张扬,把洛水迷人的自然情态人化神化,使客观的自然状态生发出灵性。陶渊明可以说是古今中外作家中少有的对大自然最为钟情、且对自然生态表现得最为深入、最为完美的作家,他的《桃花源记并诗》把我们引进了一个没有被任何尘世浸染的、近乎完美的、完全自然生态化的理想世界。他在《归园田居》诗中说"少无适俗韵,性本爱丘山",表达了永"返自然"的心志。而其《饮酒》其五云:"结庐在人境,而无车马喧。问君何能尔,心远地自偏。采菊东篱下,悠然见南山。山气日夕佳,飞鸟相与还。此中有真意,欲辨已忘言。"表明作者彻底回归自然之后,自己已完全融入天籁,作者深悟到,大自然不仅充满美景、天趣,而且充满真情真意,真在自然,善在自然,美在自然。

到了唐宋,对于自然美的表达更是异彩纷呈。孟浩然的《春晓》:"春眠不觉晓,处处闻啼鸟。夜来风雨声,花落知多少。"王维的《山居秋暝》:"空山新雨后,天气晚来秋。明月松间照,清泉石上流。竹喧归浣女,莲动下渔舟。随意春芳歇,王孙自可留。"《鹿柴》:"空山不见人,但闻人语响。返景入深林,复照青苔上。"李白的《望庐山瀑布》:"日照香炉生紫烟,遥看瀑布挂前川。飞流直下三千尺,疑是银河落九天。"杜甫的《望岳》:"岱宗夫如何,齐鲁青未了。造化钟神秀,阴阳割昏晓。荡胸生曾云,决眦入归鸟。会当凌绝顶,一览众山小。"柳宗元的《江雪》:"千山鸟飞绝,万径人踪灭。孤舟蓑笠翁,独钓寒江雪。"白居易的《赋得古原草送别》:"离离原上草,一岁一枯荣。野火烧不尽,春风吹又生。远芳侵古道,晴翠接荒城。又送王孙去,萋萋满别情。"杜牧的《山行》:"远上寒山石径斜,白云生处有人家。停车坐爱枫林晚,霜叶红于二月花。"这些所谓的山水诗、田园诗借鉴中国传统绘画的大写意手法,对大自然的无限风光做了简要勾勒,诗中有画,画中有诗,向我们展示了一幅幅优美深远的自然图景,妙趣横生,反映了当时人居生态的那种令人惬意的状态。而范仲淹的《岳阳楼记》、欧阳修的《醉翁亭记》、苏轼的《赤壁赋》等运用更加细腻的手法把自然的情态和灵性惟妙惟肖地表达出来,人是景之性,景是人之容,人融景中,景为人生,人与景达到高度的和谐。由此可见,唐宋时期文学对于生态的表达达到很高的境界,并形成了中国文学生态表达的传统,为后来的文学家们效法、追寻。

当然,随着宋明以后市井文学的兴起,文学的生态表达并没有像唐宋时期那样形成壮观的气势,但仍然有不少上乘的作品熠熠生辉。如马致远的小令《天净沙·秋思》:"枯藤老树昏鸦,小桥流水人家。古道西风瘦马。夕阳西下,断肠人在天涯。"可谓绘景写生的经典。到了现代,新诗和现代小说的诞生,文学的生态表达的空间应该说更为广阔。在现当代文学中,主事生态表达的文学作品很多,其中也不乏佳作。如朱自清的《绿》对梅雨潭的绿的描写;俞平伯、朱自清两人同题的《桨声灯影里的秦淮河》对于秦淮河风景情态的抒写;沈从文的小说《边城》对于湘西迷人自然风光的描绘;张承志的《黑骏马》对于大西北少数民族区域自然风光、文化内涵的表现;等等。不仅续继了中国文学生态表达的传统,还体现了现代人的生态意识。

西方文学与中国文学由于所受影响的哲学思想、文化传统以及语言体系的不同,从内容到形式都存在着一定的差异。但西方文学也有非常成功、非常精彩的生态表达。我们仅以法国作家罗曼·罗兰的《约翰·克利斯朵夫》为例。作品表现了约翰·克利斯朵夫的音乐人生。但我们读了作品之后会分明地感受到,克利斯朵夫伟大不朽的音乐创作既是他丰富多彩的人生经历的积淀,又是他所处的生态环境哺育的结果。当他匍匐或静卧在莱茵河畔聆听着波浪的翻涌、体味着大自然的静谧与神奇、感悟着内力和外力的冲动,美妙与神圣的音乐分明在天籁和他的心灵升腾。

> 夜里……半醒半醉的时候……一线苍白的微光照在窗上……江声浩荡。万籁俱静,水声更加宏大了;它统驭万物,时而抚慰着他们的睡眠,连它自己也快要在波涛声中入睡了;时而狂噪怒吼,好似一头噬人的疯兽。然而,它的咆哮静下来:那才是无限温柔的细语,银铃的低鸣,清朗的钟声,儿童的欢笑,曼妙的清歌,回旋缭绕的音乐。伟大的母性之声,他是永远不歇的!……
>
> 克利斯朵夫躺在万物滋长的草上,在昆虫嗡嗡作响的树荫底下,看着忙忙碌碌的蚂蚁,走路像跳舞般的长脚蜘蛛,望斜刺里蹦跳的蚁蜢,笨重而匆忙的甲虫,还有光滑的、粉红的、印着白斑、身体柔软的虫。或者他把手枕着头,闭着眼睛,听那个看不见的乐队合奏:一道

阳光底下,一群飞虫绕着清香的柏树发狂似的打转,嗡嗡的苍蝇奏着军乐,黄蜂的声音像大风琴,大队的野蜜蜂好比在树林上面飘过的钟声,摇曳的树在那里窃窃私语,迎风招展的枝条在低声哀叹,水浪般的青草互相轻拂,有如微风在明净的湖上吹起一层皱纹,又像爱人悉悉索索的脚声走过了,去远了……

……五天之中,克利斯朵夫被太阳灌醉了。……心中的音乐都变了光明。空气,海洋,陆地:这是太阳的交响乐。而意大利是了不起的聪明运用这个乐队的。别的民族只能描绘自然;意大利人却是跟自然合作,跟太阳一样描绘。色彩的音乐:一切都是音乐,一切都会歌唱。

以上三段文字是克利斯朵夫儿童、青年、成年时期对于大自然的感受,也是自然在他心中酝酿、升华为音乐的过程。在这里,自然、生命、艺术、美高度地融合在一起。值得指出的是,作品体现了作家严肃的批判精神,作者不仅对战争、资本主义的罪恶进行了强烈的抨击,而且对西方日益泛滥的工业社会生态观表明了鲜明的态度。作者借助克利斯朵夫的思维反思道,即使儿童对于自然的破坏甚至对虫豸的摧残都是"犯了凶杀的罪",这不仅使作品具有了重要的审美价值,而且具有了深刻的生态认识意义。

三、生态文学的标本:《云间雪崩》

也许,我们难以料定未来人类的文学将会走向怎样的状态,但是,越来越难以抑制的是,我们对文学的清秀面孔的渴望却与日俱增。正是怀着这样一种强烈的渴望,我们在虔诚地寻求着那种清纯的、本真的文学。值得欣慰的是,在作家已贵族化、文学基本工业化的大趋势下,仍然有像《云间雪崩》这样的作品执着地向人类和自然的本真状态挺进。

《云间雪崩》(《十月》2006年第1期)展示的是帕米尔高原上人、动物、自然植被等生态链条生存的一幅幅图景。小说从一开始即非着意编织曲折复杂的故事,而意在描绘和表达帕米尔高原原始、纯粹、独特的自然生态,以及伴随着这良好的自然生态生长生活的动物和人。羊贩子老马和小马上山贩羊是贯穿小说首尾的基本线索。作品简单的故事实际上就是老马和小马贩羊的一次经历。在举世闻名的帕米尔高原,有的是雪山、戈壁、石砾,当然也有白云、溪流、牧场。

老马和小马是去雪线附近的喀拉佐牧场……从海拔两千多米的柏油路,下到沟底,再弯来绕去地走一百多公里。一会儿浮土没脚,烟尘飞扬;一会儿戈壁茫茫,砾石流金;过了沼泽草甸,可能会赶上洪水;绕道塌方泥石流,兴许被冰川拦截。

当然,哗哗涌流的喀拉佐河,逆来顺受不远不近地相陪,令人心情稍稍舒坦一些。

背叛的河道,在高山峡谷扭来扭去,猛一见这辽阔平坦的草滩,就一头扑了进来。喘气的功夫,草儿密匝匝,成片、成块、成坨,在网状的水流间,排列成阵势:椭圆、四方、长条、三角,绝不重样儿,任河水穿梭肆意……

野鸭、鹅、鹤,飞过脑瓜顶。阳光一截截,被滑溜溜雪山落选。水流清亮地段,躺着团云;河面阴暗之处,波光斑点。滞留的大雁,停止了游弋,像一只只漂浮的木玩具,水就不再流淌。

大草甸子,茵茵。

作品向我们展示的自然物象帕米尔高原、慕士塔格峰、公格尔峰、雪崩山、峡谷、牦牛滩、草原、喀拉佐河、喀拉佐牧场、戈壁、沙漠、砾石、草甸子、溪流、花草及各类植物等等;出没于这物象之间的动物有牦牛、骏马、羊、骆驼、鸭、鹅、鹰、旱獭子、高原狼等等;而与自然物象和动植物相伴而生的是那孜列别克、库尔班、美丽日斑、哈伦布以及涉足其中的阿红、老马和小马。

这是一个远离现代物欲生活、外人罕至的地方。大自然使这里高高地隆起,高寒、缺氧、积雪、峡谷、戈壁、石砾,接近原始的恶劣的生态环境,那孜列别克、库尔班、美丽日斑、哈伦布们伴随着牦牛、骏马、羊、骆驼、鸭、鹅、鹰、旱獭子、高原狼,以及能够为动物和人使用的花草植物,按照自然的状态生活着。我们看不到全球化的浪潮,看不到工业化的浓烟,看到的是日出而牧而耕、日暮而归的近似于自然经济的农牧生活图景。

毫无疑问,高寒地带连氧气都很稀缺,自然环境恶劣的帕米尔不可能成为那些追求奢华的现代人的居住地,能够在这里生存下来的只能是像牦牛、骆驼、高原狼那样具有顽强生命力的那孜列别克、库尔班、美丽日斑一族,他们已经与这里的自然生态结成共存共生的生态链。虽然这里也有绝对天然的洁白、绿意、清新、纯粹,但是注定不是人口集聚之地。就如小说简单的故事中出场的几个人物,也许上帝把他们抛撒在这里就是为了让他们作为一种生态元素保持着这里的生态平衡。

于是,我们看到了帕米尔的美丽,我们感受到了一种神奇。应该说,这种神奇体现为三个层面。

首先是自然生态的神奇。应该说,在海拔几千米的帕米尔,所有的存在都是一个奇迹。自然,在帕米尔高原,山和石头是最容易见到的,多得让你不想见它都很困难。但是,作为帕米尔自然生态的山和石自有他的奇特和独到之处:

喀拉佐西北方,牦牛滩过去十几里,就是界山,人们习惯地叫它三崩山,不忒高。论高,这沙里阔勒岭一带,比它高的有八九座。高得山尖儿钻进云层缝,窝着半天半天不露面儿。界山虽不甚高,也没有云雾缭绕的俗态,峰尖却常常挑着一块黑云。对此人们迷惑,奇奇怪怪的老话儿和传说,多得像河滩的卵石。

三崩山的雪就是一奇,说奇还怪,是因为比别的地方频繁,好像老天有心对它格外关照,格外恩宠。不雪就晴的大日头,把个白毡帽一样的素瓷山顶,照得明晃晃。从喀拉佐望过去,白毡帽下的山体扇立,像北京四合院正对门口的影壁,只是有些弧度。猛然瞅见,一准儿会联想到拦江截流的水库大坝……

说三崩山离喀拉佐十几里,那是说看雪崩,听雪崩。……雪崩,从数百米的高处飞泻。盖地铺天,白雾弥漫,三崩山会倏地消失。"V"形大峡谷,像要被填平,被埋上十几米。

而帕米尔的石头更是非同一般:

布满河谷两岸的铁锈色岩石,像从火山口喷出来的,被千百年的高原风沙,吹刮得光秃秃圆乎乎。你假如想象它是血液的凝固,就离大地的心脏不远了。……偶然,悬崖峭壁上掉下几块,翻滚蹦跳,肆无忌惮。碰撞击咬,碎石飞溅,像有个抽风机在头顶,呼地,灰风远去。也有石子跟羊拐大小,击穿水边蒲扇一样的曲古丽花叶,发出咚咚的鼙鼓声。

当然,帕米尔还有河水、溪流,有草原,有青稞等各类独特的植物。正是这些让我们看到了帕米尔自然生态的神奇。阿红这样记下了她在帕米尔的所观所感,"自然在大地,留下了亘古的过去,同时欢庆新鲜的光临。东边山峦的骨骼,在嘎嘎作响;西边冰川的身材,和云雾成长;山谷里的洪水,带着岩石的腿脚奔放;曙光书写着十四行诗,帕米尔胸膛起伏地歌唱"。"自然界的秘密,被隆起的山脊,举在氧气稀薄的地球之巅。"

其次是动物的神奇。动物的神奇最集中地体现于琼牦子一身。在高寒缺氧的帕米尔,能够在这里生存的动物无疑经过了长期的进化淘汰,具有顽强的生命力。牦牛是高原特有的一种牲畜和动物,原本就耐寒、力大,是高原之舟。然而,那孜列别克的白牦牛"琼牦子"更比别的牦牛具有不同凡响之处。"琼牦子一落地,还没经那孜列别克细瞧,就腾地站起来。粉色转眼消退,白灿灿,像站起一堆耀眼的阳光。摇摆的尾巴梢毛,迅速风干,蓬蓬松松,如同拴着个雪球。""几年一晃,琼牦子从一头毛茸茸的小牛犊,变成了大母牛,均匀结实健壮。还高大,脊背和那孜列别克齐肩。过去柔和的线条不见了,身子板儿像一扇石墙。脑袋、脖子、胸脯、屁股,哪哪都大。……一到发情期,后面跟着一大群雄性的黑牦牛,挨排的和它交配,这家伙从不挑肥拣瘦。""他感到这家伙,不像是畜生。是什么?它的叫唤,是它自己的喉音;它的模样,跟雪山相同;它的眼睛,像昆其勒嘎湖水;它的奶汁,流淌着喀拉佐河;它的乳房,比刚生完娃娃的大屁股女人还丰盈;它的蹄子,踢踏出四块黑石卵子。这样一说,琼牦子像是一座可以走动的帕米尔了。"

琼牦子野性十足,"一放出圈门,就难找到"。它到雪山、悬崖峭壁,也到草甸、溪流,总是恣意放肆、独来独往,似乎不愿与同类同流合污,特别孤傲另类。但是,琼牦子似乎又非常具有母性和人性。待它潇洒够了,游荡足了,它自己就会回来,哺乳犊子,再给那孜列别克留下半桶奶。它与那孜列别克相依为命,孤独的那孜列别克忙活一天后,喜欢到牛圈跟琼牦子说说话,说草原上的、说雪山顶的,说看到的、说感觉到的,说现在的,也说过去的,"琼牦子喜欢,琼牦子眼睛一眨不眨地听着"。与主人达到灵魂上的感悟和沟通。它不仅用乳汁哺育着自己的犊子,还为主人奉献了难得的食粮。当那孜列别克遭遇暴雪走失在帕米尔的怪石峡谷中,琼牦子用整个身躯为老汉遮挡着风寒,把暖乎乎的乳房蹭到那孜列别克的嘴边,让自己的乳汁注入那孜列别克的生命,以自己母性的力量与主人共渡难关。它还用自己的母性唤醒了美丽日斑的母性,"美丽日斑原以为自己不会怀娃娃……自打喝了琼牦子的奶汁,竟然给老汉生下了一对双胞胎,俩儿子"。更为令人不可思议的是,琼牦子居然与高原狼实现了共融,当大地震后超常繁衍的高原狼崽们嗷嗷待哺时,琼牦子面对狼崽们声声凄凉的哀叫,慷慨地释放自己的母性,承担起了哺育狼崽的神圣使命。以至于当狼崽们长大之后群聚袭击库尔班等牧民及牲畜的时候,琼牦子的突然降临,三声吼叫即让群狼放弃了袭人的行动,"丢下库尔班,再一次纠集成三角阵,簇拥着琼牦子,在滩涂上兜了个 S 形,就直奔了西面的隘口"。

可以说,琼牦子演绎着高原的故事。琼牦子是个奇迹,是自然造化孕育的奇迹。

最后,其实,最为神奇的是人与自然物种的高度自在的和谐。帕米尔高原上任何物种的存在都十分不易,而人的生存更是如此。人是具有高度思维的动物,他能够思考在某一环境生存的可能性,从而决定自己的憩居地。因此,在帕米尔生存的人们必须考虑他们与这里自然生态、自然物种的关系,抑或应该建立怎样的关系。我们从小说中看到了帕米尔冷峻的环境中人与自然优裕和谐的图景。这种图景提示我们,似乎不能否认自然物种的灵性,而这种灵性与人类的灵性似乎也能沟通。这就让我们不难理解那孜列别克与琼牦子的关系——人与人可以成为朋友,人与动物也能成为朋友,也能患难与共,而且这种情感、友谊也许更真挚、更纯洁。当然,还有旱獭子、野兔子、山鹰,包括高原狼可能成为人们的伙伴。

在作品的文本中,人与自然的和谐是天然的。帕米尔高原的人、动物、植被等各类物种相依共生的生态联系是自然时空在旷久的演进中形成的,这种特有的生态无疑具有排他性,对本生态以外的他者的进入,生态系统的某些环节不可避免地产生反应。我们看到,虽然帕米尔高原耸入云天,高寒缺氧,人迹罕至,但现代化的浪潮铺天盖地,人类占有资源的欲望无限膨胀,帕米尔生态的和谐与宁静也许不会再永远存在下去。事实上,从都市来的摄制组正在用现代技术捕捉帕米尔高原的纯洁和美丽,以招徕世人;老马和小马已多年用"糖豆、棒棒糖、针头线脑、小镜子、塑料梳子、避孕套、香烟"交换着帕米尔的资源。而故事的不幸结局恰恰是这种交换的不平等和外来因素对该生态系统的骚扰引发的。那孜列别克与库尔班失和,那孜列别克无端地对琼牦子耍了脾气,琼牦子惊愕、愤怒,刹那间失去了平日的温顺和仁义,兽性大发,将两条尖利的牛角戳进了库尔班的胸膛。库尔班升天了,琼牦子失踪了,"一架完整的白骨""被狼群晾晒在金光流动的山坡"。

四、生态文学的价值

通过以上中外文学作品的回溯考察,我们已经十分清楚地感受到生态文学的魅力。所谓生态文学,简而言之就是以文学的方式对自然生态的自觉表达。毫无疑问,生态表达不是文学发生发展的全部根据;但是,生态表达是文学发生发展的重要根据。文学对于生态的表达即是对人自身生命的表达。科学之所以把绿色作为生命色,把未受污染的食物称之为绿色食品,是因为绿色指代着自然生态,指代着人类生存的环境。从生态学的角度讲,我们生存的地球是所有生活在这个星球上的生物的地球,人类不能独占,而只能与其他生物共享;同时,人类与地球上的所有生物共同组成地球上的生态系统,这个系统是一个多元生存相辅相成的系统,既不是唯其他生物需要人而人不需要其他生物,也不是唯人需要其他生物而其他生物不需要人,任何一种生物的存在都是这个系统平衡的砝码,失去任何一个砝码就会对整个系统产生影响。因此,人类作为一个存在的种类是地球上自然生态的一个组成部分,其他物种也是人类生存不可缺少的生态要素。

人是什么?人与自然的关系究竟是怎样的关系?这个问题似乎不需要追问,但实际上却值得重新审视。马克思说,人是各种社会关系的总和。这是就人的社会属性而言。但就人的本源而言,人是自然的人,除了具有思维能力以外,与其它动物、甚至与虫豸和其他物种没有什么两样。因此,人既存在社会属性,而归根结底又归类于物类的自然属性。人既然最终归类于自然属性,就必然从属于自然的法则,并与自然界其他物种具有相同或类似的序列组合和内在结构规律。自然界存在和生成美,人类社会发生和形成审美。而审美从根本上说是人思维活动和智性的产物,但也不可避免地存在自然的原因。因为人的思维、人的活动、人的价值判断总是体现为合目的性与合规律性相统一。我们知道,美是客观与主观、自然与社会相结合的概念。应该说,美是客观存在的,特别是自然美更是如此。我们不否认人类能够创造美,如人们身上体现的懿德、善行,作家创作的文学作品等。但在人类的视野中,许多美的形式甚至美的内容都是客观存在的,不以人的意志为转移。原因在于这种美的形式和内容合乎包括人自身在内的自然规律性,因此,人类并不能随意否认它们美的属性。

审美,体现了自然界的一种秩序与和谐。它根植于人与自然的相通性和人体自身的生理结构。人们赞美女性体型的曲线美,古希腊的雕塑多呈 S 形,画家荷加斯认为一切线条中波状线最美,何以会有这种共同的对"曲"的钟爱呢?原来,作为生命基础物质的 DNA 分子就是一种卷曲的螺旋或双螺旋结构。音乐美的内在秩序也与生理密切相关。聂耳的《义勇军进行曲》严格符合黄金分割比例的数列结构,其鬼斧神工之妙当是表达了生命的节奏。另据介绍,有的科学家把 DNA 分子四种碱基 T、G、A、U 按照配对原则构成的螺旋结构进行处理,以每个碱基代表一个音符,结果发现竟是一首极为优美的乐曲。

人类是大自然的产儿,人体的生理结构源于宇宙的普遍秩序。"曲"可能是万物形成和变化中的一种普遍状态,我国古代的"太极图"非常精妙地表示出生生不息的宇宙图景。现代科学的相对论证明,时空是弯曲的或卷曲的;弦理论揭示,基本粒子不是点状而是弯曲或卷曲的小弦。宇宙大化也许是无声的乐曲,毕达哥拉斯早就推测宇宙存在一种音乐和谐,中国古代的哲人也曾意识到"大乐与天地同和"(《乐记》)。大大推进了"日心说"的著名天文学家开普勒坚信宇宙存在着"数的神秘性",据传他甚至按照天体运行的规律而谱写了一首乐曲。因此,庄子曰"天地有大美而不言"(《知北游》)并不是无稽之谈。①

由此可见,无论从主观方面还是从客观方面讲,自然的美是现实存在的,虽然由美到审美需要人类的感知,但由于人的生理结构与自然的普遍秩序的相通性,这种感知是容易产生的。

文学是人类创造的艺术美。艺术美与自然美某些内在的一致性,拉近了艺术与自然的关系。文学对于自然生态的表达,实质上是为艺术寻求美,也反映了艺术美与自然美走向内在和谐一致的趋势。自然审美是人类最早的审美形态,人类在自然审美活动中产生了形式感,实现了由耳目快感到心理快感的飞跃,培养起对现实对象超物质功利的精神性审美。自然审美也是人类最高的审美境界,它可以拓展和提高整个审美活动的精神品格。自然审美在促进人与自然和谐相处,重建人与自然的精神联系方面,有着不可替代的作用。自然审美不仅仅是逸致闲情,首先是更直观的生存状态——生态美问题。生态美是自然审美的当代现实形式,它既是人类起码的自然生存条件,又是人类生活美之组成部分,同时也是人们高尚的精神生活,发扬自然审美精神符合当代人类文化主题。②

因此,文学的生态表达是一种本质需要。其一是文学的主体对象——人的需要。文学是人学,人的一部分具有社会属性,一部分具有自然属性。文学对社会的表达是人回归社会属性,对自然的表达则是人回归自然属性。其实,无论从人的社会需要还是从人的物类生理需要,人类都离不开自然生态,因为人是自然中的人,社会也是自然生态中的社会。其二是文学自身的需要。文学要创造艺术美,而艺术美的产生并不仅仅

---

① 胡家祥:《论审美理想》,载《河南师范大学学报》1998 年第 6 期。
② 薛兴富:《自然审美的意义》,载《陕西师范大学学报》2002 年第 6 期。

来源于人类自身。人类所处的自然界存在着取之不竭的美,而自然的美又是最原始、最本质的美,因此文学向自然寻求美,从自然中选择审美对象,是文学创作艺术美的必需。这就难怪文学还在萌芽时期便以自然表达为开始,此后莘莘大端;更难怪人们对于文学的生态表达那么钟情,每每手捧或咏读着那些自然美的篇章爱不释手,回味无穷。原因在于人类从中找到了最伟大、最深邃的美,找到了最高的审美境界。这便是文学生态表达的意义和价值所在。

第六章　当下文学"语不惊人"的原因

中国文学自20世纪90年代以来,从"失重"到"躲避",再由"边缘"到"失语";进入新世纪,更是越来越沉沦。且不说中国当代文学能不能出现辉煌,走进诺贝尔奖,即使是中国文学的基本读者已经大面积流失,大众对文学失去了信任,对文学的作为和成就不买账,以至2006年年底德国汉学家顾彬居然判定"中国当代文学是垃圾"。当然,对于顾彬的极端判断许多人不予苟同,但至少给我们印证了这样一个事实,中国当代文学在国民中没有引起热烈的喝彩,在国外也没有得到积极的充分的评价。

对于当下文学的问题和现状,众生喧哗,当然也有许多人进行深入的思考和探讨。2007年7月20日,由中国社会科学院文学研究所主办的"文学现状的文化解读——2007年上半年中国文学国情论坛"在北京举行。论坛认为,当下文学存在的问题,"既数量不少、大小不等,也五花八门、各式各样,有的甚至不局限于文学本身,而与文学所处的文化环境和时代背景密切相关"。所以,论坛的目的是"为了更好认识文学现实,考察文学现状,并就纷繁异常的文学现象进行文化解析与学理评估"。据主办者介绍,论坛主要是对当下文学现状的普查和调查,肯定会涉及文学自身的问题,但重点是对文学外部的考察。外部环境对文学肯定有影响,譬如,全球化、一体化、市场经济、消费社会、大众文化、读图时代、媒体霸权、网络世界等等都是制约当下文学的不可忽略的因素。但是,在我看来,中国当下文学存在的问题不仅仅是外部的浅层次的问题,更重要的是文学自身的深层次的问题。具体而言,主要是以下几个方面的问题:

一、文学对民族文化的疏离

中国文学是中华民族的文学,应该充分体现中华民族的特性。文学是语言文字的艺术,毫无疑问,中国文学仍然在运用汉语言的材料、汉语言的句法句式、汉语言起码的思维模式构筑文学,因此,我们不能否认当下中国文学的民族属性。因为,从某种意义上说,理解一种语言,就是理解一种生活方式"。汉语言中体现的中华民族的生活方式的印记是非常显著的。但是,这并没有充分的理由说明,当下文学完全地、深刻地代表着或者体现着民族文化。中华民族文化历经几千年的风雨剥蚀,谓之源远流长,博大精深绝非悖论。譬如,中华文化主张中庸,强调和合,讲究天人合一,人与自然的和谐,阳刚之气与阴柔之美的完美统一。当然,更强调厚德载物,自强不息,"位卑未敢忘忧国","天下兴亡,匹夫有责",舍生取义,等等。这些应该是中华民族几千年文化的精髓。如果说前者主要强调的是应对世界的方法论和探寻问题的路径的话,那么后者主要突出的是人的社会活动的目的、精神品格和价值判断。

中华文化的基本精神决定了中华民族的思维方式、感知方式、行为方式、情感方式、审美模式等等,都显著地区别于其他民族,所以,中华民族创造了女娲。当宇宙初开时,天地之间只有女娲和伏羲兄妹二人,他们相议欲结为夫妻,但又自觉羞耻。兄即与妹登上昆仑山,咒曰:"上天若同意我兄妹二人结为夫妻,请您将天上的云都合起来,要不就把云散了吧。"于是天上的云立即合起来,他们俩就成了夫妻,其后便有了中华民族的子孙后代。虽然天地人神都需要他们结为夫妻,他们也完全可以自作主张结为夫妻,但一则兄妹之间难为情,二则天意(其中也暗含着人伦)能够为他们的选择提供一个补偿心理不安的理由,而只有天意有了明确的预示,他们才逾越兄妹的界限成为夫妻。天上云彩的合拢,似乎就是垂挂在天际的帷幕,为女娲和伏羲的夫妻之事而遮掩。这就是中华民族追求和延宕了几千年的含蓄和天人合一。西方民族创造了夏娃。在伊甸园里,夏娃和亚当明知禁果不能吃,偏偏经不住诱惑,冲破禁忌,于是彼此的裸体和罪恶就展现在对方面前。虽然他们的媾和造就了西方世界的人类,但他们的行为本身就裹挟着罪恶,似有不合理性。这也许可以成为西方民族的放荡和自我中心主义的渊薮。

中国文学自古就在努力进入中华文化的精髓并穿行于其广袤的空间,且以文学的方式不断地展示着中华文化的深邃内涵。汉语言文学完全是依照中华文化构筑的结构方式和精神原则进入人们的审美世界。在表达情感和爱情时,是一种清净如水、绵绵情长:"昔我来矣,杨柳依依;今我去矣,雨雪霏霏。""东边日出西边雨,道是无晴却有晴。""今宵酒醒何处,杨柳岸、晓风残月。"在波澜不惊中情在蓬勃涌动。人与自然的生存状态则是:"采菊东篱下,悠然见南山。""空山新雨后,天气晚来秋。明月松间照,清泉石上流。……随意春芳歇,王孙自可留。""落霞与孤鹜齐飞,秋水共长天一色。""常记溪亭日暮,沉醉不知归路。兴尽晚回舟,误入藕花深处。"自然无限情趣,人与自然融为一体。关于出世和入世以及社会责任,中国文学中比比皆是"路漫漫其修远兮,吾将上下而求索","长风破浪会有时,直挂云帆济沧海","居庙堂之高则忧其民,处江湖之远则忧其君","穷则独善其身,达则兼济天下"的表达,即使是女流之辈的李清照也发出了"生当作人杰,死亦为鬼雄。至今思项羽,不肯过江东"的豪言。中国叙事文学则以更大的容量承载着中华文化,以提升自己的魅力。《红楼梦》以荣、宁两所府第及其群体人物的兴衰多姿多彩地演绎着中国文化,既有精英文化、高雅文化,又有大众文化、通俗文化,既有琴棋书画,又有民风民俗,还有佛道浸润,有世道的演进、沧海桑田哲理的揭示,简直就是人物命运的展览馆,社会的风俗画,民族的编年史。《三国演义》则以阔大和恢弘的气魄和手法,将中国东汉末年至晋初那段动荡的历史活生生地展示出来,归纳出"天下大事,分久必合,合久必分"的历史规律,同时,作品中始终贯穿着忠信礼仪的思想,充分展示了中华民族那个时代的谋略艺术和战争智慧。到了现代,鲁迅的《狂人日记》、《阿Q正传》以异常辛辣的解剖手法揭露了封建社会人吃人的罪恶历史,国民的劣根性——精神胜利法,对20世纪初中国文化启蒙具有重大意义。沈从文的湘西小说比较细腻地展示了湘西近乎天然的民族风情和文化,具有独特性。巴金、老舍、曹禺、钱钟书等作家的作品展现出来的既有民族文化的原态,又有历史转折时期文化的裂变、嬗变。可以说,民族文化使文学的成果饱满,富有厚度、深度和魅力,文学使文化伴随着其作品熠熠生辉,文化与文学相得益彰。

但是,到了当代,特别是当下文学却很难走进中华文化的核心空间。这与作家的文化背景、学养和社会经历有关,当然也与现实的社会文化环境有关。历数中国当代文学,20世纪五六十年代的红色文学(战争文学)是中国近现代社会变革历史的记录,当然也不乏佳作;"文革"文学基本上是简单化、御用化的创作;进入新时期的20世纪80年代之后,应该说文学回归到自我发展的正常轨道,也涌现出一些从文化方面考量有一定分量的作品,如贾平凹的商洛系列作品、张承志的穆斯林历史和文化系列作品、路遥的作品、莫言的《红高粱》系列作品、汪曾祺的京派小说、王安忆的作品等都在某些方面承载了中国历史和现实的文化诉求,从而也在一定程度上亮出了中国文学进取有为的惹人姿态。然而,到了20世纪90年代中后期,特别是进入新世纪,文学大量注水和稀释,文学似乎已经不太在意文化,文学不再有分量,也不再追求什么重大主题,只剩下生活琐细、鸡零狗碎。无论是先锋文学、新写实小说,还是"80后"写作,基本上都没有多少文化内涵。特别是"80后"作家,他们的作品大多是自己的青春期感受,与社会、历史、文化基本上没有多大干系。民族文化是一个民族的印记,一个民族的文学只有与民族文化紧密结合渗透在一起,才能有丰富的历史文化内涵和旺盛的生命力。同时,越是具有深厚民族文化内涵和民族特色的文学,可能更能引起世界的关注,正所谓越是民族的越是世界的。而民族文化不仅仅是一种语言所能完全体现的,它还有自己特定的内容,因此,文学不能只是民族语言的刻意组合和艺术编排,而是通过巧妙的语言组合和修辞的运用表达深厚的丰富多彩的民族文化。如果不是这样,文学可能会成为语言空壳,这样的作品若想在当代让人从内心钟爱,让世界瞩目,在后世让人景仰无异于天方夜谭。

二、文学对中国问题的忽略和忘却

中国是一个有着十几亿人口、多民族的大国。中国在世界范围内仍然是一个发展中国家。虽然经过改革开放近30年的发展,中国的综合国力和国际竞争力有了大幅度的提升,国民的生活水平有了很大的改善,特别是在全球化的大趋势下,中国加入了WTO,中国走向了市场,走向了世界;但是,中国幅员辽阔,民族众多、人口众多,地区的差别、人群的差别很大;同时,中国正处在现代化过程之中,历史和现实的牵制决定了中国可能存在着现代、前现代、后现代的交织混杂。所以,中国仍然处在漫长的社会转型过程之中。

基于这样的判断,我们就不能对中国的现状过于乐观。其实,在中国社会重要的转型时期,面临的深刻矛盾和重大问题很多,譬如城乡的差别、东西部的差别、各民族的差别、社会阶层的重新分化、"三农"问题、贫富悬殊问题、弱势群体问题、社会心理与大众情绪问题、民族宗教问题、民主政治问题、体制转换问题、传统文化的继承与创新问题,当然也包括中国如何因应世界的变化问题,等等。而这些问题基本上是中国现代化过程中难以回避的问题,当然也是文学绕不开的问题。文学如何面对和应对现实,毫无疑问是对文学作为的重要考验。当然,我们不能要求文学机械地、表面地反映现实,而是期望文学面对变动着的、演进着的、混杂的现实找到自己的表达方式。问题恰恰在于,当下文学似乎还没有找到深刻而多向的表达现实的方式,更多的作家、作品选择了回避或忽略现实问题,当代文学大大减少了现实中国问题的印记。

也许,中国当下的文学唯恐成为现实的镜子而被扣上"反映论"的帽子;同时,试图以回避现实或忽略现实而达到与现实、与政治保持距离的目的。不可否认,中国当代文学在一段时间确实被当作机械地反映现实的工具,对文学的发展产生过消极的影响。但是,文学的生产和发展应该是理性的、遵循规律的,而不应该是非理性的和反规律的,不能一朝被蛇咬十年怕井绳。的确,文学不能机械地反映现实,更不能简单地图解政治;文学需要与现实保持适当的距离,现实需要冷却、沉淀,作家需要冷静地、细致地观察生活、理解生活、解剖现实,以便文学作品能够深刻揭示社会生活的本质。但这并不是说文学可以与现实脱离关系。必须承认,现实永远是文学存在的基础,文学不可能与现实脱离关系,甚至也不可能与政治脱离关系。现实就是人类当下的生存状态,现实是历史的延续,历史是现实的沉淀,而政治则是现实抽象的、集中的体现。文学是人学,所谓的人学就是与人的生存状态相联系的各种社会关系,也就是人的生存状态的历史和现实。如果文学试图与现实决裂,那么文学存在的逻辑前提也就不存在了。实际上,问题意识、忧患意识、孤独意识、悲悯意识等始终是文学的灵魂。因为问题和矛盾始终是社会历史运动的关键,也是人自身生存和发展的关键,在文学的话语体系和文学生态中忽略或抛弃了社会或者说人类生活面临的矛盾和问题,文学与人们生活的高度关切性可能会大打折扣,文学的深刻性、丰富性就可能成为空话。因此,文学进入社会历史的问题和矛盾之中,并以文学的言说方式和表现形式表达社会问题和矛盾,既有利于强化文学的话语权,有利于构筑广阔的文学世界,更能够提升文学的分量和价值。从哲学上说,这正是文学所富有的认识意义所在,也是文学的核心价值观。可以说,文学就是在矛盾和困惑中获得超越和突破的,也是在超越和突破矛盾和困惑中实现其认识价值和审美价值的。

从文学的社会历史价值考量,忽略现实矛盾和问题是当下文学自身表达无力,形象矮化,影响弱化的重要原因。文学是人类的一种审美生活方式,人们总是期望自己的现实生活状况能够在文学中得到映照和表达,从而在文学中找到自己纾解困惑的模式、自我升华的轨迹以及理想中的戏剧化定位。这可能是人类需要文学、生产文学、关注文学的重要缘由之一。然而,当下的文学基本上浮于社会现实的表象之上,对于中国社会的现实状况、对于民族发展道路上面临的矛盾和问题,没有多少作家和作品真正进入到严峻复杂的空间,与问题和矛盾博弈、对话,从严峻的问题和矛盾中构建极致的文学情节、文学冲突、文学效果,提拔文学的品格和精神。更多的作家非常善于追随现代社会市场权力的导向和大众文化的风标,满足于消费市场的评判和大众文化的起哄,放弃了对现实社会问题和矛盾的深度考察和理性思考,更不愿意让文学、让自己的作品陷入矛盾和问题而不能自拔,作家们奉行的是"无乱一身轻",免得"剪不断,理还乱"。作家存在的问题主要有两个方面,一是被目前消费社会呈现的浮华图景遮蔽了深远的视线。在全球化、一体化的大背景下,都市、金钱、物流、信息、时尚、罗曼蒂克好像构成了现代生活的所有,世界似乎只有繁荣、消费、享乐,无论是西方和东方,还是美国和中国,中国人不完全是中国人,已经与西方人、世界人混同,文学表现的多是清一色的富人生活、小资情调,中国已然没有了城乡的差别、东西部的差别、"三农"问题、贫富悬殊问题、弱势群体问题等,也没有了与发达国家的差别,苦难和不幸似乎皆与我们告别,人们完全可以高枕无忧,中国文学成了"世界文学"。二是作家已经没有体验苦难、洞察矛盾和问题的动力。不少作家已经贵族化,他们享受着国家的工薪衣食无忧,然后再操作出一些无关紧要的作品挣取额外收入。最重要的是生活领域的固定化,作家们形成了自己的生态链,从根本上丧失了进入社会丰富、复杂、多样生活的原始动力,对于社会的苦难、生存的艰辛、复杂纷繁的矛盾,他们很难生发出介入的勇气和斗志,即使介入进去,一旦利害关系显露,也可能会在错综复杂的利益纠葛中患得患失,知难而退。文学史上那些为了体验社会苦难而深入社会底层、坐守监牢,甚至不惜被流放的作家的确凿事例,在今天已经难以复现。

所以,当下中国文学很少农民问题写作、工人阶级写作、弱势群体写作,充斥文学作品的大多是都市的准贵族生活、官场的权力摩擦、小资男女的情感历练以及不厌其烦的婚外恋、婚外情等等,这种表达毫无疑问不是中国人现实生活的主要内容,它不具有广泛性,当然也很难具有典型性。实际上中国改革开放近30年,无论是社会体制的变革还是人们的社会生活的变化都是复杂的、深刻的、甚至是痛苦的,社会和个人承受的代价都足以让历史感叹。但文学好像没有被感动和震撼。文学的这种作为首先表明作家能力的弱化和表达的苍白,文学已经丢掉了对社会历史发展丰富性的言说能力;其次带来的问题是,文学以不具有广泛性的社会生活掩盖了中国社会发展中的深刻矛盾和问题,让人们感受到的是虚构的普世狂欢和矫情;再次导致的结果是让人们越来越对文学失去深情、热情、兴趣,文学变得边缘、冷落、孤独。

三、文学思想的贫乏与精神的萎靡

　　文学虽然不是哲学作品,不是思想史,但是文学也是人类的精神产品,是人类的社会实践活动见之于思维活动的产物。因此,文学中所蕴涵的思想和精神一直是文学的灵魂。我们习惯于把伟大的作家称作伟大的思想家,譬如孔丘、李聃、庄周、屈原、李白、杜甫、韩愈、苏轼、曹雪芹、鲁迅、莎士比亚、巴尔扎克、托尔斯泰、普希金、泰戈尔等等,就是因为他们的作品中蕴涵着深刻的思想内涵和伟大的人文精神。无论是叙事文学,还是抒情文学,既不可能是简单地构筑一些情节,讲述一些故事,也不可能是空洞地抒发一些闲情,都可能与人类的命运、人类发展的历史和人类拼搏奋斗的精神紧密地联系在一起。弗利德利希·希勒格尔认为:"在记忆所构成的背景中,较为崇高的形象十分突出,遮蔽了许多无意义的和丑陋的东西。然而一位真正的诗人却有能力去征服具有这类性质的种种困难;他的职责就是使日常生活中的平凡事件发出光辉,赋予它们以一个较高的价值、一个较深的涵义。""真正的诗人体现他自己的年代,也在刻画以往的年代时多少体现自己。"①否则,文学就难以承载起文学的声名。

　　巴尔扎克指出:"作家的法则,作家所以成为作家,作家(我不怕这样说)能够与政治家分庭抗礼,或者比政治家还要杰出的法则,就是由于他对人类事务的某种抉择,由于他对一些原则的绝对忠诚。"②检视当下中国文学,其行为系统的偏向不可避免地导致思想和精神的失重。自20世纪90年代以来,文学透视社会历史的兴趣越来越淡漠,与时代同行的勇气不断萎缩,不愿意对社会重大历史问题进行深度思考并寻求超越,逃避时代主旋律和舍弃重大主题成为文学家的共同选择。于是,文学失去了应有的想象力、创造力,文学的思想愈来愈空洞和贫乏,文学精神进一步

---

① 伍蠡甫:《西方文论选》,上海译文出版社1984年版,第326页。
② 伍蠡甫:《西方文论选》,上海译文出版社1984年版,第169页。

孱弱和萎靡，文学的思维体系和表达体系不但表现不出社会哲学的鲜明品格，而且越来越难以体现出生活哲学、人生哲学的必备品质。如果说90年代初的文学已经显露出疏远社会历史的倾向，那么王朔的"痞子文学"的出场彻底颠覆了文学的思维逻辑和表达体系，文学游离中心，文学自贬自戕，不但不再崇高，而且流俗并落入风尘，甚至成为泼妇大开骂戒，"我是流氓我怕谁"，文学靠撒泼制造轰动、吸引读者，恰恰说明文学实在是缺乏思想，缺乏灵魂。自此以后，文学似乎已经正经不起来了，首先是作家已经不再把文学作为神圣的事业，文学再也不能承受自律、崇高和审美等使命的如此之重。由于思想也烦，生活也烦，现实中似乎已经没有多少有价值的东西值得文学表达，文学仅仅撷取一些无关痛痒的琐事逗你玩儿。其次，大众对文学则是"哀其不幸，怒其不争"，在期待、失望中疏远文学。面对文学的窘境，文学自身并没有真正地振作起来，没有着力构筑自己的精神之塔和价值体系，反而在自虐的道路上越走越远。为了让人们看文学一眼，文学撕下了最后的遮羞布，所谓的美女作家（包括美男作家）玩起了下半身写作和身体写作，甚至连一向很有写作才华、一向严肃的贾平凹也在《废都》里玩起了身体和性游戏，虽然一时轰动，但并不能给当下文学积累什么有价值的资源，只能成为人们一时的笑谈和鄙视文学的依据。至此，文学彻底堕落，精神彻底溃塌。

新世纪以来，文学界似有精神上的觉醒，但文学的作为并没有彻底地改观。以2005年的文学为例，这一年文学创作应该说成绩不凡，林白的《妇女闲聊录》、贾平凹的《秦腔》、毕飞宇的《平原》、阿来的《空山》、范小青的《女同志》、东西的《后悔录》、余华的《兄弟》、王安忆的《遍地枭雄》等集体亮相，作家们试图回归到历史和现实之中，并以自己的审视力、想象力挖掘时代的精神价值。但"由于精神的幅宽有限，某种观照现世的复合性眼光，以及与悖谬世界相抗衡的复调思维尚未形成。尽管作家们受过先锋写作的技巧训练，但是精神格局的促迫使其在与'真实'相遇时，要么服从既有的社会结论，要么服从自己无力的异想天开，那种由自由意识所驱遣的游戏精神总是难以萌生"[①]。文学的豁达与优裕没有显

---

① 李静:《2005年文学的面孔》，载2006年1月13日《新京报》。

现,而那种超拔境界——圣贤气象更是远没有到来。作家熊召政有感于当下文学的现状指出:"相比于时代,我们的文学显得有些滞后。虽然,我们已经创造了一些格调高雅品质浑厚的作品,但相比于狂飙突进多姿多彩的时代,文学的声音尚未达到黄钟大吕的效果。就我的阅读经验,衡量盛世文学的标准,应该感情充沛却绝无矫揉造作;虽有儿女情长却更具英雄气概。大凡一个气势雄健的时代,文学的园林里绝不可能是一片窃窃私语。脂粉气、浅笑与哀愁,不可能成为文学的主流。""精神气象是衡量盛世的重要标准,文学恰恰就是一个民族的精神气象的具体体现。文学不可能像政治与经济那样直接作用于社会,培植国力,但增强民族的凝聚力,却是文学不可或缺的功能。"①因此,"文学在今天,完全可以提出这样的话题:文学,更应该关注当代社会生活现实和经济、文化的发展动势,更应该开掘社会诸多方面的主流倾向、价值意识,也更应该多层次、多侧面、多样性地揭示社会与人性的这一庞大的'桶状物',在社会文化内里不断勘探、在人性深处持续爆破,将真善美、假恶丑历史地和审美地熔铸成形态更具前倾张力、更具清新跃动的文学。文学,应是具有自律性的审美范式,应对社会文化乃至社会总体的发展释放自己的驱动力量,从而成为社会历史的美的表述和人性流变的美的揭示"②。只有这样,文学才能真正具有厚度和分量,才能有伟岸的身躯和闪亮的形象,才能实现中国文学的真正崛起。

---

① 《华夏呼唤盛世史诗——三作家谈文学的时代抉择》,载 2007 年 8 月 24 日《人民日报》。
② 方伟:《论文学的根基与走向》,载 2004 年 10 月 14 日《光明日报》。

第七章　当代文学阐释的有效性

当下社会对文学的诟病颇多。文学的问题的症结究竟在哪里？老实讲，当下文学的作为还不足以震撼中国，震撼世界，但这恐非当下文学失宠的全部原因。文学的成就得到承认或取得应有的地位，至少与两个方面的问题有关：一是文学文本自身的表达能力或自解力；二是文学文本之外对文学阐释的有效性。文学文本的表达能力当然是文学自身的问题，而对文学阐释的有效性则基本上是文本外部的问题。事实上，在现实语境中一直存在着解读文学的种种壁垒，严重制约着对当代文学阐释的有效性，导致文学在现实生活中黯然失色，文学的神圣感和崇高感渐趋消失。

一、无距离感与审美性疏淡

当代文学产生于现实语境。现实是一个正在行进的过程。无论是反映论还是表现论抑或其他理论，都不能否认文学是对现实生活外在的和内在的表达和记录。一般而言，文学表达现实至少存在着以下几个质的规定性：一是现实生活的内容，这与作家的生活经验密切相关；二是当代意识和观念，这是由特定历史时期人们对社会的认识水平和感悟能力规约的；三是当代语言形式，什么时代说什么话是一种基本的话语认同或环境认同。

当代文学这些质的规定性表明文学语境与现实语境不存在距离，文学进入社会大众和大众进入文学都不存在显性障碍。应该说,这是文学普及和扩大消费的有利条件,也是文学赢得尊重和地位的必备要件。然而,问题往往存在于可能和优势之中。文学与现实的无间性让文学与读者之间失去了距离感。心理学研究认为,距离能够产生神秘感。艺术学和美学有一个基本的命题,距离产生美。当代文学说的是当代话,表达的是当代意识和观念,记录的是现实生活的内容,与当代社会和大众毫无距离,人们在进入文学之前不可能随时产生神秘感,进入文学之后也不可能发现更多的新奇,有的是对当代文学表达内容的耳熟能详,对文学思维方式和语言形式的习惯和顺从,当代文学的审美性在人们庸常疲惫的意识中疏淡。

还需要指出的是,由于当代文学创作手段的现代化和传播途径的多媒体化,文学生产的效率大幅度提高,文学传播的速度大大加快,业界所能够提供给社会大众消费的文学作品成倍上翻,一方面是可能存在着文学平均质量的下降,另一方面是大量的质量不等的文学作品对人们视觉和思维的冲击所形成的审美疲劳,也是当代文学审美性疏淡的不可忽视的原因。

审美性的疏淡所带来的是文学的审美属性在人们意识中的淡化,直接的后果是人们与文学搁置了距离,文学的形象和品格发生变形,人们对文学的精神期待和信任度降低。当代文学与大众虽然处在相同的社会语境,但因疏离而形同路人,为文学叫好而让人们嗤之以鼻已经成为惯常现象,当代文学阐释的难度由此可见一斑。

二、非经典化与文学的失魅

当代文学的大量生产甚或复制在于满足市场的需求和大众的消费,而且在物欲膨胀,消费成为时代主要特征的现代社会,作为纯精神性的文学产品未必能够完全洗刷掉物欲的印记,文学被物欲操纵和市场主宰不但成为可能而且已经成为现实。在市场和消费面前,文学已经不可能具有足够的神秘性,不仅文学生产的周期和流通的周期大大缩短,文学生产的流程和操作出炉的过程也没什么秘密可言，文学作品与其他物质产品生产的程序渐趋类同，作为精神产品的文学作品的特殊性开始普遍化。

文学的自主性在丧失，文学的自律性在消解，异化成为当下文学不可否认的现实。包括市场在内的外在力量对文学的支配越来越严重，作家很难平静地构思自己的作品，更不可能冷静地、非功利性地处理自己的作品，文学作品一经停笔直接进入市场，甚至未完成就提前进入流通领域成为普遍现象，利益最大化要求作家充当现代产业工人的角色，作家不能以文学史上的经典名著为例把作品库存在那里冷静、沉淀，更不能无休止地回炉加工，以期待或赢得未来的价值和市场。快餐性和一次性消费无奈成为当下文学难以克服的习性，文学缺少了冷静、沉着、优裕、深刻，文学经典化的几率必然降低。

当然，经典化也是一个历史过程。作家自觉地将作品冷静下来进行沉淀对文学精品和经典的产生是必要和重要的；但经典的产生更重要的是需要历史的大浪淘沙，需要人们不断地解读和辨析，最终形成基本一致的价值判断。在现代市场中与物质产品混同流通消长的当代文学非经典化是基本事实，其一是当代文学的生产流程让越来越多的作家丧失了创造经典的主动性。其二是无论当代文学的水平和质量高低优劣，未经历史的检验和评判，没有更多人的认同，难以命名经典。其三，市场和文学自身要求当代文学不可能有更多的时间作为经典化的过程。

非经典化的当代文学自然就缺少了神圣、崇高以至神秘的光环，人们面对它的时候失去了应有的崇敬、谦恭、渴望，特别是当下文学进一步世俗化之后，文学几乎与其他商品一样成为一种冗繁的日常消费品。换句话说，当商品过剩时消费可能成为一种可有可无的事，文学消费的必需性和稀有性便越来越值得质疑。文学的失魅让文学在人们的心目中平白地丧失了必要的地位，大众的冷眼相看和随意消费让文学落入风尘，目睹文学的身影和面孔人们不再容易崇敬起来，就如大众娱乐场所的服务小姐一样，无论谁试图以崇高、内蕴、深刻等字眼解之，大众可能都难以接受和信服，文学应有的魅力流失了。

三、话语资源的不足与言说的乏力

当代文学即当代发生的文学,当代发生的文学意味着无多少历史可言,无历史可言则表明当代文学既不可能经过历史沉淀,又不可能得到充分地评说。问题就在于此。一般而言,任何精神现象的存在都需要历史的沉淀和历史的评说,无论人们的评说是对是错,都是一种历史的阐说,是一种蹊径的开掘,更是一种资源的积累。

当代文学的时代特征和自身发展的逻辑表面上呈现为众说纷纭,热闹好看,实质上却是内在的萧条和话语资源的不足和贫乏。一方面是文学创作及其作品如雨后春笋大量涌现,仅长篇小说已经每年超过一千部,这是高产超产的年代;另一方面是以现代媒体为代表的社会舆论设台造势,对新人新作品的热誉或棒喝不绝于耳,比比皆是,似乎每位作家都是大家,每部作品都是奇书名著。现代媒体的这种叫喊几乎没有任何意义,其中存在着一个制造和控制舆论的思维逻辑,一个兜售商品的行为目的,一个编造故事和事件的语言程式,说到底相当于一个商品广告,对文学的阐释和研究不具有多少可利用的资源价值。

就文学研究界而言,当代文学现代化的生产规模足以让研究者们望书兴叹,学者们不可能阅尽年年出版发表的文学作品,更不可能逐一研究。但作为研究者和专家又不能在当代文学面前失语,有效的办法是挂一漏万,择其一二读之解之,这种研究以偏概全即是难免。同时,在物欲膨胀和浮躁世俗的现代社会,同代人的相互吹捧和誉美俯拾皆是,短期行为产生的重复解说、利益驱动造就的虚假研究和伪学术也不鲜见,盛景之下堆积的话语资源似乎不少,但真正有价值的话语资源却十分有限。

当代文学亟须历史提供话语资源和话语权,但历史只能一页页书写,历史的判断不可能一下子幸临,话语资源的不足成为当代文学的一个窘迫的问题。无论是当代文学的阐释还是理论的建构,没有充分的话语资源是难以想象的。话语资源是阐释学和理论判断的基本支撑材料,话语资源的不足意味着我们作出的阐释和判断的要件不充分,不具有充分要件的判断很难具有说服力。在此情形下,对当代文学进行有效的阐释,建构属于当代文学的阐释学和理论体系无疑是困难的。

四、民主化与权威的崩塌

中国社会正在进入民主社会,这一判断是有现实依据的。中国自20世纪70年代末改革开放以来,民主法制的进程大大加快,政治趋向民主,经济快速发展,社会焕发活力,宪法赋予公民的民主权利得到保障。具体到文学界和理论界,国家倡导"百花齐放,百家争鸣"方针,文学创作可以尝试不同的流派和风格,学术问题、理论问题可以自由探讨,充分开展批评,人们只需要对自己的言论负法律责任和道义责任。

这种局面的形成无疑是一种幸事。但是,中国是一个富有法权传统而缺少民主传统的社会,文学艺术领域亦是如此。文学原有的规则、制度、评价体系基本都是依循既有的传统制定的,如今社会现实发生了重要变革,原有的规则、制度、评价体系自然会在不同程度上失效,这对于对传统有着巨大依赖惯性的人们来说,思想意识上和实际视野中都可能形成一个明显的空当,规则的迷失、价值的迷失是不可避免的。填补空当需要的是建构一套新的规则、制度、评价体系,这迫切地存在着一个解构传统的内在要求。

中国文学的规则、评价体系中核心的传统是权威的分量,其中包括文学巨擘、学术泰斗、政治权威等。如果说在文学艺术领域我们还无法否认文学权威和学术权威在解读文学时所遵循规则的合法性,从而难以释减他们发言的分量的话,那么政治权威在文学领域所作出的裁决能够依据规则的合理性和合法性多少是值得质疑的。因为无论如何文学权威和学术权威对文学艺术的规律是精通的,对文学的规则也是谙熟的;政治权威就不一定对文学艺术的规律规则十分熟悉,因而作出的判断就不一定符合文学的内在要求。但是,文学的阐释和批评仅仅依靠权威是不正常的,无论是文学权威和学术权威还是政治权威都不可能一贯地精辟,一贯地正确,都可能有失判的时候,把权威的评判作为唯一的依据,否定的是大多数人的思想和智慧。

问题陷入了一个恶性的怪圈,一方面是民主化要求解构传统和打破规则,否定和摧毁权威,另一方面是权威崩塌、失去权威之后的无所适从,不知道没有权威的日子怎么过。当代文学进入了公说公有理、婆说婆有理和谁说都不算数的芸芸众生的时代,没有权威似乎没有了真理,大家都遵守规则又都不遵守规则,规则的效力和文学阐释的效力大打折扣。

五、现实的不确定性与现有理论的冲击

当代中国处于一个重要的转型时期。虽然社会主义市场经济体制逐渐建立,但整个社会还处在一个不断嬗变的过程之中,一个符合中国实际、充满活力的社会形态的定型还有待时日。作为社会精神参照系数的社会价值体系特别是核心价值体系,在原有的价值体系遭到解构之后还需要重新建立。现实存在着相当大的不确定性。

当代文学在这样一个转型时期如何显露自己的确定性,将是一个很大的难题。事实上,中国当代文学在经历了历史的风风雨雨之后,试图甩掉历史包袱寻找自己的发展道路。但是,这种与历史区隔和断裂的尝试未必能够行得通,且不说中国文学几千年的传统,仅就"五四"文学的经验、延安文学的传统甚或建国文学的积累就不一定能够抛弃得掉,因为这些文学经验虽然不排除外来的成分,但归根结底是产生在中国土壤中的经验。尽管中国当代文学生长的环境发生了重大的变化,然而文学的根系与"五四"文学、延安文学、建国文学根系的连接不可能挣断,我们难以否认"五四"文学、延安文学的传统甚或建国文学经验对于当代文学的资源性作用的重要性。

困难的是,转型中的中国社会现实的不确定性当然也成为文学的不确定性因素,文学要表达什么内容?这种表达是不是具有恒久的社会和历史价值?文学要建构什么?这种建构与国家社会的建构目标是否一致?文学试图与社会同步探寻自己的未来;同时,关于中国社会的建构包括文学体系的建构除了本土理论的解说之外,还有大量的外来理论的涌

入。就文学理论而言,20世纪80年代以来,尼采、弗洛伊德等热力尚未减,本·雅明、杰姆逊、德里达、哈贝马斯等等便一个个粉墨登场,无论是文学文本的研究、文学内部规律的研究,还是文学发生学的研究、文化研究、文学外部问题的研究,我们无意否认这些理论对中国文学理论建构的参考性价值,只是对于刚从历史风雨中走出来的中国当代文学来说,按照哪种理论建构中国的文学体系是捷径或正确的道路?恐怕即使是西方大理论家自己也难以表白清楚。话说回来,即使是有哪种理论正确无误,中国文学还得在自己的土地上走自己的路。因此,重要的不是哪种理论高明伟大,关键在于中国文学需要什么,哪种理论在中国本土化的过程中更能发挥效能,如果不是这样,种种理论的涌入都可能对中国当代文学体系的建构形成了事实上的冲击,也许既不能成为中国文学建构的有效资源,也不能成为阐释当代文学的有效资源。

现实的不确定性让文学的画像似乎清晰不起来,而各种理论的众说纷纭又为文学的阐释增加了难度,当代文学的处境很不顺意。文学意欲在社会转型时期伫立起自己的伟岸的身躯,除了增强对现实的审视辨别能力之外,最重要的是建立经得起历史检验的文学的价值体系。

六、"今不如昔"论对文学的毁誉

文学是一个存在已久、不断传承的精神范畴。当代文学不是今日之文学,而是指当代创作和生产的文学作品。无论是文学的概念、文学的形式还是文学精神,都有其延续的历史。因此,文学是一个完整的概念,当代文学是文学在当代的展现。

文学沿着自身的渊源发展到今天,在文学史上的确留下了无数璀璨的明珠,它们构成了民族文化史上的经典、精华和民族精神的象征。但是,这些经典、精华并不是一时一刻创造的,而是在数千年的历史长河中,蕴集了一个民族无数才俊的才华和智慧,经过历史的大浪淘沙而积累形成的。当然,既有的经典、精华已经成为民族文学发展的参照系,也成为民族精神史的源流。所以,文学的发展是一个比较的过程,也是一个淘汰的过程。

当代文学是中国文学在当代的延续。无论经典、精华诞生于什么年代以及怎样产生的,但任何时代的文学都不可能只有经典而不存在非经典的作品。同样,即便当代文学能够产生经典,也不可能只让经典存在而一概扫除其他非经典的文学作品,况且经典的产生还需要时间和更多人的检验。当代文学非经典化是一个客观和现实的存在。人们没有理由对当代文学产生虔诚和崇拜,尤其与文学史上的经典比较时,对当代文学的非议就很容易产生。

实际上,"今不如昔"、厚古薄今是人们对事物进行评价时惯常的心理,鲁迅《风波》中九斤老太的"一代不如一代"的慨叹是这种心理的经典概括。这种心理之所以普遍存在,原因在于,其一,怀旧是人们经常出现的心理反应,年纪越长反应越强;其二,距离产生美,距离愈远愈能够让人产生敬意和向往,挑剔毛病的意念就可能弱化甚或泯灭;距离愈近愈容易发现瑕疵,呈现于人们现实视野中的当代文学就很容易暴露出问题;其三,人们往往拿现在的一般和过去的特殊比较,即拿现在普通的和过去特殊的相比,比较的结果是特殊胜过一般。

就文学而言,人们目睹的是当代文学中大量的质量不等的作品,其中是不是有经典存在,需要历史的评判;即使有经典,也未必人人能够慧眼识金,而且经典的价值也不完全一样,与文学史上的经典比较成为非议当代文学的最大理由。用经典的标尺评判当代文学是否完全合适需要研究,关键是否定当代文学的基本事实值得我们思考。当代人评价当代文学无可厚非,因为任何时代的文学不能只留给后人评价。问题在于一味地用"今不如昔"的惯性思维作为评价文学的模式,可能会丢掉客观公正的标准,从而形成全盘否定的局面,不利于当代文学的健康发展。事实上,文学史上的经典在当时的语境中也不一定被看好,即使像《西厢记》、《红楼梦》、《三国演义》、《水浒传》等等古典名著在当时也有来自不同层面的非议和指责,但在历史的语境中并不能泯灭它们的光辉。我们有必要提醒,对当代文学的批评应给予足够的鼓励,但需要矫正"今不如昔"的思维模式,多一些理性和客观,多给当代文学赋予一些自信。

第八章　当代文学的效率问题

效率是经济学概念,一般用于物质生产和商品流通领域。在精神领域借用效率概念是否牵强,关键要看它对于精神现象阐释的有效性。效率之于文学,是一个无法回避的概念,换句话说,效率是文学应有的可能性,因此,它是评价文学不可或缺的一种标准。

文学效率的含义至少包括以下三个方面的内容:一是单位时间内文学生产量;二是一定量的文学所产生的效能;三是资源的投入和社会消耗与文学效果之间的关系。文学是一种精神生产,精神生产与物质生产虽然有根本的区别,但文学也有消费,文学作品也是一种消费品。尤其是在现代社会,各种技术要素的参与和文学生产的技术化、专业化,文学生产与物质生产的联系愈来愈密切,文学效率成为衡量文学生产和文学发展的重要标尺。

文学效率与经济学中的效率既有联系,又有区别。其联系在于,二者都是对社会领域生产或者产品效果的评价,都需要遵循有关效率的一般原理对效率进行监测、统计、评估,最终得出具有科学性的结果。二者的最大区别在于,文学是精神产品,精神产品与物质产品的属性不同,其生产的自然程序、检测规格、评价因子和评价指标等会有明显不同,因此,文学效率在统计、评估方面比经济学中的效率更具有复杂性。

但是,无论多么复杂,文学中的确存在着效率问题,而且,我们是可以对文学的效率进行计算和评估的。特别是当下,文学的生产、流通、消费等各个环节都呈现出新的格局,更需要用效率观念对当下的文学状况进行评估。

一、文学生产量与效率

当代的中国文学特别是新世纪以来的文学应该说是非常"繁荣"的，其主要体现就是中国文学巨大的生产量。进入新世纪，中国文学真的有了"新"气象，最显著的特征即批量生产，老作家、中坚写手笔耕不辍，新锐写手层出不穷，"效率"极高。并且，在当下的文学生产中既有人工作坊，也有现代化的"流水线"，因此，文学的生产量不断攀附新高。据统计，2005年，中国的长篇小说出版量已经逼近一千部；2006年则突破了一千部；2007年已经达到一千二百部；据估计，2008年应该不会低于一千二百部的产量。如果按照每部长篇小说二十五万字计算（而实际上更多的作品愈来愈呈现加长趋势），中国每年的长篇小说则达三亿字。而中篇小说、短篇小说、散文、诗歌、随笔、报告文学等形式则通过出版社、报刊大量涌现，特别是没有经过规范编辑程序出现的网络文学更是难以计数。这样，中国每年制造出多少文学性的文字，恐怕没有人能够详尽俱道，就如世界的"加工厂"中国每年制造出多少产品难以给出具体数字一样。

面对如此巨大的文学生产量，我们当然可以判断当下中国的文学市场是繁荣的，"产品"是丰富的。并且，我们的这种判断还不完全是基于文学的生产量，还包括文学形式多样、品种多样、追求多元、风格多元。我们的文学从来没有像现在这样不拘于形式，在一个完全开放的环境中，文学表达什么？以什么形式表达？以什么面貌出现？怎样进入流通领域？似乎已经完全是作家个人的事，外在的干预能力愈来愈式微。文学在社会多元化的文化消费格局中被市场机制支配，那只"看不见的手"诱导着文学结构的配置和组合。已经划定好的份额决定了文学类型、品种、形式的比例，长篇小说高产是因为大规模的文字组合能够产生集束效应，特别是部分作品能够改编为电视剧、电影等因素的诱导，潜在的、巨大的经济效益成为作家们开足马力生产的重要动力。散文、随笔某个时期的走红与人们对作家、名人经历、情感、私生活的窥视欲有关，更与由此带来的经济利益有关，难怪余秋雨和周国平在各自自传出版之际，冠冕堂皇地分别冠以"记忆文学"和"心灵自传"名号。诗歌的衰败、寒碜是经济社会人们精神恍惚、麻木的表现,诗歌完全成了市场经济世界的"小商品",既不精致,也无重大"经济价值",无论批发还是零售都不叫好。市场支配和改变着文学的格局,文学在市场化的流转中实现了多元化。

  问题在于,文学市场的购买量有多大?有多少文学作品被有效阅读和消费?文学杂志是文学传播的主要媒体形式,我们考察一下文学杂志的状况、命运便能真实地反映整个社会对文学的态度和消费状况。据统计,我国现有的期刊八千余种,其中文学期刊约占百分之十。在八百种文学期刊中,面对巨大的经济压力和有限的读者群,能维持自身循环并有盈余的不足百种。当初《人民文学》在20世纪80年代发行百万册的豪情,如今演变为只能勉强养活自己的落寞。2006年12月,上海作协主办的文学刊物《海上文坛》出版了最后一期,2007年正式改刊为少儿杂志《略知一二》。在最后一期杂志的封面上,赫然印着"当一切成为记忆"七个大字,而末页的编后记上,编者的伤感之情更是溢于字里行间。与《海上文坛》凄凉命运相似的文学刊物并非一家两家,它们要么收拾家什关门,要么改变初衷转刊,总之,就是退出文学市场。文学书籍的出版也让人感到赧颜,特别是与政治、经济以及其他社科类图书相比,显得十分不对称。在以经济建设为中心的现代化进程中,政治、经济自然是显学,有关显学的书籍出版动辄百万以上的印数比比皆是,而作家们一年创作的一千二百多部的长篇小说,哪一部能够印出上百万册的数量?更不用说专业的文学研究类的书籍。当年人民文学出版社重印四十九种古今中外的文学名著,日日夜夜加班,而买书的人仍然通宵排队的情景恐怕如今再也不会出现。①

  文学阅读更显示出文学市场的尴尬。海南进行的一项调查显示,成人中近三分之一的人很少看文学类书刊,超过三分之二的人偶尔阅读文学类书刊。而新近公布的第五次全国国民阅读调查结果显示,韩寒和郭敬明入选"最受读者欢迎的作者"前十位,巴金、老舍等文坛大家则被甩在后面,赫赫有名的四大古典名著的作者竟无一人入选。第七届茅盾文

---

① 潘凯雄:《30年文学出版之路》,载2008年12月22日《太原日报》。

学奖有四部长篇小说入选,分别为贾平凹的《秦腔》、迟子建的《额尔古纳河右岸》、麦家的《暗算》以及周大新的《湖光山色》。一位书店店员回忆说:"《额尔古纳河右岸》2005年上架,只卖了十八本;《湖光山色》2006年上架,也只卖了八本。2007年之后我们就没进过这两本书,实在是不好卖,根本就没想到会获得'茅奖'。"如果我们把四大古典名著连同鲁迅、茅盾、巴金、老舍等作为文学的历史资源,他们曾经发挥过惊人的效益,今天时过境迁的落寞、滞销可以理解;那么,大量的当代作家创作的大批量作品为什么进入不了人们热读的视野?其中定有原因,或者是现代人对文学的需求量下降,或者文学的生产出现过剩,抑或还有其他。市场经济的物欲膨胀在某种程度上抑制和消解了人们的精神需求,文学不可能比时装、家电、香车、家私、豪宅等更实用和更能满足消费欲,物质产品填充精神空间表现得更直接,生活节奏的加快改变了人们的心理和精神节奏,包括文学在内的精神消费的退位甚或退场是难以避免的。与人们的文学消费需求不适应的是,文学生产依旧按照自己的节奏进行,依照假想,中国13亿人口以若干分之一的比例应该是一个很可观的市场,然而实际的情况是文学的生产远远超过市场的消费需求,我们也许不能断定文学出现绝对过剩,但相对过剩可能成为当下文学现状的真实反映。另一种可能是,电视、电影的挤压让文学作品有更多的机会落寞于书店和人们的案头,影像作品的直观性、随意性改变了人们通常的埋头苦读,零碎时间娱乐性的消遣也能变相地转化为一种精神需求,让文学作品彻底休息成为当下人们精神消费的现实。韩寒和郭敬明作为以"80后"标签命名的当代作家及其作品在市场上走红、惹眼,并没有充分的证据说明当下文学阅读盛行。因为韩寒和郭敬明之类的"80后"写手基本属于"时尚作家",其走红的主要手段和策略在于精心包装、制造事件、市场操作等,并非社会普通读者的自觉选择。

  一方面是文学的超量生产,一方面是人们对文学作品不热衷问津,就像经济危机中的商品过剩一样,文学作品的相对过剩也不能不说是一种危机,这是一种文学消费行为的危机。这种局面的形成,如果不是文学生产的不对路,就是整个社会精神消费的严重疲软,或者二者兼而有之。文学没有消费或者消费锐减,是文学效率下降的重要症候。

二、资源投入、消耗与文学效率

　　作为一种精神产品，文学是一种耐用消费品。所谓的耐用消费品即非一次性消耗的产品。文学是人们的精神形态以语言文字的形式、以纸介物化而呈现的产品，无论是文学的内在属性，还是文学的外在形式，都不可能一次性消耗掉。因为人的精神形态以文学的形式一经形成，具有相对的稳定性，作品文本的可阐释性、符号的表意性、思想价值、审美属性等等长期存在，具有长久效应，不是有限的时间可以完全消耗尽的。就宏观而言，文学作品可以在无限广阔的范围传诵，亦可以历时性长久消费；就个体微观而言，人们对具体的一部作品可以阅读若干遍，也可以终生享用，特别是经典作品，可能常读常新，价值常在。譬如《诗经》可以几千年如一日地诵读，《离骚》可以让我们一遍遍地感叹，而《红楼梦》中宁、荣两府的盛衰和宝黛悲剧以及其中的精神内涵既不是一次能够理清，也不是一代人能够彻底梳理清楚的。

　　按照文学这样的基本属性，文学生产、文学发展不一定完全遵循物质生产的相关规则，单纯地、过分地追求生产的数量和规模，也不一定吻合物质生产中投入产出的基本规律，追求成本的大量投入。与其他精神产品具有的特性一样，文学生产存在着以最小的投入追求最大的产出和效益的可能性。因为物质生产在内在的规定性上，除了劳动时间和技术含量，生产总量和规模是与投入的物质成本成正比的，而精神生产的物质成本投入环节不是决定产量的最关键的因素。所以，精神文化领域存在着马克思发现的经济发展与精神繁荣不同步的规律。文学史上，历史的黑暗和萧条时期产生大作家和名著的现象不胜枚举，穷困潦倒、身陷绝境的文人和作家达到思想上的辉煌和精神上的伟大创造更是比比皆是；相反，盛世文学不惊人，生活优裕的作家创作贫乏的情况也不鲜见。

　　中国近30年是举世公认的快速发展期，特别是20世纪90年代以后，改革开放更加深化，持续两位数的增长率使国家经济总量和综合国力迅速提升，中国成为全球瞩目的发展中的经济大国。特别是在中国经济高速增长的奇迹中,通过学习、引进、结构调整、技术改造,"中国制造"的质量、声誉和影响力也在不断提升。经济发展中的成就毫无疑问为中国精神文化的发展奠定了坚实的基础,提供了非常有利的条件,精神文化方面创造出应有的业绩应该不是社会协调发展逻辑之外的事。然而,以中国文学发展来说,当代文学的成就与目前中国经济的成就是不匹配的。这种判断主要是基于中国当代文学的世界影响力,当然不能完全以文学的生产能力为依据。中国当下文学在经济市场的支配下形成的大批量生产的能力,并不比世界任何国家弱,文学生产总量大概也能位居世界前列。

但是,我们正是从文学的超量生产中看到了问题,首先是文学内部存在着结构比例的不均衡,泛泛的、一般性的作品太多,优秀的、高端的、有重要影响力的作品寥寥,以至于对文学仍然存留些理想的人们捧起作品的时候,常常会产生些失望,从而渐渐告别文学。其次是文学投入的过剩和资源的浪费。中国目前有多少作家,有多少人投入创作或充当写手,恐怕没有人能够列出具体数字,摆在我们面前的是具体的、甚至也是难以统计的文学性的产品,纸质的、电子的、网络的,总之,是一个庞大的队伍在为我们生产着难以品味、难以消费的"文学",有时,我们不免发问,当下是不是需要这么多作家或写手?创作队伍中是否存在着"劳动力"过剩的问题?在回答这些问题的同时,依然排列着问题,当今文学的生产占用和消耗了多少有效的资源?纸质的、电子的、网络的。在资源短缺的中国(甚至世界),追求资源的效能应该是一切生产的基本要求。如果说,在经济领域的结构调整和产业升级中,把节约资源作为提高生产效率的重要方向,那么,文学生产的资源节约更应该成为衡量文学效率的重要标准。实际状况是,出版社、书店里堆积着多少文学著作等待打折、降价甚至当作废品被处理,网络文学虽然不停地宣传、张扬,在所谓的点击率的背后,又有多少作品被人们真读?这与其占用的资源相比,存在着巨大的反差。再次,整个社会为文学投入了多少资源?这与文学的效能成什么比例?应该说,在当代中国,尽管以经济建设为中心,国家对精神生产的期望和投入也是可观的,以国家体制对文学从业人员的保障,和以国家体制对文学事业的保护,以及以政策制度给予文学的扶持、奖励等,在世界各民族国家是有独特性的。同时,中国的文学教育的制度化、体系化在世界各国也是突出的,这种有形无形的投入带来的文学效率却是不突出的。

也许,犹如市场经济的初级阶段向中级阶段、高级阶段过渡一样,囿于劳动生产率和技术含量等因素,耗能成为产品的基本特性。文学与经济同步进入市场之后,是否也必然走向资源消耗之路? 实际上,这不是一个必然的逻辑。虽然,在当今市场进一步发育和愈来愈广泛地支配社会生活的现实情况下,文学进入市场和受市场支配已经是一种客观事实,但是,文学生产有自己的特殊性,它对资源的消耗与物质生产对资源的消耗存在显著的不同;同时,文学生产的技术性与物质生产也不同,它主要不是靠先进技术支撑,传统的继承、思想的充实、精神的丰富、语言的锤炼是形成文学创作能力的主要因素,先进的科学技术也许只能为文学生产提供一些便利条件,它绝不是文学创作能力的根本。另外,文学市场与经济市场也不尽相同,文学作品不是日用消费品,文学的消费属性决定了文学市场不可能像物质商品市场那样随意和漫无边际扩张,它只能在相对规范、有限度的市场流通、交易,文学生产的无限扩大化和膨胀并不能有效地刺激文学消费,只能导致实物资源和文学资源的浪费。目前,文学的能耗、资源浪费至少有三个方面的原因,一是作家创作能力的衰退,简单地沿袭现代工业生产的流程和模式进行文学生产,使复杂的文学生产流于简单化,作家精神创造的高浓度、高含量严重流失。二是简单地把文学泛化为商品,文学以商品生产的方式生产,又以商品的方式经营,类似于商品的大路货泛滥。三是盲目把文学推向市场化,以利润衡量文学的价值,导致某些类型的作品大量生产、复制、批发,文学作品沦为快餐型商品和一次性消费品,文学失去了耐用性,因而应有的资源节约就不再成为可能。

三、文学质量、品质、作用与效率

从根本上说,文学的质量、品质、作用是文学效率内在和本质的体现。因为文学是一种精神产品,是人的心理活动、思维活动和心智、情感、思想、智慧在某种状态下的凝结,它不是日用消费品和人基本生存的必需品,而是人类形而上的需求品;文学需要具备进入人的生活的能力,需要为人们提供基本生存之外的生活图景,需要揭示历史和现实的矛盾和困惑,需要创造和提供典型、有效的生存经验,需要为人们塑造可感的、能够自我观照的丰满的形象。一句话,需要文学具备应有的质量和品质。文学作品的质量和规格不同于物质产品的质量和规格,它主要不是强调作品的实用性,而是更重视作品的耐用性和永久性,要求作品传达出丰富的人文信息,充满深刻的精神内涵,让人从中有所感悟,受到启迪,在自我观照中萌生信念、力量。没有这样的质量和品质,文学就难以进入人们的生活,成为人们的真正需要,因而也就不可能对人们发生作用。对于文学而言,质量是最本质的生产力、影响力和生命力。

人类进入现代社会,人们的基本生存条件大多得到了满足,特别是中国,经过改革开放30多年的发展,中国人民总体上达到了小康水平。应该说,国民对文学等精神产品的需求有条件、有可能增长,但是,这并不意味着文学的质量和品质可以降低,或者说,文学的消费者已经饥不择食,什么样的文学制品都可以兜售。相反,达到小康水平的人们的整体素质在提高,对生活质量的追求也在提高,对生活需求品特别是精神需求品的要求可能更高,尤其是在技术条件不断进步的当今,由声像构造和现代传媒制造的各种精神产品形成了丰富的市场,文学的特点和优势在与声像作品的比较中并不一定显著,文学作品如果没有值得称道的质量和让人仰止的品质,则很难进入人们的消费领域,更遑论在声像产品的扩张中巩固和扩大市场。社会需求规律尤其是市场不断发育和作用不断增强的社会告诉我们,作为生产者,眼睛不能只盯着社会需求量,需求量并不一定真正是自己的市场,只有产品的质量和影响力才是进入市场的真正钥匙,换句话说,产品质量才是消费者真正的需求。精神产品的消费规律与物质产品的消费规律并不存在根本的不同。所以,对于文学来讲,人们精神消费需求的增长并非真正文学需求的增长,没有过硬的质量和高端的品质,文学的消费和市场仍然可能疲软。

事实也正在印证着这个规律。自20世纪90年代以来,人们不断议论文学的衰落、边缘化、好景不再。一方面是文学领域的进一步开放,文学生产量不断提高,文学市场产品空前丰富和多元化;另一方面是影响力的弱化,其中原因可能是多方面的,但文学的质量和品质问题肯定是一个重要的原因。就中国新时期文学而言,如果说20世纪80年代文学有过一段辉煌的经历,这既与"文革"结束后特殊的社会历史环境中文学的突然绽放所引起的惊奇有关,也与文学在反思历史中历史性的作为和成就有关,如伤痕文学、知青文学、寻根文学等对社会、政治、历史、文化、人生的思考和挖掘所体现出的人文价值。但其后文学就出现了问题。首先是世俗化。"拨乱反正"之后,文学试图彻底解除与政治、权力的亲密纠缠而走向完全自主,作家们似乎也不再想成为灵魂的工程师、偶像而成为凡人,文学自然而然也就不想再崇高、神圣,让人高山仰止。于是,在历史的颠覆、重构中,文学似乎已经正经、理性不起来了,文学的精神、灵魂丢失了,文学更多的不是关注严肃的社会政治、历史、文化、人生问题,而是不时地进入声色犬马、鸡零狗碎、世俗游乐场,表达什么无须认真计较,质量成为很多作家不在意的虚无,文学作品丧失了基本的精神品格。仔细回顾我们的阅读,文学的历史视野和哲学视野难以寻找。其次是商品化、市场化。文学的商品化、市场化之路与市场经济的进程颇为合拍,文学进入市场注定脱离不了粗放经营的过程,不讲成本、不讲质量、粗制滥造,以充斥市场、占有市场等低级营销策略为圭臬,文学不再是一种高级的精神创造,而成了赚取利润、创造经济价值的商品,文学的简单消费性、快餐性就有了现实的逻辑依据。文学越来越远离自己的本质属性,试图用文学应有的质量标准、规格来检验和评判文学愈来愈难。著名汉学家顾彬的"中国当代文学是一堆垃圾"断言虽然过于极端,但肯定是他对某些中国当代文学作品阅读的失望。国内学者雷达认为,现在的文学创作存在着两个尖锐的几乎无法克服的矛盾:一个是出产要多的市场要求与作家"库存"不多的矛盾;另一个大矛盾是,市场要求的出手快与创作本身要求慢、要求精的规律发生了剧烈的矛盾。因此,他认为,当下的文学首先缺少肯定和弘扬正面精神价值的能力;其次是缺少对现实生存的精神超越,缺少对时代生活的整体性把握能力,面对现象之海和欲望之林不能自拔;再次是缺少宝贵的原创能力,却增大了畸形的复制能力。这就造成了文学平均质量的下降。① 所以,即使中国权威性的文学大奖茅盾文学奖和鲁迅文学奖,每次评奖结果公布都会遭到质疑。

文学整体质量和品格的下降,导致的后果是,在文学的消费中,人们可能只看到了商品,却忽略了文学。但是,文学降格以求成为商品之后,也很难真正具有物质产品的实用性,与物质产品比较,商品化的文学对于人们并不具有必需性,不能产生物质消费那样的满足欲,人们对它的舍弃就可能是随意的。另一方面,对于真正需求文学的人群来说,如果一部作品语言如同嚼蜡,没有生动的故事情节,没有鲜活的信息和灵魂,没有值得品味、研究的思想内涵和审美价值,这种阅读就是白白浪费时间和精力,恰恰与人们的阅读期待背道而驰,完全是一种没有效率的阅读,这就难免产生失望、甚至鄙视文学、远离文学的动机,现实的文学对于他们也就不再成为必需。可见,文学失去了应有的品性和精神价值,对于人们、对于社会无异于可有可无的一种物品,很难发挥自身的作用,更难体现文学的真正价值。对人生和社会不能发挥真正作用和价值的文学,谈何效益。

---

① 雷达:《现在的文学最缺少什么》,载《小说评论》,2006年第3期。

第九章　传媒、学院、文学界的张力与文学生存状态

在一个消费日益膨胀和资讯高度发达的现代社会，任何一种存在都预设着某种可能，也隐含着某种危机。原因在于，市场这只"无形的手"已经基本支配和统驭了社会的各种资源，从而也在某种意义上引导着社会的价值走向，任何市场主体既不可能摆脱市场的意志，也不可能摆脱市场各种要素的制约。文学也是纳入市场消费的一种资源，文学的生存也必然现实地存在着某种制衡关系。当下文学尽管存在着市场化运作的多种可能，但传媒、学院、文学界的张力仍然规导着文学的基本走向。

一、现代传媒环境中的文学

现代社会是一个信息社会，信息的高度膨胀是由现代大众传媒造就的。现代大众传媒在高科技的武装下具有前所未有的穿透力，大众传媒向社会的全面扩张，构成媒体权力，形成了一种突出的媒体话语系统，不仅是社会运动的媒介，而且是一种重要的文化存在方式。仅就现代社会与现代大众传媒高度关联性的意义上，现代社会无疑是一个媒体社会。

媒体社会的一个重要特征就是任何事件和存在都不可避免地与媒体发生关系。在现代传媒环境中，文学听命于媒体甚至受到媒体的扼制既是可能的也是现实的。现代传媒拥有的资源优势和调控社会舆论的权力是难以评估的，文学也是一种现实存在，它必须也只有在社会各种资源和

关系中寻求自己的生存空间,因此它必须认真估量媒体对于自身生存的利害关系,并审慎地制定出处的策略。所以,现代传媒之于文学的生存和发展已经成为一种具有决定性的因素。

现代传媒对文学的影响主要从以下几方面实施:一是传播,包括刊发、出版、转播、改编、制作广播影视作品等等;二是批评;三是经营成消费品。这里,我们重点探讨媒体批评,原因在于媒体批评显露着媒体的立场和价值判断,也从根本上体现着媒体的权力,不仅诱导着文学,也左右着大众的视听从而影响着大众对文学的评判。

按理,大众传媒作为现代社会公共性的工具应该具有公正性的立场。但是,立场是有倾向性的。媒体也是由人组成并由人操作的,技术的客观性不可能完全替代人的主观性,况且,任何媒体都存在着自己的利益,都暴露着自身主观性的立场。媒体最显著的利益体现为卖点和收视率,围绕卖点和收视率经营自己的话语系统是非常合乎逻辑的事情。因此,媒体需要文学,因为文学能够美化、靓化、魅化现代传媒;媒体也要对文学进行批评,甚至显示出貌似公正的姿态和立场进行批评,因为批评能够实现媒体的愿望和要求,也能够让大众看到媒体公共性的姿态。但实际上,媒体批评从来都是以自己的利益为出发点,因此,这种批评的客观性、学理性、深刻性是值得质疑的。首先,"媒体批评是一种'热点'批评,有时候甚至还是一种制造'热点'的批评"[①]。媒体"热点"批评的目的是制造卖点和收视率,"大众传媒的目标在于吸引'眼球',获取商业价值,也具有很强的操作性"[②]。我们不怀疑媒体对文学本质上的需求,这种需求既有美化媒体、装点门面的成分,当然也有媒体作为一种文化的现实存在形式,自身渴望与文学融合的因素。但媒体批评在操作过程中首先考虑的是卖点和收视率,是轰动效应,而并不一定真正从文学的自身规律评判文学。其次,媒体批评是非专业批评,媒体对文学的现状是否谙熟,对文学的自律性原则和评判标准是否掌握,从根本上决定着媒体批评的质量。实际上,媒体批评是一种带有利益局限性、浅层次的文学批评。在媒体批

---

① 吴秉杰:《高端价值实现:文学与传媒的互动关系》,载2007年7月29日《文汇报》。
② 吴秉杰:《代传媒与文学的互动》,载2007年7月20日《文学报》。

评的场阈内,当然也时常邀请专业人士出场,但专业人士出场更多是为了应景,他们并没有自主的话语权,因为议题和话题是事先都拟定好的(虽然媒体批评并没有造就出什么有分量、有价值的话题),实质上的批评话语权仍然由媒体掌控着,专家与媒体合谋共同表演了一出双簧。

简而言之,媒体对于文学的批评基本上是一种点评、推介,甚或宣传,媒体的作为与其说是为了让文学进入媒体,倒不如说为了让媒体掌控文学,让文学满足媒体的需要,成为媒体利益的合谋者。如此说来,文学是不是不再需要媒体批评,当然不是。无论是点评、推介还是宣传也好,媒体批评是重要的,因为媒体利用自己强大的声音为文学造就的生存环境是文学自身难以做到的,而媒体在打造文学的行为中为自己谋取必要的利益,并不从根本上危及文学的发展,是可以理解的。

二、学院批评的力量

学院批评是由那些专门从事文学研究的专业人士形成的批评力量,主要由大学从事文学教育的教师和专门机构的专业研究人员组成。应该说,学院批评也许是唯一的在总体上与文学界不存在利益关联,从而较少偏见的具有专业性、学理性、深刻性的批评。

第一,学院批评具有独立的立场。学院批评是由一批较多理性素养的专业人士组成的,他们的职业是教育教学或研究工作,与文学行当没有直接的利益牵连,文学的兴也罢衰也罢,基本不直接影响他们的职业生涯,因而难以被文学收买而与文学合谋,这无疑非常有利于学院批评保持清醒和独立性,自主地确立自己的批评原则和立场。实际上,在市场经济的环境下,利益的提升和欲望的膨胀日甚,合谋和寻租已是司空见惯。但是,文学的学院批评总体上没有被浸染,仍然守持着批评的原则和立场。这说明人文知识分子的良知仍然闪烁着理性之光和正义之光,学院批评的不妥协和顽固对文学而言或许是最有益的事。

第二,学院批评首先关注文学中的问题而不是任意的捧和吹。对于文学中涌现出来的优秀作品和正面事件,学院批评当然会积极给予回应和肯定;但是,独立性的品格决定了学院批评首先或更多地关注的是文学中的问题和不足,更多的是挑刺、揭短、评丑,甚至是无情抨击。但并不能据此把学院批评判定为文学的对立面、无情杀手或异己力量,因为,挑刺、揭短、评丑、抨击的目的在于监督文学健康发展,不出问题。其实,文学作为启迪人们心智和灵魂的一项事业,需要有自己的诤友,需要有一种力量直面现状给予批评,给予切中要害的评说。学院批评的这种作为实际上是真正地关心和爱护文学,正所谓爱之愈深恨之愈深。因为,尽管学院批评与文学没有直接的利益牵连,但作为专门的文学研究者,他们既希望文学自主地健康发展,又希望以自己的力量帮助文学创造光明的前景。学院批评之所以如此地冷峻和苛刻,原因在于学院批评有自己的批评原则,如果这一原则丧失,学院批评的堕落就难以避免了。

第三,学院批评讲究学理性。学院批评虽然严厉和冷峻,但并不无端地指责,武断地下结论。学院批评系列的人们大多具有较严格的知识背景和比较系统的知识体系,他们从事文学批评的目的也是为了进一步构建文学的知识体系,不断丰富文学的知识系谱,因此,学院批评既注重批评的针对性,更注重批评的学理性。从某种意义上说,学理性是学院批评的生命。当下对文学的批评非常嘈杂,意气用事者有之,比附说事者有之,棒喝阿谀者有之,凡此种种,大多各取所需,很难顾及话语的理论依据和逻辑关系,严格地讲,很难说是真正的文学批评。学院批评既与文学保持着距离,又与社会保持着距离,不会轻易成为实用主义的俘虏;同时,学院批评承担的责任和对社会承诺的信誉,自律着学院批评不能够信口开河,而是要言之有理,述之有据,以严密的学理性思维展示学院批评的底蕴和品格。因此,学院批评一般注重学科知识体系的完整性、系统性、逻辑性。相比之下,学院批评可能显得有些烦琐、呆板,但却富有理性和知识性。

第四,学院批评追求深度。与讲究学理性相联系,学院批评不做人云亦云的一般评说,而是更追求批评的深度。一般而言,学院批评在构筑自己的批评话题时,主要关注的是文学建设和发展中的重大课题,特别是文学理论建设中的关键问题。表层的、热点的、街谈巷议的话题对学院批评来说没有多少参与和发话的价值,所以学院批评往往不做热批评,而做冷批评,总是与社会舆论保持着必要的距离,对文学现象、文学思潮、文学中出现的问题进行冷静的观察和思考,把握不住问题的实质不轻易发言,发言力求切中要害,显露功力。

需要指出的是,在市场经济规则和利益的驱动下,某些评论家有被金钱收买的迹象,"红包批评"亦开始浸染学院批评,学院批评的一些从业者的立场逐渐动摇,话语的独立性、自律性、客观性、犀利性正在丧失,这种发展动向是一种危险的信号,它可能导致学院批评力量和信誉的毁灭,并可能导致文学批评场阈力量对比失衡,进而影响文学生态的平衡。

三、文学界的批评与呵护

文学界批评是文学内部的批评,当然也是专业批评。既然是内部批评,那么批评者和被批评者的立场、原则、利益基本是一致的,有所区别的可能是个体与个体、个体与整体的关系而已。在文学界,大家都是文学这个行当的从业者,愿望和目标几乎都是一致的:共同经营好文学这个事业,每个人都能创作出优秀的作品,优秀作品能有火爆的卖点,文学在市场中占有较大份额,大众对文学拥有强烈的渴望、强大的消费需求和购买力,文学在人们的社会生活中能够发挥更大的作用,等等。基于这样的逻辑前提,文学界自然是心系文学,对文学的火爆、热销、牛气当然是乐见其成,喜不自禁;对文学界的问题、困难、萧条定然会忧心忡忡,急而生怨。文学界的人们不可避免也会发出不同的声音,对文学进行品头论足、批评、斟酌对策。

文学界对自身进行检视、评析、甚至批判是必要的,也是切合实际的。文学界的人士是文学生产的实践者,文学发展的直接推动者,对文学的生产过程、文学现象的形成、文学问题的产生、文学市场的构成、文学的历史和现状等最为清楚,对文学的基本规律也十分熟悉,因此对文学中现实存在的问题进行剖析、批评,无疑最具有针对性,也最能切中要害。更为重要的是,真正有分量、有针对性、有穿透力的内部批评对文学最有触动作用。因为,当下文学中存在的问题无论如何严重,形势无论怎样严峻,外界的批评、呐喊只是一个方面,只有文学界内部对问题及其原因进行认真检讨、反省,才能引发文学的裂变和进步。按说,文学界的批评历来就应该是一种有的放矢的批评,也应该是最内行、专业、不带偏见的批评,因为批评的对象是业内人士的实践活动及其成果,他们对个中甘苦、成败喜忧最为清楚,对文学的兴衰与个人的利害关系感受最为真切,他们应该懂得什么样的批评是中肯的,什么样的批评是苦口良药。

然而,文学界的批评却往往存在在明显的缺陷,这就是文学界发自本能的呵护文学而不同程度存在的护短现象。正所谓自己的孩子都是完美的。从根本上说,护短现象产生的原因是文学界批评的立场问题。毫无疑问,文学的发展关系到文学界的利益,文学界自己关心文学,当然也希望社会各界都关注文学,所以,一般而言,人们对文学的批评,文学界是能够容忍和接受的。然而,一旦批评苛刻、尖锐、甚至直面抨击的时候,文学界就可能接受不了,就会竭力为文学辩护。问题在于,利益的局限往往让文学界的视力遮蔽,不能够清醒和深刻地看到自身存在的问题和不足,把外界的批评当作伪问题、伪批评或无事生非,或者置之不理,或者进行辩护式的反批评,甚至动员业内的力量进行围剿。事实上,文学界特别是当下文学一直不同程度地存在着自我欣赏、相互吹捧的习气,文学界批评成了对虚构繁荣景象的沾沾自喜和业内的互相吹捧,话语失去了应有的力度,所言不着边际,这实在是对文学百害而无一利。所以,如果不能跳出利益的局限和自我陶醉的怪圈,文学界批评对于文学来说可能没有多大意义。

四、传媒、学院、文学界的三角张力

传媒批评、学院批评和文学界批评一并构筑了当下文学的主要评价体系。尽管传媒批评、学院批评和文学界批评分别有自己的特点、品格、批评力度,但对当下文学的发展的影响上各自发挥了自己的作用。其实,在当今的文化领域,每一种批评对文学来说可能都有分量,但也可能都是有限的,单独的批评总是形单影只。所以,传媒批评、学院批评和文学界批评三者已经构成了一个相辅相成的整体,他们既相互影响,又相互制约,从而形成了文学批评场阈传媒、学院、文学界的三角张力。

媒体批评实际上是一种大众批评,因为由大众传媒主持的文学批评主要是迎合和满足大众口味和需求,虽然有时会邀约专业人员坐台评说,但话题是事先拟定好的,真实话语是编辑和主持人制造的。更多的时候是媒体直接发表议论。即使如此,媒体批评也是不可或缺的,因为现代传媒具有广阔的覆盖面和强大的辐射力,在某种意义上垄断了社会话语权,形成了新的权力中心。"文学批评离不开传媒,因为它没有专属于自己的话语频道,它必须通过媒体才能传播自己的声音。"[①]即便是学院批评和文学界批评也需要通过一定的媒体传播出去。同时,大众属于社会弱势群体,媒体如果能够真实地传达出大众对文学的声音,无疑健全和丰富了社会的话语体系。当然,媒体批评也会受到学院批评和文学界批评的规约。无论媒体多么膨胀,怎样操纵话语权,但媒体批评都不能离谱,都不能偏离文学理论和文学实际而贻笑大方,否则将会遭到学院批评和文学界批评的集中抨击而走向自灭。

学院批评有赖于媒体批评和文学界批评的认可和支持。学院批评具有学理性、系统性、逻辑性强的特征,但往往枯燥、烦琐,非专业人员不太容易解读,受众面较小,所以,一方面需要媒体批评的"二传",将学院批评的观点传播给更广泛的人群,普及为人们评判文学的基本依据;另一方面,也需要文学界的接受和认可,否则,学院批评与文学就不能建立起有效的联系,因而就不可能对文学发挥实质性的作用。同时,媒体批评和文学界批评对学院批评的接受程度,都是对学院批评价值的重要评判,从而直接影响着学院批评的学术研究之路,以至学风、文风等。

传媒批评、学院批评对于文学界批评是一种外界监督力量。文学界批评天然存在的缺陷对文学的发展是一个潜在的问题,依靠文学界自身去克服是困难的,需要借助外力进行矫正。传媒批评、学院批评作为文学批评的重要力量承担着重要责任。媒体可以利用自己广泛的影响力把文学界批评的问题放大,给文学造成更大的压力,促使文学界自身的觉醒;

---

① 雷达:《期待精神价值新发现》,载 2007 年 7 月 20 日《文学报》。

学院批评可以用自己更具有学理性、逻辑性的批评让文学界认识到问题所在,从而有利于从根本上解决问题。就此意义而言,传媒批评、学院批评和文学界批评在当下文学批评体系中需要共同出场而不能有一缺席,否则,文学批评场阈的力量对比就可能失去平衡。

第十章 经典的非正当性与文学史的虚伪性

几乎在我们能够看到的所有文学史中,围绕着经典的写作可以说是一个铁定的惯例。对于熟知文学常识的人来说,没有什么奇怪的。因为既然是经典,那一定是经过人们千甄万别、浪里淘沙筛选出来的精品,具有高度的文学性,丰富的蕴藉性,广泛的代表性和最大的权威性。在这一前提下,文学史围绕着经典写作应该是一种明智的选择。因为,以经典为标本和参照勾画文学演化的脉络、制作文学史,毫无疑问更能够具有说服力和权威性。在认识论的范畴内,如果我们按照这一逻辑去接受文学史既成的知识体系,那自然是没问题的。然而,如果我们反逻辑去思考,这一理论的形式逻辑关系和既成的文学史事实就可能存在很大的问题。原因很简单,目前所有文学史存在的充要条件都依赖于假定的文学经典的正当性。如果经典失去了正当性,那么文学史的真实性、权威性和合法性可能会轰然倒塌。尤其对于我们的当代文学史,问题存在的可能性比既往的文学史要大得多。

一、问题的起点:经典的非正当性

这里无须就经典概念进行词义性的溯源。经典在文学阅读、文学教育、文学传承中沿用的历史也非常悠久。经典是怎样产生的?是否存在一个固定的程序?恐怕很难说。可以肯定的是,经典的产生是一个非常复杂的过程。考察文学发生和演变的历程,经典的产生有几个主要渠道。

一是社会权力阶层的认可、命名。一般来说,社会权力阶层在体制的决定下拥有对社会事务和各种资源的管理权、支配权,其中对社会存在的肯定和否定是其管理权、支配权的重要体现。文学是社会的精神存在,这种精神存在对人们、对社会产生着客观的影响,因此,社会权力阶层对文学的关注并实施管理是必然的。社会权力阶层对文学的干预和管理有着其明确的原则和标准,那就是对社会实施统治和管理的功用,至于有没有突出的文学性并不一定是首要的。所以,凡是对统治和管理社会有利的文学作品就可能得到认可、肯定,凡是对统治和管理社会不利的作品就可能得到否定。这种情况在古今中外的文学生态中都普遍存在。譬如中国古代的科举考试制度,现代的政府的文学艺术奖励资助制度等。权力阶层掌握着社会的公权力,对社会存在的肯定和否定具有强大的效力。因此,被权力阶层肯定和推崇的作品就可能被人们认为是最好的作品,并久而久之形成定势从而固定化。

二是文学组织、体制的选择。文学组织是文学内部个体之间结成的联合体,由众多的联合体的运动、作用形成某种文学体制。譬如古代的文人集团,现代的文联、作家协会等。文学组织、文学体制在文学内部掌握着一定的公权力,能够对文学生产、文学流通、文学消费等过程发挥重要作用。文学组织、文学体制不同于社会权力阶层,但与社会权力阶层存在着某种关系,甚至在某些时候可能成为国家权力的派生物。文学体制最重要的作为就是对作品的选拔制度和评奖制度,还有对文学生产、文学流通、文学消费的批评和引导。由于文学体制自身的属性,容易获取社会大众的公信力,因此,经过文学体制选择的作品就容易得到经典的冠名。

三是文学界人士的举荐、热评,包括文学名家的推举,文学批评家的推崇、结论性的评价,文学史家的选择等等。这似乎是一种更有价值的选择途径。因为一般认为文学界人士对文学拥有更多的发言权,他们似乎更专业、更权威;同时,由于他们是以个体的方式做出的选择,给人的感觉是能够抛弃各种体制的羁绊,似乎更民主、更公正。

四是文学消费给文学带来的荣誉、价值。主要是由市场消费和读者阅读引发的销售量、热读浪潮,使某些作品得以升值。

现在需要我们认真考察的是，以上四种渠道命名的经典是否客观、公正、科学、合法？回答这样一个问题首先要确立一个关于经典的科学的评判标准，还有经典选择、命名的必需的程序。经典是什么？经典是文学中的精品，是文学中的典范。经典的评判标准是什么？它应该是关于文学表达和阐释的理论的最高境界。古今中外关于文学的理论可谓汗牛充栋。中国传统的文论把作品的文采、气韵、气象、意境等的彰显作为文学最高境界；到了现代，我们几乎完全依赖于西方的理论来阐释中国的文学。西方文学理论最重要的一个命题就是，文学是人学。这就是说，文学是表现人的——人的行为、生活轨迹、心灵、思想、情感、人性，一句话，文学是人类形象地、深刻地关照自身生存状态的审美形式，是人的对象化了的精神产品。依据西方哲学和美学理论的核心概念，表达了人的最丰富的思想感情、最高的人性，充分弘扬了人类的真善美，应该是文学的最高境界。这一判断也许还欠具体、准确，且可能并不一定被所有人接受；但是，它却合乎目前文学界主流的接受理论。

  关于经典选择、命名必需的程序，中外文学生产中不乏既有的模式。但是，有哪些更符合当下中国文学生产的实际，却是问题。为了使我们讨论的程序不至于过分地虚无化、理想化，有必要参照其他社会领域特别是文化领域遴选标本的程序。譬如法律文本、制度、权威的确立是由法律专家和公民代表组成的合法机制按规定程序产生的；科学技术成果的确认是由国家法定机构组织科学家鉴定通过的；等等。而文学经典产生有没有这样规范、合法的程序，好像并不是能够明确界定的。

  在这样的逻辑前提下检视当代所谓的文学经典，就可能隐含着许多问题。譬如社会权力阶层认可、命名的文学是不是经典？我们知道，社会权力阶层对社会事务负有管理的职责，自然可以对文学实施管理，因此，社会权力阶层对文学认可、命名的合法性似乎难以置疑。但是，社会权力阶层对文学的选择强调的主要是对社会实施统治和管理的功用，对文学艺术的审美属性和内涵的多重性并不特别关注，具体来说，主要看重文学艺术的善的表达，往往用文学的单义性遮蔽了文学的多义性。如此，以国家、政府的名义推崇、褒奖的文学程序合法，结果合法，但不一定具有科学性，不一定是真正的文学经典。而文学组织、体制的选择具有专业化的性质，特别是在中国当下的文学生活中，文学组织、体制是国家权力在文学领域的延伸，按说文学组织、体制的选择具有正当性、专业性，从而也具有科学性和合法性。然而，文学组织、体制在实际的运行和操作的程序中存在着不少漏洞。譬如，文学组织、体制命名经典的最主要的手段就是评奖制度，这一操作程序往往是由作者或者会员团体、出版单位、杂志社申报，然后由文学组织、体制选择所谓的评委进行评判而得出结果。这一过程存在的问题是，作品的所有者申报体现了自愿性，但更表现出其中的主观性，自愿申报的是不是好作品，在这个阶段没有客观评价；而没有申报的作品是否就没有评奖的质量，很难说清楚；因为，当下文学的产量非常大，有多少人能够读完特别是认真读完每年生产的文学作品，并做出准确的评判，恐怕是件困难的事；如果其中确实隐藏着好作品，则说明文学评奖的程序的第一阶段即不真实。至于说针对自荐出来的作品，评委们能不能准确把握评选的标准，客观公正地进行评选，则又是一回事。

新时期以来，中国最早的文学奖是中国作家协会设立的全国优秀中篇小说奖和全国优秀短篇小说奖，虽然说早期的文学奖还相对客观公正，但随着中国文学现实的变化，这一评奖似乎已经不再适应文学发展的形势而寿终正寝。然而，文学评奖制度却不能停止。于是，茅盾文学奖、鲁迅文学奖、老舍文学奖、巴金文学奖等应运而生。就以影响最大的茅盾文学奖、鲁迅文学奖为例，近年的每届评奖似乎都有人诟病，都有人对结果进行质疑。而作为由中国作家协会操作的两个评奖的"条例"都是十分明确和严格的。但是，条款的严格不一定代表过程的严格，当然也不一定导致权威性的结果。所以，第六届茅盾文学奖揭晓之后就有人提出："作为中国文学界的最高奖项，茅盾文学奖也有N个疑问需要解答：获奖作品是否依然代表中国当下文坛的最高水平？文学评奖是不是畅销的保障？"（倪方六、上青：《茅盾文学奖的N个疑问》）鲁迅文学奖也没有让许多关注文学的人放心，第二届鲁迅文学奖评奖结束后，有人就发出了对"鲁迅文学奖的遗憾"，第四届鲁迅文学奖的结果公布后，尽管中国作协负责人认为"这些作品，显示了三年来作家和文学工作者致力于艺术探索和创新的努力。这次的获奖作品，在风格的多样、艺术表现的特色方面是突出的"（中国作家协会负责人就第四届鲁迅文学奖评奖答记者问）。

但仍被人评价为"一些获奖作品不仅与鲁迅毫无关系,甚至与文学都关系不大"。并指出,"鲁迅文学奖自从设立以来就争议不断,一是评选的悄无声息甚至讳莫如深,被人称为'悄悄地评选悄悄地颁奖',前面几届甚至连名单都不敢在官方网站上公布,感觉像是一个'分赃行动'。二是缺乏权威性,有损一个'国家大奖'的威望与公信"(魏剑美:《鲁迅文学奖与鲁迅何干》)。虽然言重,程度不同的问题恐怕还是存在的。

至于文学名家的推举,文学批评家的推崇、结论性的评价,文学史家的选择等多属于个体行为,其中存在多少公允性、公信度,大概不应该是评者自己说了算,公众自有评价。譬如20世纪后期以来的张爱玲研究热,在后来编写的中国现代文学史中都增加了有关张爱玲内容的章节,而且认为张爱玲"以其令人一新耳目的'传奇'小说、'流言'散文,成为上海沦陷区新起作家中最耀眼的一位,中国现代文坛最具影响力的作家之一"[①]。张爱玲在一些评论家、文学史家那里俨然是一位有特殊贡献的重要作家。其实,张爱玲的作品较之中国二三十年代的女性作家、甚至张恨水等通俗作家的作品没有什么特别之处,之所以出现张爱玲研究热,与读者、研究者的猎奇猎艳有关,尤其是张爱玲的独特家世、与变节文人胡兰成的婚恋等成为一些人关注的热点;当然也与夏志清的推崇有关。而由市场消费引发的某些作品的升值,肯定也不是经典必备的特质,不可能完全由市场销售量来确定经典。如此说来,经典产生的正当性就很值得怀疑。

经典应该是一种标本,是经过时间检验具有重要影响力的作品。经典是不可重复、不可复制的。按照这样的理解来衡量当代文学中的经典,就不可能不存在诸多问题。

二、逻辑的结果:文学史中的虚伪性

我们承认,任何文学史都有其编写的依据和原则。问题是,编写文学

[①] 程光炜等:《中国现代文学史》,中国人民大学出版社2000年版,第297页。

史的依据应该具有可靠性,原则应该为大多数人公认,具有公允性。实际上,这种基本要求在文学史的编写中很难达到。在中国当代文学史的编写中,虽然也有集体(若干人)组成的编写组,但多数属于个人写作;即使是编写组也可能是圈子组。所以,编写的依据可能包含着相当程度的主观性因素,编写的原则也就可能成为私人性原则。正如南帆所言:"文学史写作显然包含了巨大的文化权力:确立文学经典,倡导文学规范,区分一流作家或者三流作家,主宰学院内部的文学教育,如此等等。许多时候,文学史写作隐含了指点江山、臧否人物的巨大快感。然而,如果作者未曾拥有足够的'史识',那么,文学史写作很可能成为权力的滥用。"[①]

就以大家惯常遵循的围绕经典写史为例,存在的问题其一是围绕经典写作文学史是不是科学的方法和途径?其二是经典是如何造就的,是否具有正当性?关于第二个问题,前面已经做了分析,这里主要讨论围绕经典写作文学史是不是科学的方法和途径问题。

其实,讨论这个问题的前提是假定经典具有正当性,至少是有保留地、部分地承认经典存在的合法性,承认它们是文学史上的有效资源。否则问题难以讨论下去。在我们假定的语境中,"经典"可能是一个时期文学中的代表,是文学时间中的线性标志。但是,"经典"只能是文学中非常有限的一部分,在纵向上可以成线,在横向上可能只是一个点,较之丰富的原态的文学现实,"经典"显得非常单薄。我们知道,任何一个时代或者时间段的文学都具有足够的丰富性,很多时候,这种丰富性足以让人们难以言说,难以理清头绪,譬如,作家或者写手让我们难以全部了解,生产的作品(特别是当下书写便利年代的作品)让我们难以全部阅读,文学内的纷争、纸墨官司难以了断,这种状态对文学史家可能是永远的共同的难题。如何破解这一永恒的难题,最有效的办法和途径就是确立所谓的代表或标本的文学"经典",让"一"代表十、百、千、万,让树木代表森林。很显然,这是一种挂一漏万的办法,因为一个时代的作家很多,一个时期甚至年度的作品、文学事件、文学生态可能非常丰富,奢望一两个作家或者几部作品能够代表或体现,实在是一种极为简单化的办法。即使"经

[①] 南帆:《当代文学史写作:共时的结构》,载《文学评论》2008年第2期。

典"选得名副其实,也可能只是在某种程度上具有文学史意义。

当然,就人的思维原貌而言,既有复杂多态的图谱,也有简单化的模式。而在人的认知和接受模式中,虽然不排除复杂化的认知和接受趋向,但更容易趋向简单化。其中人的思维训练、专业化训练是决定人们认知和接受的主要因素。面对人的认知和接受的基本结构,文学史写作紧紧抓住了人们简单化的接受特点,选择了对于大多数人来说出力讨好的化繁为简的处理办法,置大量复杂丰富的文学生态于不顾,选择有限的点("经典")延续线索,这已经成为文学史写作的常规,"人们习惯于按照时间编码处理发生学的历史"。"历时性的描述显示了历史的时段,显示了文学的纵向轨迹。但是,历时描述时常仅仅提供了不尽的事实之流。这些事实持续地堆积、膨胀,时序标号甚至无法解释这些事实的起讫、相互关系以及取舍的原则。"①我们且选取目前在国内文学教育中使用比较多的洪子诚《中国当代文学史》、陈思和《中国当代文学史》和孟繁华、程光炜的《中国当代文学发展史》作为说明问题的对象。

洪子诚先生的《中国当代文学史》(修订版)分上编和下编。上编是50~70年代文学,下编是80~90年代文学。上编的50~60年代文学应该是新中国文学颇富成就的时期,但书中在对若干文学问题、现象进行简要解说之后,阐述的文学史实主要是"隐失的诗人和诗派"、"诗歌体式和诗歌事件"、"农村题材小说"、"革命历史小说"、"当代通俗小说"、"非主流文学"、"散文"、"话剧"等,涉及的作家主要有穆旦、赵树理、柳青、老舍等,涉及的作品主要有《创业史》、《红岩》、《青春之歌》、《三家巷》和《茶馆》等。下编的80~90年代文学则是开放的、丰富多彩的,但书中所论及的也是诸如"归来者"的诗、新诗潮、伤痕文学、知青文学、寻根小说、现代派文学、先锋小说、新写实小说、女性文学等等。② 如果我们对中国当代文学没有较多的感性认识和理性认识的话,就基本上依靠这样一个线索认识当代文学了。陈思和的《中国当代文学史》力图在整体构思和写作上有所改变,正如他在前言中所说的:"首先应该注意到它的开放性和整

---

① 南帆:《当代文学史写作:共时的结构》,载《文学评论》2008年第2期。
② 洪子诚:《中国当代文学史》,北京大学出版社2007年版,第1页。

体性两大特点。""前一特点使这门学科具有不确定的特性,它没有经典的作品和经典的解释,这就容许研究者的主体意识对学科的积极注入,容许研究方法上的多种可能性存在;后一特点又使其具有'局部性'的特征,如果我们忽略了对二十世纪前半叶中国文学的关注,当代文学的源头就会不甚了解。"①作者试图以每个阶段文学的基本态势、特点、主要追求来构筑当代文学史,并且有了一些实质性的改观和成效;但是,基于时间线性的写作方式,书中仍然以所谓的"经典"作家、"经典"作品作为点和路标编排、布置文学史,尤其注重文学作品的评价,尽管作者有意尽可能地考虑"点"的代表性、充分性,然而点和线无论如何代表、涵盖不了面,所以这种努力只能是非常有限的。孟繁华、程光炜的《中国当代文学发展史》在写作思路上有了新判断和改革。作者似乎并没有把当代文学的历史固化,而是把它作为完全开放的、发展着的历史;尽管作者在写作中也未真正避开所谓的代表作家、作品"经典"的引导,但作者尽可能不就事论事,力争按照事件发生的原貌、文学发展的动态来叙述文学史。由于作者不可能完全抛弃文学史写作惯常的线性思路,也由于篇幅的制约,书中的叙述没有在横向的面上充分地展开,因此这种叙述就显得简单化,其中的判断也体现出相当的主观性。正如作者在后记中坦承的:"文学史的写作,离不开对史实的叙述和研究,但是叙述主体和话语权力掌握在史家的手里,这样,文学史事实上就是史家的'历史'。他选择什么和如何叙述,在某种意义上就是一种'权力行为',历史/叙述事实上是矛盾的。有了这种意识,可能会从一个方面提醒我们对主观意志的控制,但只要掌握了叙述权力,一种'真理意志'的历史建构就不可避免。因此历史与叙述在文学史里只能是尽可能的统一。我们只能接近历史而难以与历史一致。文学史同样是对历史想象的一种形式。"②

所以,任何文学史家的信誓旦旦都是难以让人完全相信的。由于文学史写作思路、方法、模式等方面已固定化,目前呈现的当代文学史文本都有很大的局限性。当然,我们对文学史家的努力充满尊重和敬意,但我

---

① 陈思和:《中国当代文学史》,复旦大学出版社1999年版,第1页。
② 孟繁华、程光炜:《中国当代文学发展史》,人民文学出版社2004年版,第272页。

们清醒和理智地认识到,文学史的真实性是有限的或部分的,我们很可能是在虚伪的"历史想象"中接受文学教育,形成我们的文学认知模式。如果我们还不能理智地进行反省,那么这种历史的误差还要不断地延续下去。

三、历时性与共时性的结合:文学史写作的选择

当代中国文学史如何写作?应该有条件做出选择。目前通行的以"经典"为个案或标本、以时间为经线的写作模式显然存在突出缺陷,仍然沿着这一路径走下去肯定不利于文学史写作的优化和创新性。在文学史写作中还存在着另一种写作模式,即文学编年史。这一写作套路和模式的优点和长处是非常注重文学史实、资料的搜集、汇集,在以时间为主线的纵轴中,以年为时间单位横向铺开,把每年作家创作的情况、产生的作品、引起的争论、发生的事件、文学展现的动态、甚至社会大众不经意的议论等都可能记录在案,其中的丰富性肯定优于纯线性的构筑方式。但是,这种写作方式产生的文学史往往过于庞大、甚至冗繁。这种文学史对于文学研究者无疑是一类非常有价值的著作,然而对于文学教育、文学阅读就不一定具有比较好的效果。

当代文学史的写作如何进行有效的选择?看来沿着一种路径是难以产生文学史写作的新思路。问题激励我们从多方位进行突破,特别是要突破那种固有的以标本串线的历时性写作模式,对当代文学史的构成进行新的探讨,正如南帆提出的:对当代文学史进行共时性结构研究——擅长将众多的文学事实从时序中转换到共时的平面上,在其相互关系的网络内部发现特定结构,或者在特定结构内部分析各种文学事实的特征。南帆先生提出的共时性研究是对当代文学史历时性写作的校正。但是,当代文学史的构筑不可能没有历时性,关键是在历时性的叙述中如何展现共时性。因此,历时性与共时性的结合就可能成为当代文学史写作的最优选择。在文学的发展中,文学的时序演进是客观的,但许多文学现象的共时存在也是客观的,这就是我们不能忽视共时性的原因所在。很多

时候,我们主要重视了文学在时序中的连接和互动,视而不见共时性的现象存在,所以才有了既有文学史的简单。其实,在共时性的文学事实中也存在着历时性的逻辑关系,因为任何文学现象都不是孤立的,它总是与前后左右的各种因素相关联,切入本质的共时性文学事实的研究,定然能够梳理出历时性的当代文学史。

后　记

　　完成前言和后记,意味着这本书的构思和劳作告一段落。2007年,当我整理出第一本独立完成的著作时,心里很是忐忑,我不知道我著述中的处女作能不能被出版社认可,能不能经得起人们的审视。好在新华出版社的编辑审完书稿之后给予了肯定,很快予以出版,并且在2008年河南省社会科学成果评奖中,荣获了优秀社会科学成果二等奖。我终于长舒了一口气,感到没有完全让这本小书贻笑大方。

　　但是我深知,那本叫作《文化:发微与阐释——一种当下语境的研究》小书,仅仅是那些年我所思考的有关文学和文化问题的汇总,其中有些内容还很不成熟,同行和河南省社科奖的嘉勉是对自己的一种鼓励,并不能说明自己的学术水平有多高。从那时起,我就开始酝酿一个计划,在未来几年,结合研究生的教学和自己的学术方向,集中研究一些文学问题,以便成书,弥补前著的缺憾。

　　几年来,对于文学的一些问题的研究成了我一种雷打不动的日常工作,无论是周末还是节假日,也无论是白天或黑夜,办公室成了基本的生活空间,书本成了办公桌和电脑桌上的基本道具,键盘的敲击声成了生活中必不可少的节奏。尽管承担了大量的管理和业务工作,耗去的时间我还是能够通过坚持不懈的加班加点弥补过来的。在把头脑中的一个个问题整理成一行行、一篇篇文字之后,虽然时有晕眩,但也时常感到欣慰。无论如何,它是自己思想的真实轨迹。

　　我把这本书命名为《文学的若干理论与当代问题》,实际上是这几年我对文学理论和实践系列问题的研究成果,当然这一研究并不是结束,而是延续。因为文学理论和实践中的问题还大量存在,思维和研究的触角就不能收缩,现在还没有制定什么完整的计划,但这一研究还会做下去,也许再过三年,思考有所沉淀,思想有所收获,还能奉献出一些所感所悟。

许多人为这本书的形成做出了贡献。我的老师——中国人民大学博士生导师程光炜教授多年来在我的学术道路上给予了多方面的指导、教诲,对我学术思维的拓展发挥了重要作用。我的妻子孟虹伟承揽了家里的所有家务,并悉心照料我的生活,使我能够把主要的精力投入到问题的研究和书稿的整理中去。我的父亲85岁高龄,近来健康状况不佳,居住在老家,主要由我四弟在跟前服侍,给我减轻了负担。文学院的同事经常给我鼓励和支持,也是我工作的一种巨大动力。在此,我一并向他们表达诚挚的感谢!

本书仅仅是我的一些所感所悟,由于水平所限,疏漏甚至错误都可能存在,敬请同仁和读者批评指正!

吴圣刚
2011年12月11日夜于人文楼